中国古代文史经典读本

李商隐诗 选评

刘学锴 李翰 撰

上海古籍出版社

图书在版编目(CIP)数据

李商隐诗选评 / 刘学锴,李翰撰. —上海:上海
古籍出版社,2018.6(2022.10重印)
(中国古代文史经典读本)
ISBN 978-7-5325-8830-5

Ⅰ.①李… Ⅱ.①刘… ②李… Ⅲ.①李商隐(812-
约858)—唐诗—诗歌研究 Ⅳ.①I207.22

中国版本图书馆 CIP 数据核字(2018)第 095326 号

中国古代文史经典读本
李商隐诗选评
刘学锴 李 翰 撰
上海古籍出版社出版发行

(上海市闵行区号景路 159 弄 1-5 号 A 座 5F 邮政编码 201101)

(1) 网址:www.guji.com.cn
(2) E-mail:guji1@guji.com.cn
(3) 易文网网址:www.ewen.co

常熟市新骅印刷有限公司印刷

开本 787×1092 1/32 印张 11.375 插页 2 字数 151,000
2018 年 6 月第 1 版 2022 年 10 月第 5 次印刷
印数:7,801—9,300
ISBN 978-7-5325-8830-5
I·3272 定价 35.00 元
如有质量问题,请与承印公司联系

出 版 说 明

　　上海古籍出版社成立六十多年来形成了出版普及读物的优良传统。二十世纪,本社及其前身中华书局上海编辑所策划、历时三十余年陆续出版的《中国古典文学作品选读》与《中国古典文学基本知识》两套丛书各八十种,在当时曾影响深远。不少品种印数达数十万甚至逾百万。不仅今天五六十岁的古典文学研究者回忆起他们的初学历程,会深情地称之为"温馨的乳汁";而且更多的其他行业的人们在涵养气度上,也得其熏陶。然而,人文科学的知识在发展更新,而一个时代又有一个时代的符号系统与表达、接受习惯,因此二十一世纪初,我社又为读者奉献了一套"新世纪文史哲经典读本",是为先前两套丛书在新世纪的继承与更新。

　　"新世纪文史哲经典读本"凝结了普及读物出版多方面的经验：名家撰作、深入浅出、知识性与可读性并重固然是其基本特点；而文化传统与现代特色的结合，更是她新的关注点。吸纳学界半个世纪以来新的研究成果，从中获得适应新时代读者欣赏习惯的浅切化与社会化的表达；反俗为雅，于易读易懂之中透现出一种高雅的情韵，是其标格所在。

　　"新世纪文史哲经典读本"在结构形式上又集前述两套丛书之长，或将作者与作品（或原著介绍与选篇解析）乳水交融地结合为一体，或按现在的知识框架与阅读习惯进行章节分类，也有的循原书结构撷取相应内容并作诠解，从而使全局与局部相映相辉，高屋建瓴与积沙成塔相互统一。

　　"新世纪文史哲经典读本"更是前述两套丛书的拓展与简约。其范围涵盖文学经典、历史经典与哲学经典，希望用最省净的篇幅，抉示中华文化的本质精神。

　　该套丛书问世以来，已在读者中享有良好的口碑。为了延伸其影响，本社于 2011 年特在其中选取十五种，请相关作者作了修订或增补,重新排版装帧,名之为"中国古代文史经典读本",以飨读者。出版之后,广受读者的好评,并于2015年被评为"首届向全国推荐中华优秀传统文化普及图书"。受此鼓舞,本社续从其中选取若干种予以改版推出,并得到国家有关部门的支持,多种获得2016年普及类古籍整理图书专项资助。希望改版后的这套书能继续为广大读者喜欢,为弘扬中华优秀传统文化作出贡献。

上海古籍出版社

2017 年 6 月

目　　录

273 /　**四、未编年诗**

无题诗

导　　言

　　提到李商隐,人们自然会立刻想到他那些幽婉深情的《无题》诗,唇舌间自然会涌出"春蚕到死丝方尽,蜡炬成灰泪始干"(《无题》)、"红楼隔雨相望冷,珠箔飘灯独自归"(《春雨》)这类忧伤、执著而美丽的诗句。李商隐诗给人的印象,确如春蚕吐丝,缠绵委曲,一往情深;又如红楼隔雨,凄艳迷离,绵邈隐约。

　　李诗的这种特色,与诗人的个性气质、人生遭际以及时代的政治、文化环境等有很大关系。李商隐家境清贫,幼年丧父,悲剧性的家世出身对其优柔内向、多愁善感的个性气质的形成,当有不小的影响。李商隐的主要活动是在唐文宗大和至唐宣宗大中年间,朋党倾轧、宦官擅权、藩镇割据,是这一时期政治的显著特点。李商隐本有"欲回天地"之志,却不幸运逢末世,昏昧的时代不惟不给他提供施展抱负的舞台,还让他在党派倾轧中饱受诋毁挤压之痛,《乱石》诗形象地写出了诗人的处境:"虎踞龙蹲纵复横,星光渐减雨痕生。不须并碍东西路,哭杀厨头阮步兵。"庙堂无其立足之地,只得依人作幕,郁郁终身。当他无奈将一腔情思由外在的功业声名转向内在的春恨秋悲,也就不是等闲的"伤春复伤别"(《杜司勋》),而是在其中寄寓了深重的块垒忧愤。

李商隐心境的矛盾苦闷,就其小而言,即前面提到的"才命相妨"、赍志难申的沉沦之悲,一直梗塞固结在他的心头;就其大而言,是对末世苍凉的呼吸领会,这使其迷惘苦闷往往越过具体情事,弥笼天地之间;就其最直接的现实性因素而言,则身陷党争的漩涡,内外交煎将诗人逼进苦闷抑郁的深谷:一边是自己仰慕的政治家,一边是自己的恩主之后;一边基于对政治的独立判断,立场上倾向李德裕,一边从个人前途与家室生计出发,又不免屡屡向令狐绹陈情。两者的对立冲突,始终困扰着诗人,犹如重茧乱丝,剪不断、理还乱。不惟个人现实命运在党争中淹蹇沉沦,诗人行事也被党人纳入党争的视野,于是物议纷纷,强加诗人以种种品德上的诬责。面对内外交困、精神与生活两个层面的重压,性格内向优柔、执著而又不善自我排解的诗人,只能将这些痛苦默默埋在心中,独自咀嚼,终至越酿越浓,越积越深。朱鹤龄说:"义山阨塞当途,沉沦记室,其身危,则显言不可而曲言之;其思苦,则庄语不可而谩语之。"(《笺注李义山诗集序》)李商隐诗的曲折吞吐,正是其阨塞沉沦中心灵挣扎的声音。那份深重抑郁的苦闷,那种千回百转、纠葛纷纭的思绪,必然导致诗意的隐曲绵邈。而苦闷心境由直接现实处境触发,联及身世沉沦之慨,再广而泛之对世情人情、时世国势出以悲凉体认,则这种悲慨与苦闷眼角眉梢的种种寓含,越发浑融而难以指摘了。

敏感而纤柔的个性,使李商隐诗歌选材,大多亦为纤柔细小之物,如其咏物诗所习咏的蝶、蝉、莺、柳、泪、细雨等,即多具纤柔之特性;再如他对那些柔弱美丽的女子,如女冠、歌伎、宫女等,常常倾注特别的柔情与同情。而坎壈身世、漂泊生涯，又使商隐对眼前之物、之人每多情绪色彩的渲染。他关注莺、柳等纤柔之物，而且写的还多是寒蝉、流莺、秋柳、残阳，特别注意外物悲凉伤感的一面；他关注青春寂寞的女冠、声色事人的歌女，感情也大都倾注在她们悲剧性的身世命运上。所有这些，都是诗人孤寂飘零的身世之感与眼前之物、之人感应激发的结果。"以我观物，物皆着我之色彩"；而以人观我，则"同是天涯沦落人，相逢何必曾相识"，因此秋柳残阳、薄命红颜，都特别容易引发诗人心灵的感应。

从本质上说，李商隐是一个纯粹的抒情型诗人，无论状物、写景，还是咏史、酬赠，他的诗歌基本都指向自我的心灵世界。诚如诗人所自称的"巧啭岂能无本意"（《流莺》）、"深知身在情长在"（《暮秋独游曲江》），既为流莺，就不得不临流巧啭，此身有情，就不得不发为歌吟，出发点是情牵恨绕的"情身"，而归宿又回到此情长在的此身。倾吐心中的情感，表达心中的"本意"，锦瑟无端，千回婉曲，不绝如缕，不过是"弦弦掩抑声声思，似诉平生不得志；低眉信手续续弹，说尽心中无限事"

（白居易《琵琶行》）。当然，诗歌本为抒情性极强的文学样式，一切优秀的诗人也都是抒情的圣手。如李白，喜则"仰天大笑出门去，我辈岂是蓬蒿人"（《南陵别儿童入京》），怒则大呼"大道如青天，我独不得出"（《行路难三首·其二》），极其真率任情。但李白的抒情与具体情事联系较紧，只要弄清诗人的行止踪迹，就能明白其喜怒的具体所指，能明确探知诗人情感的因由脉络。比较而言，李商隐的抒情则虚泛而隐晦得多。他因物兴感，其感触虽常由一点生发，但在抒情过程中渐渐混合、链结多重人生感受，淡化具体情事，而扩展为对整个人生、世情的浑沦认知与复杂感慨。比如《落花》一诗，就交织着身世飘零、年华消逝乃至国运衰颓等种种复杂无奈的哀感，触绪纷繁而又不名一端，如仅解为"悼亡"、"身世之感"、"寂寞之景"等感慨中的某一种，都不免因过于坐实而有所偏执。商隐《潭州》诗云"今古无端入望中"，《锦瑟》诗又云"锦瑟无端五十弦"，所谓"无端"，便是《落花》这类诗中所体现的触绪纷繁而又不名一端、愁牵恨惹而又不知从何而起的浑杂感慨，便是所谓"宋玉无愁亦自愁"(《楚吟》)的"无愁之愁"。

愁而不知何以愁,只觉得满目皆愁,这种抒情的特点,简单地说就是略事取情,因而更显纯粹与主观。李商隐以自己悲剧性的心态体察外物,物的自然属性及传统内涵均经由诗人个性化的渗透与改造。如牡丹向为富贵之花,而商隐笔下却是"先期零落"、"玉盘迸泪"(《回中牡丹为雨所败二首·其二》);菊性高洁傲霜,而商隐之菊却是"几时禁重露,实是怯残阳"(《菊》),别具优柔感伤色彩。商隐体物的悲剧性、主观性特征,除了特别容易被本身即具悲凉情调的事物打动,再有便是在这类并非一定具有悲凉情调之物中发掘悲凉,但这都是先将外物悲凉化之后,从而咀嚼其中的悲情。有时甚至不须经过这种悲凉化处理,如"鸥鸟忘机翻浃洽,交亲得路昧平生"(《赠田叟》),由鸥鸟欢洽而生世态炎凉之感;"花明柳暗绕天愁,上尽重城更上楼"(《夕阳楼》),花明柳暗,春光明媚,但不妨心头依然浓愁萦绕。诗人既能顺着写,也能逆着写,相应的情景让人忧伤,相对的情景同样也让人忧伤,悲景伤心,乐景也伤心,正所谓伤心人别有怀抱,此恨不关风与月! 更多时候,商隐是通过意境的营造,来传达复杂深沉的感慨与隐约幽微的心绪,意境即是对自然环境最主观化的处理结果,是心造之境,意造之境。《无题》诸什中蓬山万重的阻隔,金蟾锁香般掩抑而不绝的相思,雪月瑶台下可望而不可即的怅惘等等,都是以不落言诠的诗境来抒写心灵。

以心造境,以境写心,形象总是大于思维,李商隐诗也就以此展开丰厚而又含蓄的意蕴,既旨趣难求,又提供了无限阐释的可能。李商隐诗的旨趣难求,是很少有诗人能出其右的。这一方面是他略事取情,混合人生各个阶段、各种情境下的多重感受,诗作缘起本就模糊,诗之作意自然也就难以明晰。商隐诗意常常歧见纷出,不少便与此有关。另一方面就是诗人内心的复杂苦闷、矛盾困扰直接影响了诗意的明晓畅达。以心造境,心绪之纷繁连作诗人自身也难以理清,则又何来明朗直白的诗境。不过,文似看山喜不平,诗更是如此,曲径通幽只会使它愈发魅力无穷。

从艺术手法上说,商隐诗意隐曲,与其跳跃性的思维,意识流式的写作方式,一任情感自发运动,有很大关系。当然,这根本上还是其诗歌的主观性、抒情性所决定的。《燕台诗》可作这方面的典型。该诗惊采绝艳,却又纷繁难解,便因诗人舍事取情,并以感情运动作为诗歌脉络。因此诗的章法结构便随诗人的感情流程,忽而回忆,忽而想象;忽而昔境,忽而现境;忽而此地,忽而彼地;忽而闪现某一场景片断,忽而直抒心灵感受……显得断续无端,来去无迹。从叙事角度看,似极为错综变幻,而从感情变化发展的流程看,却又极为自然。再如《锦瑟》所构筑的庄生梦蝶、沧海珠泪、暖玉生烟等图景,彼此独立,并没有结构或叙述逻辑上的必然联系,完全是诗人以自己的心绪与联想将它们连缀在一起。表面上看,一个图景到另一个图景,毫无理由和逻辑可言,但内在庄生梦蝶之"迷"、杜鹃啼血之"怨"、沧海遗珠之"恨",暖玉生烟之"虚",是有情感转换的脉络的,结句"此情可待成追忆,只是当时已惘然",更以"惘然"一词笼括所有图景,使这些看似断裂的画面都能集中到统一的主题之上。这种艺术手法上的特点要求在读商隐诗的时候,必须牢牢把握其情感的基调,把握情感的线索与诗人意识跳跃流变的脉搏。

当然,作为唐代第一流的大诗人,李商隐的成就是多方面的,李诗的风格也不仅仅只是隐曲绵邈。《行次西郊作一百韵》深广的写实精神,足可与杜甫的《北征》、《咏怀五百字》相颉颃;《韩碑》之奇崛,置于韩集中足可乱真;《海上谣》、《无愁果有愁曲北齐歌》等冷艳奇诡,又酷似李贺……和一切大家一样,商隐也是"转益多师",并最终突破前人,形成自己的风格。

李商隐也不是只一味沉湎于自我的忧伤,仅注目于个体的心灵,且不说其伤春伤别中的深广寓含,就其诗歌的题材本身来说,同样也是非常广泛的。除了《行次西郊作一百韵》,他如《隋师东》指斥朝廷平藩不力,《有感》、《重有感》对时政的干预、评论,《寿安公主出降》愤王室不振、屈辱和亲等等,现实性都十分突出。商隐的咏史诗,更有不少借历史讽喻现实,表现了诗人热切的现实关怀。

商隐的个性,也不仅仅只是优柔内向、多愁善感,

《偶成转韵七十二句赠四同舍》中那个"狂来笔力如牛弩"、"横行阔视"的狂士,《自况》中那个"谁将五斗米,拟换北窗风"的狷介高人,和我们所习惯的伤春伤别的李商隐并非二人。同样,商隐耿介激烈之吟,也所在多有。如"不知腐鼠成滋味,猜意鹓雏竟未休"(《安定城楼》)、"却羡卞和双刖足,一生无复没阶趋"(《任弘农尉献州刺史乞假归京》)、"欲问渔阳掺,时无祢正平"(《听鼓》)等等。商隐赠、哭刘蕡诸诗,更是写得慷慨激昂,血脉贲张,正是诗人基于这种个性中刚烈的一面,所表现出的惺惺相惜。所有这些,都说明无论为诗还是为人,商隐都不是单一平面的,而呈现出丰富的立体多面性。不过,个性的优柔内向,诗风的绵邈隐约,毕竟是李商隐的主要方面,是其特色所在。

本诗选以李商隐生平履历为经,将其诗歌约略分为三大阶段,其中大中游幕虽不过十余年,而作品较前期总和还多,且辗转幕府经历较为复杂而阶段性亦颇明显,故于大中期再分三小阶段,以清眉目。另有诸多名篇不敢遽断作年,为免遗珠之憾,仍择善而录,附为一编。俾读者诸君论其世而读其诗,读其诗而知其人,知其人而悯其情,悯其情而益知其诗。如能闻寒蝉而感身世,见流莺而念飘零,对斜阳而惜光阴,临蜡炬而体深情,则千古锦瑟,或可稍免寂寥。不怨身无彩凤双飞翼,但求心有灵犀一点通。是所望焉。

一、幼年飘零到受知令狐（812—837）

　　李商隐（812—858），字义山，号玉溪生、樊南生，怀州河内（今河南沁阳）人。商隐出身于中小官僚家庭，其父李嗣做过获嘉（在今河南）县令，在李商隐三岁时，李嗣罢官入浙东幕府，商隐随父寄身幕府，直到十岁那年父亲去世。

　　商隐聪颖早慧，在《上崔华州书》中，他自述"五年诵诗书，七年弄笔砚"，文学启蒙以及初次进行创作尝试都很早。十六岁即写出了《才论》、《圣论》，"以古文出诸公间"（《樊南甲集序》），一时才名颇著。令狐楚因之聘其入幕为巡官，特加优待，这一年商隐不过十八岁。

　　聪慧的孩子一般都比较早熟，洞达世情，心性敏感；

而这种孩子假如适逢家庭不幸,其敏感的心性对世情的体认会更为深刻,并往往伴有悲剧性的体验。李商隐的童年可以说是不幸的,且不说自幼随父幕府飘零,尝尽寄人篱下的滋味;即使这样辛酸然而有幕可依、骨肉相守的岁月也不得长久,十岁那年父亲不幸去世,商隐一家陷入更悲惨的境地。在《祭裴氏姊文》中,他这样描述自己的童年生涯:"浙水东西,半纪漂泊。某年方就傅,家难旋臻,躬奉板舆,以引丹旐。四海无可归之地,九族无可倚之亲。既衬故丘,便同逋骇。生人穷困,闻见所无。"生活的艰难过早地降临到商隐幼小的肩头,为了生存,他"占数东甸,傭书贩春",移家洛阳郊外,给人抄书或服役,小小年纪便体味到世态的炎凉。

一个作家创作个性的形成,其早期的生活经验至为重要。也许正是童年生活的不幸,铸就了商隐多愁善感、略带忧郁的灰色性格基调。他对生活中悲剧性的因素尤为敏感,那些柔弱无依、流离漂泊的事物,如流莺、蝉、柳之类,常常是商隐诗中习咏的对象。这当然与其自身远幕依人的漂泊生涯有关,但商隐对这类事物的体察入微，那份物我浑一、灵肉相依的深情贯注，乃其本性在这类事物中的复元返本，这就是先天个性气质所致了。

正因其自幼便历遭浇薄之世情，流离中饱尝世情炎凉，故商隐特别渴望亲情、友情的温暖，特别的多情、重情。因此，当大和三年（829），令狐楚聘其入幕，并亲授今文，待其如子，知遇提携之恩便足以让商隐铭感终身。他深情地回忆这段生活："每水槛花朝，菊亭雪夜，篇什率征于继和，杯觞曲赐其尽欢，委屈款言，绸缪顾遇。"（《上令狐相公状》）其实，他一生的幸与不幸，也正是在此时悄悄注定了。受知令狐楚，对商隐流落飘零的早期生涯是一个结束，而对其日后坎坷踬踣的命运则刚刚是个开始。不过，在这段时期，商隐自己是感觉不到这一点的。他正忙着读书、科考、交游、恋爱，正踌躇满志地规划着美好的未来。

商隐性格优柔内向，然而志向却非常远大。《才论》《圣论》二文今佚，其中所论不得而知，但从时人的赞誉中可约略窥知其必定议论风发，卓有识见。这在

《上崔华州书》中可得到证实，文中有云："始闻长老言，学道必求古，为文必有师法，常惛惛不快。退而自思曰：夫所谓道，岂古所谓周公、孔子者独能耶？盖愚与周、孔俱身之耳。"识见超越时人，所显示出的独立思考精神与勇气尤让人叹服。可以说这是商隐在优柔伤感、略显柔弱的个性中所显露的坚韧的一面。这也是商隐性格的两面性。他一方面常常沉浸于内心的伤感忧郁，一方面又有在现实社会中"欲回天地"的抱负。他早期不少言志之作就抒发了这种抱负。此外，咏史诗在商隐作品中占据着非常重要的地位，借史鉴今，借史讽时，商隐往往以之表达自己的现实关怀。

此期初入社会，诗人进取之心正盛，故对时局国事的关注尤为密切。特别是大和九年十一月的甘露之变，对商隐思想感情造成巨大震撼。事变后，他一连写下《有感二首》《重有感》《曲江》等一系列政治诗，反映这一"天荒地变"式的变故。这场政治大地震的冲击波直至诗人二年后所作的长篇政治诗《行次西郊作一百韵》中仍有强烈反映。这些形成其诗歌创作的第一次高潮,感时伤乱是这次创作高潮中最眩目的火花。虽然这类现实意义较为显著的作品,与商隐那些题旨飘渺的主观抒情之作始终相随,但其后如此大规模地集中抒发政治观点的现象再也没有出现过。诗人容或在身世感慨中浑融时世感慨,却很少有纯粹的干时之作了。

从艺术风貌上看,商隐早期作品大多尚较明丽,不似后来的绵邈隐涩,感伤色彩也不是十分浓厚。干时之作,激锐峻切,意气刻露,亦与后期深婉风格不类。无论思想还是艺术,商隐受杜甫的影响都特别大。如《重有感》、《行次西郊作一百韵》等,均深得杜意。但此时商隐学杜,正以得其仿佛而未能脱其藩篱。直到后期于杜甫沉郁顿挫中加入自己的绵邈绮丽以及驱之不去的感伤,才可以说唐人最善学杜者惟义山一人。

唐文宗开成二年(837)令狐楚去世。令狐楚之殁,是商隐生平的一大转折。他没有料到因为这个人,一连串的磨难正在前面等着他呢。商隐的才情个性、文心诗貌此时已如珠胎初生,此后的风雨人生,只不过是将其打磨得更加流美圆润罢了。

初食笋呈座中

嫩箨香苞初出林①，於陵论价重如金②。
皇都陆海应无数，忍剪凌云一寸心③。

① 箨（tuò）：指笋壳。

② 於（wū）陵：汉县名。治所在今山东邹平县东南。唐时为
淄州长山县。其地少竹，而缘海诸山中生殷肠竹，味美，故
珍贵。

③ 皇都陆海：皇都，指长安；陆海，谓陆上膏腴之地，宝藏之多
犹如大海。此句明指长安附近物产丰饶，暗喻京都人才
之盛。

这首诗具体的写作时间不易考定，但属商隐少作无
疑。冯浩曾因诗中"於陵"二字，而谓该诗作于兖海崔
戎幕中。然义山大和八年（834）四月随崔戎赴兖，五月
方抵达，六月庚子戎卒，义山离兖，居幕不过月余。五、
六月间，已无"嫩箨香苞"可言。故此诗作于兖幕可能

性极小。又"皇都陆海"一句之"应"字,系推测揣想之词,知其亦非作于长安。诗中情调、语气均似少年意态,张采田推测"必幕游未第时作",庶几近之。此或商隐少年客游洛下等地时,于某显宦席上所赋。

此诗托物言志,既抒发了少年人的凌云意气,也寄寓了忧心剪伐的不安,同时流露出对当局漠视人才、自己才高不聘的不满。同样的竹,在於陵价值千金,而在长安却不名一文,被人肆意剪伐。除了前面说到的对人才漠视的不满,"皇都陆海应无数"一句强调京都人才之盛,也似有"长安居,大不易"的隐忧,这些都是初入世者的口吻、心理。整首诗格调明朗,虽微寓隐忧,色彩毕竟很淡。

联系商隐作期相近的一首《无题》:

> 八岁偷照镜,长眉已能画。十岁去踏青,芙蓉作裙衩。十二学弹筝,银甲不曾卸。十四藏六亲,悬知犹未嫁。十五泣春风,背面秋千下。

后两句也有怀才不遇的隐忧,两诗大意相近,只是这首对自我才能的自矜自怜更为突出。正是这种自信,支撑了商隐诗中的那份少年骄傲,也正是这种自信,给心思绵密敏锐的商隐带来世无伯乐的担心。从风格上看,前首有少年俊迈之气,而此首多婉转低回之态,似乎更切近商隐本来面目。不过,诗人早期诗艺正属形成发展阶段,峻迈、婉转等不同风格的呈现,正是早期尚未定型的诗风特征。

富 平 少 侯

七国三边未到忧[①],十三身袭富平侯[②]。不收金弹抛林外[③],却惜银床在井头[④]。彩树转灯珠错落[⑤],绣檀回枕玉雕锼[⑥]。当关不报侵晨客[⑦],新得佳人字莫愁[⑧]。

[①] 七国:汉景帝时有七国之乱,此喻当时叛乱诸藩镇。三边:指当时吐蕃、回鹘、党项等边患。

[②] 富平侯:汉张安世封富平侯。其后人相继嗣爵,尤以张放

最得汉成帝宠信。张放嗣爵，史书未载年月，此处十三乃虚指，谓其年少。

③ 金弹：《西京杂记》载：韩嫣好弹，常以金为丸，所失者日有十余。长安为之歌谣："苦饥寒，逐金丸。"儿童每闻嫣出弹，常随之拾取弹丸。

④ 银床：指井上辘轳架。

⑤ 彩树转灯：周围环绕灯烛之华丽灯柱。

⑥ 绣檀回枕：四围镂刻文饰的檀木枕。玉雕锼：形容檀木枕刻锼精工，光润如同玉雕。

⑦ 当关：守门者。侵晨：凌晨。

⑧ 莫愁：古代女子。洛阳人，后嫁卢家为妇（见萧衍《河中之水歌》）。

诗题《富平少侯》，而所咏则多与富平少侯张放行事不合。用韩嫣抛金弹事已是张冠李戴，结尾用莫愁，更属后世典实。可见，这首诗并非单纯题咏古人，而别有微意寓焉。首句"七国三边未到忧"，显非仅指寻常贵家子弟，必其人居其位当忧而不忧，方有如此要求和谴责，而当忧"七国三边"者究系何人固不难推知。徐逄源、冯浩等认为所谓"少侯"即"少帝",所讽对象为唐敬宗,大体可信。敬宗少年袭位,不知忧念国事,惟以宴游为务,荒淫奢靡,与诗中所咏多所契合。

　　该诗在艺术上也很有特色,诗人才情之机敏,运思之深曲已初露端倪。颔联意谓对金弹之类珍贵之物抛之不收,毫不吝惜,而对安置井头本不致丢失之辘轳,却深惜而系念之。"不收"、"却惜",一放一转,极顿挫之势,于不动声色间写出贵胄豪侈且憨愚的面目,颇得子美之风。颈联以彩树转灯、绣檀回枕写贵胄豪奢生活,用词华冶,也显示了义山对彩绘丽藻的偏嗜。二句皆叙宿处,已暗逗下文的新得佳人与当关拒客。尾联倒置叙述次序,新得佳人本当关拒客的原因,因果倒置遂使诗意更显深警。佳人以莫愁为名,正与开头"七国三边未到忧"对应,更深一层的揭露了所讽对象的昏聩,诗意因此尤为刻露尖锐。同一主题的诗,义山还有一首《陈后宫》:

　　　茂苑城如画,阊门瓦欲流。还依水光殿,更起月华楼。侵夜鸾开镜,迎冬雉献裘。从臣皆半醉,天子正无愁。

此诗题为《陈后宫》，同样不切陈事，而符合唐敬宗"游幸无常，好治宫室"等行事，当同为讽时之作。商隐此类咏史诗，一般所咏与所题不合者，多为借古讽今之作，诗人正以这种不合暗示其讽时之意。敬宗朝内有佞臣蔽政，外有藩镇之患，而诗谓"天子正无愁"，真乃入木三分的诛心之笔。这与《富平少侯》"七国三边未到忧"、"新得佳人字莫愁"同一意趣，言外皆寓"无愁果有愁"之意。宝历二年，敬宗果为宦官刘克明等所杀，诗人所虑，竟应验如神。

少年商隐关注时事，忧心国运，于这类咏史诗可见一斑。这种"欲回天地"之心，商隐终其一生也曾未放下。两首诗词锋犀锐，语意刻露，尽显郁勃不平的少年英气。这与那种缠邈缠绵的深情，构成商隐性格与诗风相映互彰的多面性。

随 师 东①

东征日调万黄金，几竭中原买斗心。军令

未闻诛马谡②，捷书唯是报孙歆③。但须鸑鷟
巢阿阁④，岂假鸱枭在泮林⑤。可惜前朝玄菟
郡⑥，积骸成莽阵云深。

① 随师：即隋师。此借隋师东征暗指大和间讨李同捷之
　　战争。
② 马谡：三国时蜀将，因失街亭而被诸葛亮斩首。
③ 孙歆：三国时吴国都督。晋将王濬伐吴，谎报战功，说斩得
　　孙歆首级，后晋将杜预俘获孙歆，揭穿事实真相。
④ 鸑鷟（yuè zhuó）：凤凰的别名。阿阁：四面有栋、檐霤的
　　楼阁。凤凰巢阿阁，语出《尚书中侯》。
⑤ 鸱枭：即猫头鹰，古人以之为恶鸟。泮（pàn）林：泮宫（古
　　代学宫）旁的树林。
⑥ 玄菟郡：汉武帝元封四年，以朝鲜地置乐浪、玄菟、真番、临
　　屯四郡。此处借指叛乱的沧景地区。

　　唐敬宗宝历二年（826），横海镇（治沧州）节度使李
全略死，其子李同捷擅称留后，朝廷经年不问。文宗大

和元年(827)五月,以李同捷为充海节度使,同捷抗拒朝命,八月,命诸道进讨。但讨叛诸镇以寇固宠,导致战争迟迟无功,据《资治通鉴·文宗大和二年》载:"时河南、北诸军讨同捷,久未成功。每有小胜,则虚张首虏以邀厚赏。朝廷竭力奉之,江淮为之耗弊。"直至大和三年四月,才初步平定。诗即为这段史事而发。前四句便是对讨叛诸将跋扈难制、冒功邀赏的讥刺。结尾写战乱后沧景地区的荒凉萧条,亦是史笔。《资治通鉴·文宗大和三年》载:"沧州承丧乱之余,骸骨蔽地,城空野旷,户口存者什无三四。"然而,此诗主旨非仅止于讥刺与揭露,而系针对有关窳败现象,溯源到朝廷威令不行,一味推行厚赂政策,且根本原因又在宰辅不得其人。五、六两句乃一篇之枢要,凤巢于阿阁,比喻贤臣之在朝,只要当朝得人,断不容藩镇之跋扈。义山一贯认为国家治乱,系人不系天,此诗较早鲜明地反映了这一观点。

诗的首联重笔突起。颔联"未闻"、"唯是",讥刺略无余地:严肃军纪之事,从来未有;而"买斗心"(收买战斗之心,即以赏赐激励斗志)所得却尽是"报孙歆"式的"捷书"。腹联"但须"、"岂假"将所揭现象一笔煞住,突出一切现象之根源乃宰辅非人。末联于主旨既明之后,又回笔写沧景地区的惨痛景象,言外寓无限感慨。全诗的内容组织及结构安排都极为精洽,与虚字转折吞吐的巧妙配合,使严整精警中见动荡回旋之势。

大和初、二年间,义山不过十七、八岁,而诗艺精进如斯,已成雏凤之势。诗中累积典故,也显示了义山日后诗风的一个突出特征。将以上所选几首诗合观,义山对时局国运,可谓时时系心。其实泛泛而言,诗人所有主题无非两块,一曰社会,一曰人生,有时倾注于此,有时倾注于彼,而大多时候两者是结合在一起的。即如所选三首诗,正因义山内有春笋凌云之志,对自我的高度自期与自信,才有如此自觉而密切的现实关怀。个人具体的人生历程与遭际尚未展开,诗人处于理想与憧憬阶段,故所书所写多军国大事。

宿骆氏亭寄怀崔雍崔衮①

竹坞无尘水槛清②,相思迢递隔重城。秋阴不散霜飞晚,留得枯荷听雨声。

① 骆氏亭:长庆间骆姓居士所筑,亭址在灞陵附近。崔雍、崔衮:商隐早年幕主崔戎的儿子。诗题径称名姓而无官职,虽因作者年长于二崔,亦必二崔尚未入仕。诗或作于大和八年戎卒后不久。

② 竹坞:竹林环抱的船坞。水槛:临水有栏杆的亭轩。

《红楼梦》中林黛玉素不喜义山诗,而独爱此诗"秋阴不散霜飞晚,留得枯荷听雨声"二句,大概秋雨滴打枯荷,那种落寞凄清的景象特具情味与诗意吧。骆氏亭清幽绝尘,客游独宿自易牵动故旧之思。相思本无形之物,而说"隔重城",则写出迢迢千里、牵肠挂肚的思念形态,极为形象。重城之隔,正见情感之相通。末二句善于造境,将思念之情与身世冷落之感一寓孤寂清凄之境,正王国维所谓"有我之境"。枯荷听雨,永夜无寐,此言外之情,则须读者嚼而后知,更显情味隽永。

整首诗转折推想,情思绵绵,已见义山自家面目。情浓意重正义山为人为诗之最大特征,义山的矛盾痛苦、缠绵纠葛便缘于情多,此情有亲情、友情、爱情、感恩之情、自怜自伤之情等,不一而足。无情则无义山,此诗已早早说明了这一点。

夕 阳 楼①

花明柳暗绕天愁,上尽重城更上楼。欲问孤鸿向何处,不知身世自悠悠。

① 题下原有自注:"在荥阳。是所知今遂宁萧侍郎牧荥阳日作者。"荥阳,即郑州。萧侍郎,指萧澣。

文宗大和七年(833)三月到八年末,萧澣曾任郑州刺史,夕阳楼是其任上所建。商隐在这段时间与萧结识,并深受知遇,故题注称瀚为"所知"。后瀚入朝任刑部侍郎。大和九年七月,李训、郑注专权,排斥异己,萧瀚与牛党首领李宗闵、杨虞卿一起远贬。瀚先贬遂州刺史,再贬遂州司马。是年秋,商隐曾回郑州,登夕阳楼,有感而作此诗。

诗由伤人忽复连类而伤己,将伤念之情寄寓孤游无依之征鸿,即景抒慨中寓含比兴象征。花明柳暗,正风景怡人,然所知远贬,朝政日非,故虽览美景而益添忧愁。原为遣愁而登楼,孰知愁眼所及,无处而非愁,曰"绕天愁",正见愁绪之弥天盖地,多而且广。三、四句由伤人而自伤,义兼比兴,巧于言情。

这年春,商隐应举,为知举崔郸所不取,正经历着人生的挫折。功名失意,而早期幕主崔戎已逝,萧瀚遭贬,诗人零落一身,依托无门,正如那天边悠悠孤鸿。故睹景自然触伤自身,本欲同情孤鸿之漂泊,忽然悟到自己的身世正复如是。是怜人者正须被人所怜,而竟不自知其可怜,亦无人垂怜,用思极为婉曲,言情也非常凄惋,将时世与个人身世交融感发,这些都已表现出商隐艺术风格的特色。

燕台诗四首

风光冉冉东西陌，几日娇魂寻不得。蜜房羽客类芳心①，冶叶倡条遍相识。暖蔼辉迟桃树西，高鬟立共桃鬟齐②。雄龙雌凤杳何许？絮乱丝繁天亦迷。醉起微阳若初曙，映帘梦断闻残语。愁将铁网罳珊瑚③，海阔天翻迷处所。衣带无情有宽窄④，春烟自碧秋霜白。研丹擘石天不知⑤，愿得天牢锁冤魄。夹罗委箧单绡起，香肌冷衬琤琤珮。今日东风自不胜，化作幽光入西海。

——右《春》

① 蜜房：蜂房。羽客：指蜜蜂。

② 桃鬟：桃花繁茂如云鬟，故曰桃鬟。

③ 铁网罳珊瑚：用铁网挂取珊瑚。《新唐书·拂菻国传》：

"海中有珊瑚洲,海人乘大舶堕铁网水底……铁发其根,系网舶上,绞而出之。"

④《古诗十九首》:"相去日以远,衣带日以缓。"衣带由宽而窄,谓人之消瘦。

⑤ 研丹擘(bò)石:《吕氏春秋·诚廉》:"石可破也,而不可夺坚;丹可磨也,而不可夺赤。"此处指对爱情的坚定。

　　前阁雨帘愁不卷,后堂芳树阴阴见。石城景物类黄泉,夜半行郎空柘弹①。绫扇唤风阊阖天②,轻帏翠幕波回旋。蜀魂寂寞有伴未③?几夜瘴花开木棉。桂宫留影光难取,嫣薰兰破轻轻语④。直教银汉堕怀中,未遣星妃镇来去⑤。浊水清波何异源?济河水清黄河浑⑥。安得薄雾起缃裙,手接云軿呼太君⑦?

　　　　　　　　　　——右《夏》

① 柘弹:柘木制成的弹弓。《晋书·潘岳传》:"岳美姿容……少时常挟弹出洛阳道,妇人遇之者皆连手萦绕,投

之以果,遂满载以归。"二句用此典,谓石城景物凄暗如黄泉,故美少年虽挟弹弓行游而无人欣赏。

② 阊阖天:指西方、西南方之天。

③ 蜀魂:指杜鹃鸟。传说古蜀王杜宇死后化为杜鹃鸟。《蜀都赋》:"鸟生杜宇之魂。"

④ 嫣薰:犹嫣香。兰破:兰花绽苞开放。意为女子启齿时香气溢出。《洛神赋》:"含词未吐,气若幽兰。"

⑤ 星妃:织女。

⑥ 《战国策·燕》:"齐有清济浊河。"济河水清,黄河水浑,但两者源头却是相同的。意谓己与对方本同末异,现已清浊异途,会偕无期。

⑦ 云𬇙(píng):仙人所乘的云车。《真诰》:"驾车骋云𬇙。"

月浪衡天天宇湿①,凉蟾落尽疏星入②。云屏不动掩孤颦③,西楼一夜风筝急④。欲织相思花寄远,终日相思却相怨。但闻北斗声回环⑤,不见长河水清浅⑥。金鱼锁断红桂春⑦,古时尘满鸳鸯茵⑧。堪悲小苑作长道,玉树未怜亡国人⑨。瑶瑟恬恬藏楚弄⑩,越罗冷薄金泥重⑪。帘钩鹦鹉夜惊霜,唤起南云绕云梦⑫。双珰丁丁联尺素⑬,内记湘川相识处。歌唇一世衔雨看⑭,可惜馨香手中故⑮。

——右《秋》

① 月浪衡天:指月亮光波布满天空。衡,通"横"。

② 凉蟾:凉月。

③ 顣:同"蹙",皱眉。

④ 风筝:即风铃。

⑤ 北斗声回环:指星移斗换,时光流逝。

⑥ 长河:星河。句谓河汉深阻,不见清浅之时,喻会合无期。

⑦ 金鱼:即鱼钥,铜锁。红桂:丹桂。

⑧ 鸳鸯茵:绣有鸳鸯图案的床褥。

⑨ 玉树:乐曲《玉树后庭花》。亡国人:指陈后主宠妃张丽华,善舞《玉树后庭花》。

⑩ 恬(yīn)恬:安静和悦貌。楚弄:指琴曲。

⑪ 金泥:即"泥金",金屑,金末。诗中指越罗衣裳上用泥金颜料绘的图案。

⑫ 南云：陆机《思亲赋》："指南云以寄钦。"诗以南云代指思
　念之情。云梦：云梦台，此处代指衡湘一带。

⑬ 双珰：一对耳珠。丁丁(zhēng)：玉珰碰击的声音。尺素：
　指书信。

⑭ 歌唇：指代所怀之女子。雨：泪雨。

⑮ 故：消逝。

　　　天东日出天西下，雌凤孤飞女龙寡①。青溪白
石不相望②，堂上远甚苍梧野③。冻壁霜华交隐起，
芳根中断香心死。浪乘画舸忆蟾蜍④，月娥未必婵
娟子⑤。楚管蛮弦愁一概，空城罢舞腰支在。当时
欢向掌中销⑥，桃叶桃根双姊妹⑦。破鬟倭堕凌朝
寒⑧，白玉燕钗黄金蝉⑨。风车雨马不持去⑩，蜡烛
啼红怨天曙。

　　　　　　　　　　　　　——右《冬》

① 雌凤、女龙：均喻指女主人公。

② 青溪、白石：南朝乐府《神弦歌》有《白石郎》、《清溪小姑》

曲。此处以青溪、白石分指相隔的男方与女方。

③ 苍梧野：似暗用舜南巡不返，葬于苍梧故事。指双方同处堂上而又能相望，但却比苍梧之野更为杳远。

④ 浪：空。蟾蜍：指月。

⑤ 婵娟：美好的样子。

⑥ 掌中：相传赵飞燕体轻，能作掌上舞。

⑦ 桃叶桃根：桃叶，东晋王献之的妾。桃根，传为桃叶之妹。

⑧ 破鬟：蓬乱的发鬟。倭堕：即倭堕髻，又叫堕马髻，发髻偏向一边，似堕非堕。

⑨ 黄金蝉：一种蝉形的头饰。

⑩ 风车雨马：指风雨化为车马。《乐府诗集》载傅休奕《吴楚歌》："云为车兮风为马。"

此诗关涉商隐一段伤心情事，本事虽已不可详考，但从诗中透露的言词约略能肯定几点：一、唐人惯以燕台指使府，则此诗所涉当为商隐与使府后房一段情事；即非后房，其人亦必贵家姬妾或歌伎之流，这从诗中"歌唇"、"罢舞"、"楚管蛮弦"等语也可以看出。二、男女双方曾在湘川一带相识，其后男方曾以尺素双珰寄女方。三、该女子有姊妹二人（所谓"桃叶桃根双姊妹"），男方所恋者为其中一人。四、女方现居之地，可能在岭南，视诗中"几夜瘴花开木棉"、"楚管蛮弦愁一概"等句可知。

这组诗所吟咏的题材，在元、白等手中，很可能就被敷演为《长恨歌》式的叙事长篇，但义山却将它主观化、抒情化，写成纯粹抒情的爱情诗。诗分春、夏、秋、冬四题，写抒情主人公的四季相思。随着时间的流逝和四季景物的变化，抒情主人公的感情也由一开始的反复寻觅、怀想、企盼重会，到悲慨相思无望、情缘已逝，最后到"芳根中断香心死"，爱情终归幻灭。《冬》诗中那个在凄风苦雨和朝寒侵袭下破鬟蓬鬓、对烛悲泣的女子，从外形到内心，都与《春》诗、《夏》诗乃至《秋》诗中大不相同。徐德泓借《柳枝诗序》"幽忆怨断"四字概括四首大意，谓"春之困近于幽，夏之泄近于忆，秋之悲邻于怨，冬之闭邻于断"（《李义山诗疏》），虽未必贴切，但却启示我们，每首诗所表现的情感不但各有特点，而且整组诗的悲剧气氛是在不断加强、深化的，感情和人物的心理都是有发展变化的。

在这组诗中，通过回忆、想象所展现的昔境与现境的交错，实境与虚境、幻境的交融，几乎随处可见，加上结构章法的跳跃性，遂使全诗呈现出一种朦胧迷幻的色调。组诗在想象新奇、造语华艳等方面，可谓深得李贺之神髓，但又特具自家之面目。它不像长吉诗那样奇而入怪，艳中显冷，而是将奇幻的想象用于创造迷离朦胧的境界，用华艳的词采来表达炽热痴迷、执著缠绵的感情。使人读后，既深为诗中所书写的生离甚于死别的悲剧性爱情而悲叹，同时又感到其中荡漾着一种悲剧性的诗情，一种执著追求的深情，一种令人心田滋润的诗意。哀感缠绵中流露的正是对生活中美好事物的无限留连，故虽极悲惋，却不颓废。

比较之下，商隐有一首《河阳诗》，尽管也是长吉体，但无论情感、意境、语言的悲剧性美感，都不及《燕台诗四首》，其中还有不少生硬模仿长吉体的生涩诗句，意蕴也更为晦涩费解。因此，从艺术创作由模仿到独创的自然进程来看，《燕台诗四首》在商隐诗中占有

重要地位,是其独特风格形成的标志性作品,也是我们
划分商隐前期诗歌创作时间下限的重要依据。

柳 枝 五 首 有序

柳枝,洛中里娘也①。父饶好贾,风波死湖上。
其母不念他儿子,独念柳枝。生十七年,涂妆绾髻,
未尝竟,已复起去,吹叶嚼蕊,调丝擪管,作天海风
涛之曲,幽忆怨断之音。居其旁,与其家接故往来
者②,闻十年尚相与,疑其醉眠梦物断不娉③。余从
昆让山④,比柳枝居为近。他日春曾阴,让山下马
柳枝南柳下,咏余《燕台诗》,柳枝惊问:"谁人有
此? 谁人为是?"让山谓曰:"此吾里中少年叔耳。"
柳枝手断长带,结让山为赠叔乞诗。明日,余比马
出其巷,柳枝丫鬟毕妆,抱立扇下,风障一袖,指曰:
"若叔是? 后三日,邻当去溅裙水上,以博山香
待⑤,与郎俱过。"余诺之。会所友有偕当诣京师
者,戏盗余卧装以先,不果留。雪中让山至,且曰:

"为东诸侯取去矣。"明年,让山复东,相背于戏上⑥,因寓诗以墨其故处云。

花房与蜜脾⑦,蜂雄蛱蝶雌。同时不同类,那复更相思。

本是丁香树,春条结始生。玉作弹棋局⑧,中心亦不平。

嘉瓜引蔓长,碧玉冰寒浆。东陵虽五色⑨,不忍值牙香。

柳枝井上蟠,莲叶浦中干。锦鳞与绣羽,水陆有伤残。

画屏绣步障,物物自成双。如何湖上望,只是见鸳鸯?

① 洛中:河南洛阳。里娘:市井人家姑娘。

② 接故:交往熟识。故,故旧。

③ 醉眠梦物:好醉嗜睡,醒梦颠倒。

④ 从昆:从兄,堂兄。

⑤ 溅裙:即湔裳,古代一种民俗。《玉烛宝典》:"元日至于月

晦,民并为酺食渡水,士女悉湔裳,酹酒于水湄,以为度
厄。"湔,洗涤。博山香:《考古图》:"炉象海中博山,下盘
贮汤,润气蒸香,象海之四环。"焚香以待,暗指密约。

⑥ 戏上:地名,在今陕西临潼。戏,水名。

⑦ 花房:花冠。蜜脾:蜜蜂酿蜜之机体,如内分泌腺的脾。

⑧ 棋局:棋盘。《梦溪笔谈》:"弹棋……棋局方二尺,中心高
如覆盂,其巅为小壶,四角隆起。"

⑨ 东陵:汉初召平,秦故东陵侯,秦破,召平为布衣,种瓜于长
安城东,瓜美,世称"东陵瓜"。阮籍《咏怀》诗:"昔闻东陵
瓜,近在青门外。……五色曜朝日,嘉宾四面会。"

这首诗至少可为我们提供两点认识:一是商隐少
年时代缠绵丰富的情感生活;二是商隐的才情不仅仅在
诗,其散文、小说也精美绝伦。本诗为我们讲述的,就是
一段有情无缘、令人惆怅的爱情故事。诗序中提到的
《燕台诗》,即所选前一篇组诗,记录了商隐与一女子心
碎神伤的恋爱故事,有情人相聚无望,春夏秋冬,追忆此
情,眉间心上,写满相思。该诗辞采繁艳,情感炽热,写

出了商隐的痴情至性,一往情深。

本诗中柳枝由爱诗而钟情于作诗之人,与其说仰慕诗人的才华,毋宁说是被商隐的深情至性所打动。诗序写柳枝风神情态,笔笔欲活。"涂妆绾髻,未尝竟,已复起去"。一个娇憨任性的少女,栩栩然跃出纸面。她喜作"天海风涛之曲,幽忆怨断之音",又可见其心胸之豁达以及情思之丰富。虽为小家碧玉,高情丽质已不为时人俗邻所识。及其一闻《燕台诗》,心有戚戚,顿生倾慕之心,乃一颗纤敏而多情之心被另一颗深情之心所振动。她连连惊问"谁人有此? 谁人为是?"少女情思,不暇掩饰。密约幽期,约定"以博山香待",已芳心暗许,率情至性,真似不食人间烟火。此惟不受世俗丝毫污染,心性一片透明纯真,方有如此单纯而炽烈的爱情。这让人想起《聊斋》中之婴宁,商隐传奇手笔,较蒲氏不遑多让。然而,这却是一段忧伤的爱情,朋友的一次戏谑,让商隐错过了约定的会面,再回头时,昔日少女已为人妻。

诗用乐府体,从中亦可见商隐学习南朝乐府民歌的痕迹。其一悲柳枝所适非类，东诸侯妻妾成群，哪里顾得上小家儿女的恨怨哀愁，何况柳枝多情善感，种种心思又岂是东诸侯所能明了。其二以首二句喻春愁春恨，丁香结苞，即所谓"芭蕉不展丁香结，同向春风各自愁"，隐寓一"愁"字。三、四以弹棋局之"中心不平"喻己之心中不平，隐寓一"愤"字。对柳枝之薄命既忧且愤。其三以嘉瓜喻柳枝，形容柳枝年甫及瓜，正当妙年。"碧玉"由"碧玉破瓜时"而来，亦暗示柳枝为小家碧玉。三、四句意为东陵瓜虽好，而己却不忍食之，盖不能忘怀"碧玉冰寒浆"之柳枝也。其四一、二句分写柳枝与自己，井上乃桃李所居之所，柳枝蟠于井上，可谓不得其所；莲叶干于浦中，谓己之憔悴沉沦。故三、四句以水中之鱼、陆上之禽分喻柳枝与自己，谓彼此均遭摧残。其五诗意较显豁，屏风图画，步障刺绣，其花鸟鱼虫，皆成双成对，湖上鸳鸯也两两成双，而自己仍然飘零一身，柳枝亦深闺憔悴，何草木花鸟之有情，而人竟不能有情者相聚相守哉？屈复说此首"举目堪伤"，诚然。其实整组五首诗，又何尝不都是举目堪伤呢？

重 有 感

玉帐牙旗得上游①,安危须共主君忧。窦融表已来关右②,陶侃军宜次石头③。岂有蛟龙愁失水④,更无鹰隼与高秋⑤。昼号夜哭兼幽显⑥,早晚星关雪涕收⑦?

① 玉帐:征战时主将所居之军帐。牙旗:以象牙装饰的军旗。上游:即上流,占形胜之地。

② 窦融:东汉初封凉州牧,曾上书光武帝请讨不肯归顺的隗嚣。关右:函谷关以西地区,指凉州。

③ 陶侃:东晋荆州刺史。成帝咸和二年,苏峻叛乱。侃被推为盟主,会师石头(今南京),击斩苏峻。

④ 蛟龙失水:喻人主失权,此处指文宗受制于宦官。

⑤ 与高秋:鹰隼在秋天搏击长空。与,通"举"。《礼记·月令》:"孟秋,鹰乃祭鸟。"指搏击凡鸟。

⑥ 幽显:即阴阳,指死者与生者。

⑦ 早晚:何时。星关:喻禁阙、皇宫。雪涕:抹泪。

唐文宗大和九年（835）十一月二十一日，李训、郑注等谋诛宦官，事败，李训于逃亡途中被擒斩首，郑注为凤翔监军张仲清所杀，宰相王涯、贾𬺓等亦被宦官仇士良诬杀，因训、注而族灭者十一家。自此宦官气焰日盛，文宗受制于家奴。史称"甘露之变"。商隐系心国运，一连写下《有感二首》、《重有感》、《曲江》等多首诗篇反映此事。

甘露之变发生后，昭义节度使刘从谏因与宦官有矛盾，曾于开成元年二月、三月两次上表，力陈王涯等"荷国荣宠，咸欲保身全族，安肯构逆"，"训等实欲讨除内臣两中尉，自为救死之谋，遂致相杀，诬以反逆，诚恐非辜"，抨击宦官仇士良等"擅领甲兵，恣行剽劫，延及士庶，横被杀伤，流血千门，僵尸万计"，并表示"如奸臣难制，誓以死清君侧"（见《资治通鉴·文宗开成元年》）。仇等惕惧而稍有收敛，文宗方得以保全。

本篇是《有感二首》的续篇，即因从谏上表事有感而发。诗对从谏上书震慑宦官、稳定政局予以肯定，同时又对其仅止于上书表示不满。起句谓刘从谏为一方雄藩,昭义镇辖泽潞,邻近都城,得上游之便,兴兵勤王的条件极为便利。接着以一"须"字,强调此乃人臣义不容辞之责任。既有责任,又有条件,那么就该有勤王除奸的实际行动,颔联便逼近追问:既已上书表明立场,又为何不付诸行动起兵剪灭宦官呢? 诗中虚字,最见用意。"已来"、"宜次",前宾后主,敦促中隐含对从谏"宜次"而竟迟迟未次之不满。腹联谓君主失权,受制阉竖,即为无人搏击君侧恶人之故。曰"岂有",断无此理之意;曰"更无",绝无之意,深有慨于"安危须共主君忧"者竟坐视危局,能为鹰隼而不为。感慨中复含愤郁,对从谏激之亦所以责之。末联"早晚",犹"多早晚",意即何时能收复为宦官秉权之宫阙,朝廷上下拭泪欢庆呢? 热望中透出忧心如焚。

该诗忧心国事,几欲戟指呼斥,诗情激热,正青年诗人的愤激之声。句中虚字,转折推进,有杜甫的顿挫之致。但毕竟青春气盛,不及杜的沉雄。而且以诗人之手眼论国事,其时藩镇勤王是否可行,带兵进京是否会导致政局更大动荡,诸类问题并不在考虑之中。但此正见商隐忧心国事的急切焦灼,也说明商隐本质上毕竟只是一个诗人。诗歌学杜而规模渐近,也反映了诗艺的渐趋成熟。

商隐学杜,其实有个不似、仿佛、酷似的过程。有人认为这首诗得杜之深,足可"直登其堂,入其室矣"(施补华《岘佣说诗》),然毕竟仍未越过工部藩篱。屈复《玉溪生诗意》云:"此首即杜之《诸将》也。亦不能如杜之深厚曲折,而语气颇壮,用意正大,晚唐一人而已。"评论颇为公允。此诗虽在思想内容上继承了杜甫忧国伤时的精神,然艺术上并无明显创造。商隐此期学杜以其感伤情调而特具自身风格的,是下面这首《曲江》。

曲　江①

望断平时翠辇过②,空闻子夜鬼悲歌。金舆不返倾城色,玉殿犹分下苑波③。死忆华亭闻唳鹤④,老忧王室泣铜驼⑤。天荒地变心虽折,若比伤春意未多。

① 曲江:又称曲江池,在长安东南郊,唐代长安最大的风景游乐场所,安史乱后废。

② 翠辇:皇帝所乘之车,车盖以翠羽装饰。

③ 下苑:即曲江。曲江与御沟相通而地势较高,江水流向御沟,故曰"分波"。

④ 华亭唳鹤:晋陆机被宦官孟玖所谗而受诛,死前悲叹道:"华亭鹤唳,岂可复闻乎!"(《晋书·陆机传》)华亭,陆机故宅旁谷名,在今上海市松江西。

⑤ 泣铜驼:西晋灭亡前,索靖预感天下将乱,指着洛阳宫门前的铜驼叹息说:"会见汝在荆棘中耳!"

此诗乃甘露事变后,诗人游曲江而兴起的感慨。前四句写事变后曲江的荒凉景象:往昔君王车驾临幸的盛况已不复可见,惟闻夜半冤鬼悲歌之声。曲江的水虽然仍流向御沟,但乘着金舆陪同皇帝游玩的宫妃们却一去不回。"鬼悲歌"非泛写荒凉,而系隐寓甘露事变中朝臣惨遭杀戮之事,即《有感二首》"鬼箓分朝部"、"谁瞑衔冤目"及《重有感》"昼号夜哭兼幽显"之意。五句借陆机被宦官陷害遭戮喻指事变中宦官杀戮群臣事,上承"鬼悲歌",下启"天荒地变"。六句借索靖铜驼之悲抒写自己忧虑国运之情,上承"望断",下启"伤春"。诗人的着眼点并不仅限于对甘露事变本身的感慨,而是从这一事变后昔荣今衰的对比中,看到国运不可挽回地走向衰落的趋势,这才是让诗人心忧神伤之所在。比起整个王朝的春去花落,甘露之变虽是"天荒地变"之痛史,犹可忍受。末联乃作总收,揭出全篇大意。

杜甫《哀江头》藉曲江今昔抒写盛衰之感,深寓国家残破之痛,义山此诗构思明显受其影响。但诗中萦回着浓重的伤春情绪,则又是义山特有的感伤气质侵润的结果,显示了义山自己在艺术上的某些特色:其感情虽由某一具体情事触发,但却扩展为一种整体的浑沦的感伤情绪,与其后来诗篇中往往由具体生活中的挫折伤感,而扩展为对整个人生世情的感慨,非常相似。这种萦回不去的伤春色调也是义山诗歌的主调,感伤诗风的形成、发展与成熟,是义山诗艺发展的主线。从这个角度说,此诗较早体现了义山的自家面目,与《燕台诗四首》一样,都是在学习他人的过程中形成自己的独特风格,在其诗集中都堪称标志性作品。

哭遂州萧侍郎二十四韵①

遥作时多难②,先令祸有源③。初惊逐客议④,旋骇党人冤⑤。密侍荣方入⑥,司刑望愈尊⑦。皆因优诏用,实有谏书存⑧。

① 遂州:今四川遂宁市。萧侍郎:萧澣。见《夕阳楼》注。大和九年,萧澣贬遂州刺使,再贬遂州司马,开成元年夏卒于是州。诗当作于开成二年。

② 遥作:远起。

③ 祸有源:指李宗闵、杨虞卿、萧澣等的被贬。句意谓甘露之祸乱,自李、杨、萧等被贬时即已埋下祸胎。

④ 逐客议:李斯《上秦王书》谏逐客议,此处指郑注、李训合谋构陷杨虞卿。

⑤ 党人:指以李宗闵、杨虞卿、萧澣等。

⑥ 密侍：指瀚为给事中。唐时给事中为门下省之要职，掌驳正政令之违实，得以亲近君主，故云"密侍"。

⑦ 司刑：指瀚为刑部侍郎。

⑧ "皆因"二句：承上二句言瀚任给事中及刑部侍郎皆因君主优擢，非党援倖进，且谏书现存，足见瀚之黾勉尽职，文宗之任用得人。优诏，帝王优擢之诏。

以上第一段，总叙萧、杨等被贬为后日祸乱之源，并谓萧之被擢非缘党援，点清"冤"字。

苦雾三辰没⑨，穷阴四塞昏。虎威狐更假，隼击鸟逾喧。徒欲心存阙⑩，终遭耳属垣⑪。遗音和蜀魄，易箦对巴猿⑫。

⑨ 三辰：日、月、星。

⑩ 心存阙：系心国事。

⑪ 耳属垣：窃听者贴耳于墙壁。意指终遭窥伺过失者告密而得祸。

⑫"遗音"二句：指萧死在遂州，冤魂不散。蜀魄，指杜鹃。易箦(zé)，《礼记·檀弓上》称曾子病危，躺在大夫睡的席子上，以为不合礼仪，叫儿子换了席子后死去。巴猿，《水经注·江水》："巴东三峡巫峡长，猿鸣三声泪沾裳。"

以上第二段，叙训、注专权，萧终贬死遂州。

有女悲初寡⑬，无儿泣过门。朝争屈原草，庙馁若敖魂⑭。迥阁伤神峻⑮，长江极望翻。青云宁寄意？白骨始沾恩。

⑬原注："公止裴氏一女，结褵之明年，又丧良人。"

⑭"朝争"二句：屈原草，《史记·屈原传》载上官大夫夺屈原所起草宪令事。若敖魂，《左传》："若敖氏之鬼，不其馁而？"二句意谓萧生前遭到小人排挤陷害，死后因无子而无人祭祀，如若敖之魂馁而无食。

⑮迥阁：指剑阁。

以上第三段。叙萧身后凄凉情景。

早岁思东阁⑯，为邦属故园⑰。登舟惭郭泰，解
榻愧陈蕃⑱。分以忘年契，情犹锡类敦⑲。公先真
帝子，我系本王孙⑳。啸傲张高盖，从容接短辕㉑。
秋吟小山桂，春醉后堂萱㉒。

⑯ 东阁：《汉书·公孙弘传》："开东阁以延贤人。"

⑰ 故园：原注："余初谒于郑舍。"大和七年，滽为郑州刺使，商
隐家郑州，故称故园。

⑱ "登舟"二句：《后汉书·郭泰传》记郭泰与李膺交好，与膺
"同舟而济，众宾望之，以为神仙焉"。《后汉书·徐稺传》：
"（陈）蕃在郡，不接宾客，惟稺来特设一榻，去则悬之。"二
句谓己在郑州备受滽之礼遇。

⑲ 锡类：《诗经·大雅·既醉》："孝子不匮，永锡尔类。"指待
之如族类。敦：情谊厚。

⑳ "公先"二句：指滽为梁帝萧氏后代，而己与唐帝同宗。

㉑ "啸傲"二句：《汉书·循吏传》："黄霸为颍川太守，赐车

盖,特高一丈。”《晋书 · 王导传》:“短辕犊车。”高盖指瀞,短辕自指,谓瀞能礼遇自己这样身份低微之人。

㉒“秋吟”二句:淮南王刘安宾客宴集作诗,称“小山”、“大山”。《诗 · 卫风 · 伯兮》:“焉得萱草,言树之背。”此指瀞请他作诗,并与之在后堂宴饮。

以上第四段,叙瀞在郑时对己的恩谊。

自叹离通籍[23],何尝忘叫阍[24]。不成穿圹入[25],终拟上书论[26]。多士还鱼贯,云谁正骏奔。暂能诛倏忽,长与问乾坤[27]。蚁漏三泉路,螀啼百草根[28]。始知同泰讲,徽福是虚言[29]。

㉓离通籍:朝官外调。籍,挂在宫门上的官员名册,出入时要检查。通籍指朝官。

㉔叫阍:扬雄《甘泉赋》:“选巫咸兮叫帝阍。”叫开天门。

㉕穿圹:《史记 · 田儋传》载田横自刎,其门客亦自刭殉葬事。圹,墓穴。

㉖ 上书论：指上书为潆洗冤。

㉗ "暂能"二句：谓李训、郑注等虽被诛，而潆之冤情仍未洗雪。倏忽，指雄虺，一种毒虫。

㉘ "蚁漏"二句：《淮南子》："千里之堤，以蝼蚁之穴漏。"谓萧墓被蝼蚁做穴，墓门前草蔓蛩啼，一片凄凉。

㉙ "始知"二句：《梁书·武帝纪》载梁武帝于同泰寺讲说佛经事。微(jiǎo)福，邀福。此借梁武帝事比萧，虽信佛讲经功德，仍不能得福。

以上第五段，谓训、注虽戮，而潆之沉冤莫雪，叹善者不得蒙福。

本诗称美萧潆，基于两点：一，认为萧有才干，能直言，却蒙冤遭贬；二，萧对作者私谊深重。尽管对萧潆的称颂不免因过于拔高而不符实际，从某种意义上说，他的是非观不尽正确；但这只是商隐认识上的局限，他赞美萧潆出自个人独立的道德立场而非阿谀逢迎则可断定。在私情与正义的冲突中，商隐每每总站在正义的一边,其与令狐绹的矛盾纠葛便是缘此,于私理应偏于牛党,于公却不能不站在德裕一边,偏偏商隐又是一个对两者均十分看重的人,故其内心生的矛盾痛苦也就更深,其诗也就极尽吞吐掩抑之致。不过称颂萧澣在商隐看来是公私统一的,他本于自己的是非判断,无视萧党牛之事实,正如他后来称颂李德裕并非自归李党而与牛党对立一样。明乎此,可以更好地理解商隐与党争的关系。

诗的结构整饬,层次分明,语言沉郁蕴藉。纪昀评"苦雾"四句"极悲壮","白骨"句"沉痛之致而出以蕴藉"(《玉溪生诗说》)。无论章法层次还是语言风格,均深得杜甫神韵。不过也没有突破杜之藩篱,说明其早期如《曲江》类自具风格的作品毕竟还不多。

题材上此属政治诗,并关乎甘露之变,商隐此期与此事相关诗作近十首,可见其对时政的关注。这与其初涉社会、求仕从政热情高以及其时政局混乱多变有关。商隐诗中直接反映社会现实的作品不多,但却是我们全面认识其思想脉络发展及性格性情生成的重要材料,值得重视。

自南山北归经分水岭^①

水急愁无地^②，山深故有云。那通极目望^③，又作断肠分。郑驿来虽及^④，燕台哭不闻^⑤。犹余遗意在^⑥，许刻镇南勋^⑦。

① 南山：指山南之兴元府（今陕西汉中市）。令狐楚卒于此地。分水岭：指汉水与嘉陵江之间的分水岭，即今陕西宁强县北嶓冢山。

② 愁无地：形容分水岭处山高势陡，水若迅急不择地而分流。

③ 那：况、又、更加的意思。

④ 郑驿：《汉书·郑当时传》："常置驿马长安诸郊，请谢宾客，夜以继日。"来虽及：指令狐楚卒前急召商隐赴兴元，得及死前见上一面。用"郑驿"典既切楚之善待宾客，又切己之门客身份。

⑤ 燕台：即黄金台。相传燕昭王置千金于台上，以延天下之

士。哭不闻：指死者不闻其哭。

⑥ 遗意：据《旧唐书·令狐楚传》，楚卒前，遗言为其秉笔撰墓志者"无取高位"，这一任务即落到其时尚未释褐的前进士李商隐的身上。

⑦ 镇南勋：《晋书·杜预传》："拜镇南大将军……刻石为二碑，纪其勋绩，一沉万山之下，一立岘山之上，曰：'焉知此后不为陵谷乎？'"此指铭志令狐楚功绩。

　　唐文宗开成二年（837）十一月十二日，时任山南西道节度使的令狐楚卒于兴元使府。这年十月，商隐中进士后正在长安候选，令狐楚病重，自知不久于世，急召商隐驰赴兴元。大约十月下旬，商隐抵达兴元，得及与令狐楚见上最后一面。在兴元这两月，商隐主要代令狐楚草拟表奏，楚卒后，相帮令狐兄弟料理后事。十二月，和令狐兄弟一起护送令狐楚灵柩，自兴元经大散关、陈仓一路返回长安。行经汉水与嘉陵江之间的分水岭——嶓冢山时，面对愁云惨雾、断肠流水，想起近十年来自己长期追随、深受恩顾的令狐楚骤然去世，仿佛一下子失去了生命中最重要的依托，不禁悲从中来，写下此诗。

商隐对令狐楚的深厚感情，不仅仅由于个人受其恩顾，在道德人品和政治见识上，令狐楚也一直是商隐推崇尊敬的恩师。《有感二首》中将令狐看作东汉末与宦官作斗争的卢植式的人物；楚临终前召商隐代拟遗表，有以之"尸谏"之意，表中流露出他对甘露之变前后朝臣大遭贬逐诛戮一事的痛心，其中还蕴涵了他对自己当时格于形势未能直谏的歉疚。这些可贵的政治品质和人格力量，不能不使商隐深受感动。《撰彭阳公志文毕有感》有云："敢伐不加点，犹当无愧辞。百生终莫报，九死谅难追。"便从令狐功业及其对诗人个人恩谊两方面表现出感佩追怀，感慨尤为深沉。所以，于公于私，令狐楚的去世都足以让商隐肝肠寸断。这种痛极而呼的诗吟，自然感情沉挚，令人动容。

诗不仅将情融景中，而且笔意双关，既是写景，也是写情。如写水的不择地而出，实见诗人心中的惶然无适；况二水分流而喻以"断肠"，犹如北朝民歌所唱："陇头流水，鸣声幽咽。遥望秦川，肝肠断绝。"实为薤露哀歌,是流水代诗人恸哭。后两联哭忆令狐楚逝世前后情事,是诔文常有的写法,见出本篇具有"诔诗"之性质。诗情沉痛近于哽咽,而笔致苍老直逼老杜,也正如作诔之呕心泣血。

这个地理上的分水岭也是商隐人生中的分水岭,也许诗人在题中点明这个词,本人也早就存有这种意识。唐王朝失去了一位"老成"之臣,商隐人生中失去了一座风雨屏障。不惟如此,由于诗人有一段人生依凭于这座屏障,此后还得为此付出相应的代价。

行次西郊作一百韵①

蛇年建丑月②,我自梁还秦③。南下大散岭,北济渭之滨④。草木半舒坼⑤,不类冰霜晨;又若夏苦热,燋卷无芳津⑥。高田长槲枥,下田长荆榛⑦。农具弃道旁,饥牛死空墩。依依过村落,十室无一存。存者皆面啼⑧,无衣可迎宾。始若畏人问,及门还具陈:

① 次：止宿。开成二年十二月，商隐从兴元返长安，途经京西郊区，目睹耳闻衰败乱离情况，写下此诗。

② 蛇年：开成二年丁巳，属蛇。建丑月：十二月。

③ 梁：梁州，州治在兴元。秦：指长安。

④ 大散岭：在今陕西宝鸡县西南。济：渡。此指自南面来下了大散岭，再北渡渭水。

⑤ 舒坼(chè)：萌芽。

⑥ 燋(jiāo)卷：焦枯卷缩。以上四句写冬旱景象：草木因晴暖而萌发，不像冰封雪冻的寒冬，犹似酷热的暑天，因天旱而焦枯卷缩。

⑦ "高田"二句：槲、枥、荆、榛均野生树木。

⑧ 面啼：背面而啼。

　　右辅田畴薄⑨，斯民常苦贫。伊昔称乐土，所赖牧伯仁⑩。官清若冰玉，吏善如六亲⑪。生儿不远征，生女事四邻⑫。浊酒盈瓦缶，烂谷堆荆囷。健儿庇旁妇⑬，衰翁舐童孙⑭。况自贞观后⑮，命官多儒臣。例以贤牧伯，征入司陶钧⑯。

⑨ 右辅：长安西郊。

⑩ 牧伯：州郡行政长官。

⑪ 六亲：关系极近的六种亲属。具体所指各说不一。

⑫ 事四邻：不远嫁。

⑬ 庇：养活。旁妇：外妇。旧时认为成年男子正妻外还能养活外妇是生活富裕的表现。

⑭ 舐：舔。此以"老牛舐犊"形容百姓得享天伦之乐。

⑮ 贞观：唐太宗年号。

⑯ 陶钧：制陶器的转轮,转动它来制成陶器,喻治理国家。司陶钧即指担任宰相。

　　降及开元中⑰,奸邪挠经纶⑱。晋公忌此事,多录边将勋⑲。因令猛毅辈,杂牧升平民⑳。中原遂多故,除授非至尊。或出倖臣辈,或由帝戚恩。中原困屠解㉑,奴隶厌肥豚㉒。皇子弃不乳㉓,椒房抱羌浑㉔。重赐竭中国,强兵临北边。控弦二十万,长臂皆如猿㉕。皇都三千里,来往同雕鸢㉖。五里一换马,十里一开筵㉗。指顾动白日,暖热回苍

旻㉘。公卿辱嘲叱,唾弃如粪丸㉙。大朝会万方㉚,
天子正临轩㉛。彩旗转初旭,玉座当祥烟。金障既
特设,珠帘亦高褰。捋须蹇不顾,坐在御榻前㉜。
忤者死跟履,附之升顶巅。华侈矜递衒㉝,豪俊相
并吞㉞。因失生惠养㉟,渐见征求频㊱。

⑰ 开元:唐玄宗年号。

⑱ 挠:扰乱。经纶:此指政治纲纪。

⑲ "晋公"二句:李林甫开元二十五年封晋国公。此事,即上
   文"命官多儒臣"。李林甫为独揽朝政,力主蕃将任节度
   使,因为他们缺乏入相资格。故安禄山得以一身兼任平
   卢、范阳、河东三镇节度使,为其后叛变提供了基础。

⑳ 杂牧:胡乱治理。

㉑ 屠解:屠杀肢解。

㉒ 奴隶:此指权贵家的仆役。厌:同"餍",饱足。

㉓ 不乳:指玄宗宠爱武惠妃,为立其子而杀太子瑛、鄂王瑶、
   光王琚事。

㉔ "椒房"句:指杨贵妃认安禄山为干儿之事。安禄山是胡

人,故云"羌浑"。

㉕ "控弦"二句:控弦,拉弓,此借指士兵。《史记·李将军列传》谓李广"猿臂"、"善射"。此指安禄山兵强势盛。

㉖ "皇都"二句:三千里,范阳到长安路程。雕鸢,鸷鸟和鹞鹰。此指禄山令其将刘骆谷留长安作谍报事。

㉗ "五里"二句:据《安禄山事迹》,禄山身体肥胖,从范阳赴长安,驿站中间,要筑台换马,谓之"大夫换马台";其停歇的地方,都赐以"御膳"。

㉘ 暖热:态度的温和或严厉。苍旻:天。

㉙ 粪丸:蜣螂用土包粪,转而成丸。此指安禄山视朝臣若粪丸。

㉚ 大朝:皇帝大会诸侯朝臣的隆重朝会,有别于平日常朝。万方:各地诸侯,即都督、刺史等。

㉛ 临轩:皇帝不坐正殿的座位而坐殿前平台接见臣下。

㉜ "金障"四句:据《旧唐书·安禄山传》:"上御勤政楼,于玉座东为设一大金鸡障,前置一榻坐之,卷去其帘。"障,屏风。褰,挂起。蹇,骄傲。

㉝ 矜递衒:即递矜衒,竞相夸耀奢侈的生活。

㉞ 豪俊:权贵。

㉟ 生惠养：抚育与爱养。

㊱ 征求：压榨诛求。

　　奚寇东北来㊲，挥霍如天翻㊳。是时正忘战，重兵多在边㊴。列城绕长河，平明插旗幡㊵。但闻虏骑入，不见汉兵屯㊶。大妇抱儿哭，小妇攀车辐㊷。生小太平年，不识夜闭门。少壮尽点行，疲老守空村。生分作死誓，挥泪连秋云。廷臣例獐怯，诸将如羸奔。为贼扫上阳，捉人送潼关㊸。玉辇望南斗㊹，未知何日旋。诚知开辟久，遘此云雷屯㊺。逆者问鼎大，存者要高官㊻。抢攘互间谍㊼，孰辨枭与鸾㊽？千马无返辔，万车无还辕㊾。城空雀鼠死，人去豺狼喧。

㊲ 奚寇：指安禄山叛军，其中不少为奚族人。

㊳ 挥霍：行动迅捷。

㊴ "是时"二句：据《旧唐书·安禄山传》："天下承平日久，人不知战，闻其起兵，朝廷震惊。"唐自开元、天宝以来，为对

付奚、契丹、吐蕃,精兵多集中于东北和西北,此时东北叛
乱,西北军队不及驰援,故云。

㊵ "列城"二句:谓黄河沿岸城邑,叛军晚上攻打,天明即攻
破,插上他们的旗帜。

㊶ "但闻"二句:天宝十四载(755)十一月,安禄山从范阳起
兵,沿途所至郡县,往往没有唐军抵御。

㊷ 轓(fān):车两旁横木向外翻出的部分,用以遮蔽尘泥。

㊸ "为贼"二句:扫上阳,打扫东都洛阳的上阳宫,指天宝十五
载正月安禄山在洛阳僭称大燕皇帝。送潼关,指其年六
月,叛军攻陷长安后,搜捕百官、宦官、宫女等经潼关押送
洛阳。

㊹ "玉辇"句:指玄宗奔蜀。

㊺ 云雷屯:《易・屯》:"屯,刚柔始交而难生。"屯卦雷下云
上,即刚下柔上相交接而生灾难。指禄山之乱。

㊻ "逆者"二句:谓叛镇有问鼎称王之野心,未叛者则要挟朝
廷授予高官。

㊼ 抢攘:纷乱。互间谍:互相刺探。

㊽ 枭与鸾:分喻叛臣与忠臣。

㊾ "千马"二句:谓朝廷讨逆军队全军覆没。

南资竭吴越,西费失河源⑤。因令右藏库⑤,摧毁惟空垣。如人当一身,有左无右边。筋体半痿痹,肘腋生腥膻。列圣蒙此耻,含怀不能宣。谋臣拱手立,相戒无敢先。万国困杼轴⑤,内库无金钱。健儿立霜雪,腹歉衣裳单。馈饷多过时,高估铜与铅⑤。山东望河北,爨烟犹相联。朝廷不暇给,辛苦无半年⑤。行人榷行资⑤,居者税屋椽⑤。中间遂作梗,狼藉用戈铤⑤。临门送节制,以锡通天班⑤。破者以族灭,存者尚迁延。礼数异君父,羁縻如羌零⑤。直求输赤诚,所望大体全。巍巍政事堂,宰相厌八珍。敢问下执事,今谁掌其权?疮疽几十载,不敢抉其根。国蹙赋更重,人稀役弥繁。

⑤ "南资"二句:吴越,泛指东南地区。河源,指黄河上游河西、陇右地区。安史乱后,中原破坏严重,朝廷财政收入主要依靠淮南、江南,致使东南财力消耗殆尽;而河西大片土地又沦于吐蕃,故西北财源亦丧失不存。

⑤ 右藏库:唐朝廷有左右藏库,左藏库存放全国赋调,右藏库

存放各地所贡珠宝。安史乱后,金玉宝货为各地藩镇垄断,不再进贡,故右藏库只剩空垣。

(52) 万国:此指全国各地。杼轴:织布机。织机中空无一物,说明剥削残酷,人民困苦。

(53) 铜、铅:代指钱币。“高估铜与铅”谓官府发放军饷时,以实物折钱计算,故意抬高钱币价值,以达到克扣粮饷的目的。

(54) “辛苦”句:终岁辛苦而无半年之粮。

(55) 行人:行商。榷:本指政府专利买卖,此指征税。行资:即行商的物资税。

(56) 税屋椽:征收房屋税。

(57) “中间”二句:作梗,从中阻挠。此指藩镇抗命,朝廷政令不能下达。用戈铤,动刀兵。两句指河北藩镇朱滔、田悦、王武俊以及朱泚、李怀光、李纳、李希烈等相继反叛,局面混乱。

(58) “临门”二句:节制,旌节和制书,指高官的任命。锡,赐。通天班,直接隶属皇帝的最高官阶,如宰相。中唐以来,节度使死,其子往往自称留后,朝廷派人将旌节制书送上门去,正式任命。并赐朝官衔,如仆射、同中书门下平章事,即宰相衔。

⑤ 羁縻：笼络。羌零：先零，古西羌族的一支。两句谓藩镇
　不遵守君臣间应有的礼仪，朝廷对之也只得如对待边地少
　数民族一样，加以笼络维系而已。

　　近年牛医儿⑥，城社更攀缘⑥。盲目把大旆，处
此京西藩⑥。乐祸忘怨敌，树党多狂狷。生为人所
惮，死非人所怜。快刀断其头，列若猪牛悬⑥。凤
翔三百里，兵马如黄巾⑥。夜半军牒来⑥，屯兵万五
千。乡里骇供亿⑥，老少相扳牵⑥。儿孙生未孩⑥，
弃之无惨颜。不复议所适，但欲死山间⑥。

⑥ 牛医儿：东汉黄宪的父亲是牛医，有人便称宪"牛医
　儿"。此指郑注，曾以方伎游江湖间，以为文宗治病而得到信任
　和重用。

⑥ 城社：城狐社鼠，常喻皇帝身边的奸邪。

⑥ "盲目"二句：《新唐书·郑注传》："（注）貌寝陋，不能远
　视。"此兼讽其政治识见的"盲目"。把大旆，持旌旗出镇一
　方。京西藩，唐置凤翔府，设节度使，辖长安以西地区。大

和九年十月,文宗以郑注为凤翔节度使。

㊼ "快刀"二句:李训主事失败后,仇士良密令监军宦官张仲清诱杀郑注,悬其首于京师兴安门示众。

㊽ "凤翔"二句:凤翔距长安三百五十里,此指长安以西、凤翔以东地区。黄巾,东汉末张角等农民义军。此以黄巾代称兵祸。史载甘露事变后,仇士良遣禁军在京城大肆捕杀之后,又"出卫骑千余,驰咸阳、奉天捕亡者",兵祸直接蔓延到京郊地区。

㊾ 军牒:调兵文书。指宦官用左神策大将军陈君奕为凤翔节度使。

㊿ 供亿:唐代公文习语,即安顿。

67 扳牵:牵挽。百姓无力供给安顿这些禁军,只好相携逃亡。

68 "儿孙"句:指还不会笑的婴儿。孩,小儿笑。

69 "不复"二句:说百姓仓皇逃难,漫无目的,只求藏于深山,即使不免一死,也比死在乱军之中好。所适,所到的地方。

尔来又三岁,甘泽不及春。盗贼亭午起,问谁多穷民⑩。节使杀亭吏,捕之恐无因⑪。咫尺不相见,旱久多黄尘。官健腰配弓,自言为官巡。常恐值荒迥^⑫,此辈还射人^⑬。愧客问本末,愿客无因循^⑭。郿坞抵陈仓,此地忌黄昏^⑮。

⑩ 亭午:正午。

⑪ "节使"二句:亭吏,秦汉时乡中有亭长,职责是捕盗,此处借指负责基层治安的小吏。诗谓节度使因捕盗不力杀亭吏,但"盗贼"既多为穷民,亭吏要捕恐怕也没有缘由。

⑫ 值:遇。荒迥:荒凉之地。

⑬ 此辈:即官健,由州府招募供养的士兵。句意官健名为巡盗,实际上他们自己就是害民的盗贼。

⑭ 因循:马虎大意。

⑮ "郿坞"二句:说从郿坞到陈仓一带路途不宁,切忌傍晚时赶路。郿坞,故址在今陕西郿县北(东汉末年,董卓曾筑坞于郿,号"万岁坞",世称郿坞)。陈仓,今陕西宝鸡县东。

我听此言罢,冤愤如相焚。昔闻举一会,群盗为之奔^⑯。又闻理与乱,系人不系天。我愿为此事,君前剖心肝。叩头出鲜血,滂沱污紫宸。九重

黯已隔，涕泗空沾唇。使典作尚书㊆，厮养为将
军㊆。慎勿道此言，此言未忍闻！

㊅ "昔闻"二句：会即士会，春秋晋大夫。《左传·宣公十六
　　年》："(晋景公)以黻冕命士会将中军，且为太傅。于是晋
　　国之盗逃奔于秦。"

㊆ 使典：即胥吏，办理文书的下级官员。谓尚书等高官者，才
　　器不过如胥吏之流。

㊆ 厮养：仆役，此指宦官。此句指斥宦官掌握兵权。唐德宗
　　以来，禁军将领都由宦官担任。

　　在商隐创作的第一阶段，出现了《有感二首》、《重
有感》、《曲江》等一批密切联系时事的作品，政治诗的
创作可谓达到一个高潮。这必须和大和、开成之际的政
局联系起来看。李训、郑注的专权，李宗闵、杨虞卿、萧
澣、李德裕等大臣的迭贬，甘露之变的发生，以及此后宦
官嚣张，皇帝失去权力等情况，给他思想上以强烈震撼，
使其对王朝危机有了相当深切的体验，强烈的忧患感与

危机感促成了政治诗的创作高潮。而这高潮所达到的最高峰，便是作于开成二年末的《行次西郊作一百韵》。

长诗是作者在《有感二首》等诗的基础上，进一步考察社会、思索国计民生的产物。作者视野已由某些局部事件和问题，扩展到对唐王朝开国以来的盛衰历史，以及政治、经济、军事等方面问题的全面考察与思索，带有总结历史经验的性质。诗中"又闻理与乱，系人不系天"一语，乃全篇纲领以及指归所在，诗中所有议论、叙述均围绕此一中心观点展开：开元前政清民乐，是"所赖牧伯仁"、"命官多儒臣"，开元后由于"奸邪挠经纶"，政治逐渐走下坡路，导致安史之乱及其后的藩镇割据局面，而开成中的"盲目把大斾"，旋致甘露之变，宦官专权，政局动荡昏暗。围绕此一中心，长诗对唐王朝衰败过程中各种严重社会政治危机作了多方面揭露，而藩镇割据与人民困穷尤为作者注意的中心，这些都触及到当时现实问题的症结。

全篇内容广阔，体势磅礴。既有对唐王朝衰落历史的纵向追溯，又有对各种社会危机的横向解剖，经纬交错,构成长达百余年的社会历史画面,是唐人政治诗中少有的长篇巨制。纪昀评论说:"亦是长庆体裁,而准拟工部气格以出之,遂衍而不平,质而不俚,骨坚气足,精神郁勃,晚唐岂有此第二手。"(《玉溪生诗说》)在构思、表现手法上明显受杜甫《北征》等诗的影响,虽不及杜的波澜起伏、沉郁顿挫,但规模更大,政治色彩更浓,兼有史诗与政论的特色。诗歌情感炽热,最后一段忧心民瘼,为民请命,可谓泣尽以血,感人肺腑。

以社会、历史为主要指向的早期创作,这首诗是一个高峰,同时也是一个结束,一个创作风向转变的标志。泅泳于现实人生,踬踣于坎坷仕途,商隐不得不沉湎于自我微屑然而真实的酸甜悲欢,抒情视角逐渐由外在的鸿图经济转向内在的春恨秋悲,即使关注时事之作,也每每系结着个人块垒。

二、入幕泾原至秘省正字(838—846)

从开成三年到会昌六年（838—846），是李商隐政治上不断谋求在朝廷中立足，又不断遭到挫折打击的时期，也是其诗歌由前期着重抒写现实政治感受，逐步向着重抒写个人身世和人生感慨的转变期。

开成三年初，商隐参加博学宏辞科考试，初审合格，却在复审时被某"中书长者"以"此人不堪"为由而斥落。这种评价包含着对商隐才能及道德品质两方面，必然对他的名誉产生较大影响。这是商隐进士登第后政治道路上的第一次挫折。紧接着，又因入王茂元幕、娶其女而遭到恩门观念极重的令狐绹的疑忌，认为他"忘家恩"。开成四年，商隐应吏部拔萃科考试入选，授秘书省校书郎，但不久即被调补弘农尉，由清职转为俗吏，这中间不排除中书长者"此人不堪"的评价所起的作用。这是商隐仕途上的第二次挫折。弘农尉任上，又因活狱忤陕虢观察使孙简，差一点罢去尉职，这是第三次挫折。会昌二年，商隐再次参加吏部拔萃科考试入选，重入秘书省任正字，但不久就因母丧离职守制，其间岳父王茂元又于会昌三年九月病逝于河阳军中。等到商隐服丧期满，再回到秘省，已是会昌六年春，不久武宗就去世了，整个政局和诗人的处境又一次发生变化，可以说是第四次挫折。这样一种再试吏部、两入秘省、屡遭挫折的境遇，对商隐此期诗歌创作产生了深刻影响，最明显的就是在题材和内容上，由先前的较多关注现实政治逐步转向关注个人身世遭遇，抒写人生感慨。

在此期九十二首编年诗中，抒写个人身世遭遇和人生感慨的有五十五首，占总数一半以上，而有关政治的篇章（包括有现实指向的咏史诗）为二十四首，不及前者一半，其中指涉时事的仅《灞岸》、《赠别前蔚州契苾使君》、《登霍山驿楼》等有限的几首。这和前一时期仅围绕甘露之变，就连续写下《有感二首》、《重有感》、《曲江》、《哭遂州萧侍郎二十四韵》等近十数首诗相比，对现实的关注显然有所衰减。而在抒写个人身世遭遇及人生感慨方面，则出现一系列名篇佳作，如《安定城楼》、《回中牡丹为雨所败二首》、《出关宿盘豆馆对丛芦有感》、《寄令狐郎中》等。

从诗歌体裁上看，这一时期以五、七言律绝及五排为主，在九十二首编年诗中，一首古体诗也没有。这一方面与诗人创作重点的转移有关，五、七言古体诗在前期多用来反映现实政治或表现比较强烈的个人情感（如五古中的《行次西郊作一百韵》，七古中的《燕台诗四首》），这两种体裁的退出，与这期间政治诗、爱情诗较少是相应的。另一方面就是诗人在长期艺术摸索中，逐渐找到最适合自己的表现形式。特别是七律，量与质较之前期都有明显进展，出现不少上乘甚至是传世之作。与前期学杜而得其仿佛者不同，此时的七律已明显具有义山的独特情采个性和艺术风貌。可以说，商隐这一时期的七律,在艺术上已经完全成熟。

仕途的屡遭挫折,使商隐对人生的艰难与悲凉有了更贴切的感受,个性中富有悲剧性的一面在蹭蹬现实的作用下,越来越明显地呈露出来,感伤色彩也就逐渐成为义山诗的主调。不过,从会昌三年至六年有三年多的时间,商隐因母丧闲居,写作了大量闲适和酬赠之作,故仅从数量上看,感伤情调的诗歌并不突出。但如果从典型诗例看,这一时期所作的《回中牡丹为雨所败二首》、《出关宿盘豆馆对丛芦有感》、《咏史》(历览前贤)、《落花》等篇,无论感情的涵量还是深度都较前期有所加强,表现感伤情绪的艺术技巧也更为纯熟。另外,还应注意的是商隐这一时期感伤情调非常突出的文章,他是将自己的感伤气质和情绪的载体,从诗中大部分转向文中。因此,就整个诗文创作而言,其感伤情调不但没有减弱,而且是大大加重了。

感伤情调是义山诗最独特的主导风格,其诗风的形成与发展,是以这种情调的萌生、强化、定型和成熟为主线的。从这个角度说,这一时期,正是义山感伤诗风得到强化和逐渐定型的时期,是其诗艺发展过程中的一个重要阶段。

安 定 城 楼①

迢递高城百尺楼,绿杨枝外尽汀洲②。贾生年少虚垂涕③,王粲春来更远游④。永忆江湖归白发,欲回天地入扁舟⑤。不知腐鼠成滋味,猜意鹓雏竟未休⑥。

① 安定:即泾州(治所在今甘肃泾川县北),唐泾原节度使府所在地。

② 汀洲:水边平地。

③ 贾生:即贾谊,西汉著名文学家。曾上《陈政事疏》:"臣窃惟事势可为痛哭者一,可为流涕者二,可为长太息者六。"未得汉文帝重用。

④ 王粲:东汉著名文学家。因避东汉末年战乱,流寓荆州,依刺史刘表。曾作《登楼赋》,抒写去国怀乡、忧时伤乱之情。

⑤ 入扁舟：用春秋时范蠡帮助越王勾践灭吴后，乘小船泛五湖归隐的故事。

⑥ "不知"二句：《庄子·秋水》载惠施猜忌庄子欲争其梁相之位，"庄子往见之，曰：'南方有鸟名鹓（yuān）雏，发于南海，而飞于北海，非梧桐不止，非练食不食，非醴泉不饮。于是鸱得腐鼠，鹓雏过之，仰而视之曰：吓！今子欲以子之梁国而吓我耶！'"此针对猜忌者而发。

此诗作于开成三年（838）春暮，时义山参加博学宏辞科考试落选，应王茂元辟而入泾原幕。此篇便是他到泾原不久，登泾州城楼览眺抒怀之作。义山宏博落选，与某中书大人"此人不堪"这一含有道德人品的非议有关，诗中所用《庄子·秋水》典故，也许正是对这种猜忌与污蔑的愤慨。

虽是传统登临题材，却一反写景抒慨之陈规，仅在首联以登楼骋望发端，以下通篇纯粹抒怀，可谓登临律体中的创格。由首联写景至次联忽发时世之忧、身世之感，表面看来起落无端，而实际上意脉通贯。阔远美好之境界,每易激起怀抱远大、遭遇不偶者之忧愤,故其意致迹似杜诗"花近高楼伤客心,万方多难此登临"。贾谊有策而无用,王粲空怀"冀王道之一平,假高衢而骋力"(《登楼赋》)的志愿,也被迫远游,颔联即寓含了诗人的忧国深情。联系《行次西郊作一百韵》所揭示的国家的深重危机以及"九重黯已隔,涕泗空沾唇"等句,不难理解这种深忧的具体内容及其沉重程度。有此忧国之情、回天之志,后面功成身退的表白方不是泛泛套语,蔑视鸱枭嗜腐方有批判力度。同时,贾、王的个人遭遇,显然又是在身世之感上与商隐相通。故全诗是将忧念国事、抒写抱负、感慨时世、抨击腐朽熔为一炉,通过理想抱负与客观境遇的尖锐矛盾,展示了青年诗人阔远的胸襟和在逆境中所显示出来的峻拔坚挺的精神风貌。

据《蔡宽夫诗话》载,王安石特别称赏"永忆"一联,认为"虽老杜无以过",也许便在于其中的俊迈高逸之气。诗中由贾谊、王粲联及自身,不无伤感之意,但颈联的高迈与尾联强烈的愤激色彩冲淡了这种伤感。不过,与前期《曲江》、《重有感》等七律比较,诗中自我的成分显然占据了中心,身世感慨是越来越浓重了。

回中牡丹为雨所败二首①

下苑他年未可追②,西州今日忽相期③。水亭暮雨寒犹在,罗荐春香暖不知④。舞蝶殷勤收落蕊⑤,佳人惆怅卧遥帷⑥。章台街里芳菲伴⑦,且问宫腰损几枝?

① 回中:在泾州附近,秦时曾建有回中宫,这里以回中代指泾州。

② 下苑:即曲江,汉代称宜春下苑,唐为长安最大的风景区。他年:往昔。

③ 西州:安定郡(泾州)。

④ 罗荐:锦制的垫褥之类。

⑤ 收落蕊:蝴蝶在落英中飞舞,好似惜花而收取落蕊。

⑥ 卧遥帷:牡丹因风雨摧残而委顿,遥看犹如佳人惆怅卧于帏中。

⑦ 章台街：在长安西南。

　　浪笑榴花不及春，先期零落更愁人①。玉盘迸泪伤心数②，锦瑟惊弦破梦频③。万里重阴非旧圃④，一年生意属流尘。前溪舞罢君回顾⑤，并觉今朝粉态新。

① "浪笑"二句：浪笑，空笑。石榴花夏初始放，故说"不及春"。而牡丹不应零落而落，则比"不及春"之榴花更可悲。

② 玉盘迸泪：牡丹花冠上雨珠飞溅，好似落泪一样。

③ 锦瑟惊弦：以锦瑟急奏时的促柱繁弦比喻急雨打花，令人心惊。

④ 重阴：阴云密布。旧圃：指往昔曲江旧圃之美好环境。

⑤ 前溪：在浙江武康县，南朝习乐场所，有《前溪歌》云："花落随流去，何见逐流还。"舞罢：指花瓣飘落净尽。

　　比起前一阶段，泾幕诗中有关个人怀抱、遭际及恩旧、家室的篇章显著增多，而且往往写得比较出色。所选两首为比兴体咏物诗,即诗人泾幕期间托物寓怀,自慨身世之作。首章展开较长的时间过程,写牡丹原本植于曲江苑圃,今日沦落西州,着重今昔境遇的对比和同伴之间得意与失意的对照。次章突出牡丹一春的遭遇,着重写风雨摧残、零落迸泪的凄惨情状。两章呼应配合,借牡丹的不幸,寓托作者应宏博遭斥、寄身泾州的种种情事。同时,时代环境的恶劣及其对美好事物的摧残,也在诗中曲折地得到反映。

咏物和抒怀紧密结合,但重在抒怀,这和《安定城楼》一样,都显示出商隐主观的重抒情的创作个性。如果说《安定城楼》显示了商隐学杜达到了既神似又能变化的境地,则这两首诗就显示出他已完全建立了个人独创的风格。两诗写牡丹为雨所败的情景固然逼真,但作者目的并不在于纯客观的景物描绘,写景全以唱叹出之,不为描摹物象所拘滞。诗不仅次章结尾以想象中的"舞罢回顾"挽过一步作结,谓与将来飘落殆尽相比,今日雨中的晶莹零落犹为新艳美丽,将凄零之伤悲更推进一层。而且两章开篇也分别以"下苑他年未可追"、"浪

笑榴花不及春"向前回溯一步,令人想象牡丹当年在曲
江的繁华盛况和为雨所败前迎春开放的情景。这些都
是虚笔。综观全篇,虽重点在写雨中牡丹,却用它零落
前后的境况作为对照,隐隐构成牡丹生活遭遇的三部
曲,不仅表现落花的悲惨现状,而且展示了牡丹悲剧性
的命运,使诗歌意味更加隽厚。

　　商隐咏物诗在物我之间,常呈时分时合、似分似合
的状态,人称每不甚分明。如此诗首章起联显然站在观
赏角度,以叙述口吻,主客体区分明确。而以下三联则
物我无形中融为一体。大概作者初因雨败牡丹而兴感,
随着感情被落花激发酝酿,由落花联及自身飘零不偶的
命运,不觉身依魂附,物我浑然了。这与商隐意识流的
思维与写作方式是分不开的,而这又是与其主观性纯粹
抒情性的创作个性联系在一起。如果说从抒情基调上,
商隐是以感伤色彩的强化和成熟为主线,那么在抒情手
法上,则以这种遵循情感自然逻辑的意识流的写作特点
不断突出为趋向。这两点循着商隐的创作一路走下去,
会看得越来越明显。

东　南

东南一望日中乌^①，欲逐羲和去得无^②？
且向秦楼棠树下，每朝先觅照罗敷^③。

① 日中乌：传说太阳中有三足乌。此处借指东南隅初出之
　朝阳。

② 羲和：驾日车之神。亦用以代指日。

③ "且向"二句：罗敷：美女代称。此处秦楼指妻子住所，罗敷
　也代指妻子。

　　商隐入幕泾原，受到王茂元的异常器重。《重祭外
舅司徒公文》有云："往在泾川，始受殊遇。绸缪之迹，
岂无他人？樽空花朝，灯尽夜室。忘名器于贵贱，去形
迹于尊卑。语皇王致理之文，考圣哲行藏之旨。每有论
次，必蒙褒称。"又《祭外舅赠司徒公文》亦云："京西（按
指泾原）昔日，辇下当时。中堂评赋，后榭言诗。"正是
由于在经常的接触谈论、评赋言诗的过程中，茂元发现

了商隐的才能,因而"爱其才,以子妻之"(《旧唐书》本传)。王氏是王茂元最小的女儿,不仅貌美,而且极富才华,商隐对其也属意已久。两位才人走到一起,不仅在生活中是伴侣,在精神上更是知音。《过招国坊李家南园二首》其一有云:"春风犹自疑联句,雪絮相和飞不休。"便写出两人婚后彼此唱和联句的幸福情景。可是诗人游幕身不由己,新婚燕尔,也不能长相厮守。新婚遽别,对妻子的思念之情难以堪受。

本诗乃诗人晨起看见东南隅初出的朝阳,思念之情难抑,不由触景生出奇想。羲和既能驾日车历天入海,自当能见到异地的妻子,诗人于是便幻想能跟在他后面,去看那爱人所居的"秦氏楼"。此念既切,不觉身已化为阳光而照见秦氏楼中的罗敷(指妻子王氏)了。"逐"、"照"之间,暗含想象的推移转换,而令人浑然不觉。张若虚《春江花月夜》"此时相望不相闻,愿逐月华流照君",这首诗的联想与之出自同一机杼。

想象新奇,意境优美,可谓是奇情幻想,出人意表,显示了商隐诗思的奇巧丰富,这是作为一个优秀诗人所必不可少的天分。类似的奇句还有"相如未是真消渴，犹放沱江过锦城"（《病中早访招国李十将军遇挈家游曲江》）、"莺啼如有泪，为湿最高花"（《天涯》）、"几时心绪浑无事，得及游丝百尺长"（《春光》）、"轻身灭影何可望？粉蛾帖死屏风上"（《日高》），等等。它们所体现的奇思妙喻，说明了天才在诗歌中的重要意义，虽然现实给予商隐那么多的磨难，但他却在梦中得到了那支五彩笔。商隐未必以之为幸，但我们的诗歌史却因之在盛、中唐之后又放一束异彩。

凉　　思

　　客去波平槛①，蝉休露满枝。永怀当此节②，倚立自移时③。北斗兼春远④，南陵寓使迟⑤。天涯占梦数⑥，疑误有新知⑦。

① 波平槛：江波几乎与栏杆相齐。
② 此节：这个清秋时节。

③ 移时：时间流逝，指倚立时间长。

④ 北斗：北斗星，处北，暗指家乡方向。兼：与，同。

⑤ 南陵：唐宣州属县（今安徽南陵县）。寓使：因出使而流寓
　　异地。

⑥ 天涯：此处指远方妻室。占梦：圆梦，根据梦中所见预测
　　人事吉凶。　数（shuò）：频。

⑦ 新知：新相好。

　　这也是一首幕府思亲念家之作。客中思乡，最难耐
的就是静寂寥落之时，而客去、清秋、深夜，却偏偏不给
诗人消愁的机会，反而用这种客观环境诱发、渲染、酝酿
着他的旅思乡愁。首联所写正是这种最令人难耐的情
境，从仿佛意外发现江阔波平、蝉休露盈的视听感受中
显出时间的流逝和凉夜的寂寞，暗逗"思"字。颔联正
写思念的悠长，语淡情浓，笔意空灵。两句似对非对，特
具隽永的神味。腹联分写怀远之情和留滞之感，对应中
益见怀远之情的深切。出句将空间的悬隔和时间的远
隔在意念中融为一体，用一"远"字绾结，使时间之远同

时具有空间的视觉形象，似无理而真切新颖。末联转从对方着笔，从遥想对方的"疑误"中进一步表现自己的深切思念和体贴。

诗的作年不能遽定。张采田系于大中元年居桂幕时，无确据，他认为此诗乃赠别之作，与诗意也不符。从诗的内容看，当是商隐婚于王氏后，任幕职时寓使南陵之作，至于为泾原幕或陈许幕、桂林幕则不易考。诗人从幕期间奉使南陵，却羁迟未归，导致妻子怀疑是否另有新知所绊，则商隐所依之幕当与妻子所在之地相同或相近，然则居泾幕时寓使南陵可能性较大。从诗中因爱生疑，乃小儿女情重还疑情，亦似新婚不久之作。然亦不能断言，姑编于此。

十一月中旬至扶风界见梅花①

匝路亭亭艳②，非时裛裛香③。素娥惟与月④，青女不饶霜⑤。赠远虚盈手⑥，伤离适断肠。为谁成早秀？不待作年芳⑦。

① 扶风：郡名，今陕西凤翔一带。

② 匝：环绕。

③ 裛裛(yì)：香气浓盛。

④ 素娥：嫦娥。

⑤ 青女：主霜雪的女神。

⑥ 赠远：古有折梅赠远的风习。《荆州记》："陆凯与路晔为
　　友，在江南，寄梅花一枝诣长安与晔，并赠诗曰：'折花奉秦
　　使，寄与陇头人。江南无所有，聊赠一枝春。'"梅是报春的
　　花，早梅所开非时，不能赠春寄远，所以说"虚盈手"。

⑦ 年芳：春天开花。

　　梅花例在腊月底开放，十一月中旬开花可谓非时；
梅花宜于小园，依墙临水，而此梅环绕车马络绎之大道，
可谓非地。这样一种梅花，恰可为诗人传神写照。商隐
才名早著，十六七岁便"以古文出诸公间"(《樊南甲集
序》)，但是却所遇非时，仕途淹蹇，可以说是早慧非福。
宏博试中选而复黜，蒙受人格上的欺辱，这也正如早梅
"素娥惟与月，青女不饶霜"的遭遇。嫦娥爱梅只有无

助的清冷月光,而青女霜威肆虐却是早梅实实在在的严酷境遇,纪昀谓"爱之者虚而无益,妒之者实而有损"。联系诗人自身,虽也遇到不少赏其才华的府主、恩师,但却不能助其扶摇青云,建功立名。所以本篇纯为托物喻怀,寄慨遥深。

诗中写出了早梅芬芳秀美、孤子不群的形象,虽用艳字增添色泽,但不涂饰刻画,而以烘染传神,显示商隐咏物抒怀传神空际的特点。而由于寓慨深远,又绝不是以逃虚为妙、有空腔而无实质。

马 嵬 二 首①（选一）

海外徒闻更九州,他生未卜此生休②。空闻虎旅传宵柝③,无复鸡人报晓筹④。此日六军同驻马⑤,当时七夕笑牵牛⑥。如何四纪为天子⑦,不及卢家有莫愁⑧?

① 马嵬:即马嵬坡,故址在今陕西兴平县西。天宝十五载

(756)六月,安史叛军攻破潼关,玄宗奔蜀,被逼在此处死杨贵妃。

② "海外"二句:陈鸿《长恨歌传》载玄宗命方士寻找杨贵妃魂魄,方士在海外蓬莱山找到杨,杨言天宝十载与玄宗在长生殿盟誓,"愿世世为夫妇"。九州,此指传说中的仙境。

③ 虎旅:护卫皇帝的禁军。宵柝(tuò):夜间巡逻时用以报警的梆子。

④ 鸡人:宫中司晨之人,报晓时敲击更筹(竹签),称"晓筹"。

⑤ 六军驻马:指禁军斩杀和逼死二杨的"马嵬之变"。

⑥ "当时"句:指玄宗与杨贵妃长生殿盟誓,以为天上的牛、女一年只能相会一次,而他们则可永世相守,故诗言"笑牵牛"。

⑦ 四纪:一纪十二年,玄宗在位四十五年,此处约言之。

⑧ 莫愁:参《富平少侯》注,此兼取"莫愁"字义,暗挑李、杨的"长恨"。

　　由于自身的现实遭际,商隐诗歌的情境走向是由外逐渐转向内的,此期作品对个体身世方面的感慨远远重于对现实的关注,但这并不意味商隐已经完全规避退缩,只专注于小我的喜乐忧愁。事实上,"欲回天地"的抱负他一直不曾放下。内和外在其生命的不同阶段,偏向容或有所轻重,但始终是相依相伴的。就外而言,前期因不曾体验种种现实遭遇,抱负高远,理想色彩较强,故关注现实热切,持论亦刻露而峻切,如《初食笋呈座中》、《富平少侯》便是诗人早期关乎外在现实的典型诗作。随着个人悲剧性命运的现实展开,义山诗感伤色彩逐渐浓郁,影响到外,即将许多个人的感触加入其中,特别是思力加深,对历史与现实都是在反复沉思后发出感慨,概括力更强,诗意因个人阅历与思力加深也由峻直走向深婉。《咏史》(历览前贤国与家)、《北齐二首》等可供佐证。这种变化也是义山诗在反映现实等社会性内容方面的演变趋势,和内在沉入心灵、反复沉潜后酝酿千回百转的悲情体验的趋向是一致的。

此篇咏明皇、贵妃故事,对君主荒淫误国痛责深讽,是商隐表达自己政治认识的关乎外在世界的作品。诗以倒叙开篇,先写玄宗遣方士招魂之举,再追溯马嵬事变,突出玄宗荒淫而招致玉碎国破的结果,批判力量较强。

诗中每一联都包含着鲜明的对照,方士招魂与杨妃死去的现实,承平年代宫中鸡人的报晓与奔亡道中的虎旅宵柝,长生殿上的七夕盟誓与马嵬坡的六军驻马,四纪为君而不能保全妻室与民间夫妻的白头相守,同时辅以虚字的抑扬,充分显示出玄宗迷于色而不悟,终至自食恶果。

不过诗意又似不止于讽刺,承平与乱离的对照,马嵬悲剧的酿成,李杨主观愿望与实际遭遇的悬差,都不免令人产生更广泛的联想,乃至重温玄宗朝多方面的历史教训。诗人思力的加深也便表现在这里。而处处以今昔对照,显然又寄寓了诗人对玄宗"早知今日,何必当初"的感慨与惋惜。尾联的对比追问,除批判外,有着同情、痛惜、伤感等许多复杂的感情。这一切都增加了诗歌的内蕴,诗意因而变得深曲,使此期关乎外在现实的作品从轻利峻直走向深重。

玉　　山

玉山高与阆风齐,玉水清流不贮泥①。何

处更求回日驭②，此中兼有上天梯③。珠容百
斛龙休睡④，桐拂千寻凤要栖⑤。闻道神仙有
才子⑥，赤箫吹罢好相携⑦。

① "玉山"二句：玉山、阆（láng）风，传说神仙所居之山。玉
水，发源于玉山之水。《穆天子传》："天子北征东还，至于
群玉之山……阿平无险，四彻中绳，先王之所谓册府。"此
以玉山、玉水喻指秘书省之清要。

② 回日驭：指极高之山，羲和驾日车到此也只得回旋。此指
秘省地位之尊。

③ 上天梯：喻得到发展的机遇。

④ "珠容"句：《庄子·列御寇》："夫千金之珠，必在九重之渊
而骊龙颔下。能得珠者，必遭其睡也。"这里用"龙休睡"寄
望君主清明。

⑤ "桐拂"句：传说凤凰非梧桐不栖，非竹实不食。此以梧桐
喻秘省，凤喻己。

⑥ 神仙才子：指秘省同僚。

⑦ "赤箫"句：秦穆公时有箫史者，善吹箫，穆公女弄玉好之。
后弄玉乘凤，箫史乘龙，升天而去。此句用此事以比僚友，

故曰"相携"。

约在开成四年（839）仲春，商隐离泾原幕赴长安参加吏部书判拔萃科考试，释褐为秘书省校书郎。商隐自大和五年起应进士试，至开成二年方登第；登第后又三次参加吏部试，方释褐入仕。虽经历了不少坎坷，但能获得秘书省校书郎这样的清职，心情还是十分兴奋。校书郎方阶九品，官品虽低，但却是文士起家最好的出身。冯浩说："职官以清要为美。校书郎为文士起家之良选，诸校书皆美职，而秘省为最。如翰林无定员，诸曹尚书下至校书郎，皆得与选矣。"商隐乍获此美职，心中充满了平步青云的企盼，本篇即抒发了这种心情。

以玉山策府指秘书省，乃喻其为文翰清望之署。首二句一"高"况其位尊，一"清"况其职美，正是秘省清资的形象比喻。三、四谓玉山高可"回日"、"上天"，即视秘省为日后登进的天梯，充满了对前途的美好憧憬。五、六祈望君主清明并抒发了自己凤栖高梧的宏愿。"桐拂千寻凤要栖"，一"要"字写出一种锥处囊中的昂扬自得,与李白的"君何惜阶前盈尺之地,不使白扬眉吐气,激昂青云"(《与韩荆州书》)倒有几分神似。尾联承六,谓同时僚友既亦有栖桐之宏愿,何不于赤箫吹罢之际携手同上青云乎? 语中寓有一种"同学少年多不贱"的意兴,见出携来百侣、指点江山之自得。

全篇踌躇满志,兴会淋漓,完全是少壮得意的神情风貌,与日后望荐求引之诗的词意卑曲者迥异。只是这种踌躇得意比朝露还短暂,秘书省校书郎任上不到三四个月,商隐突然被调为弘农尉,一下子由清职沦为俗吏,在人生道路上又遇到一次新的挫折。

蝶

初来小苑中,稍与琐闱通①。远恐芳尘断②,轻忧艳雪融③。只知防浩露,不觉逆尖风④。回首双飞燕,乘时入绮栊⑤。

① 琐闱:镂刻有连琐图案的宫中侧门,此指宫廷。

② 芳尘：香尘，花之色香。亦取寓意，指宫禁。

③ 艳雪：谓蝶粉。

④ "只知"二句：浩露，浓露。尖风，阴冷之风。两词均有所
　　寓指。

⑤ 绮栊：雕刻有绮美图案之窗栊。亦寓指宫廷。

　　这是一首寓言体咏物诗，与商隐的出尉弘农有关。
商隐在《与陶进士书》中，自己解释任弘农尉的原因：
"寻复启于曹主，求尉于虢（按弘农属河南道虢州），实
以太夫人年高，乐近地有山水者，而又其家穷，弟妹细
累，喜得贱薪菜处相养活耳。"仿佛只是为了照顾老母
弟妹，减轻生活负担，而主动请尉弘农的。这显然是一
种饰词，否则就不会在这期间有那么多的哀怨之吟了。
其真实原因倒是在本诗中隐约有些透露，虽然具体事由
仍不得而知。

　　冯浩在《玉溪生诗笺注》中基本揭出了本篇意旨：
"自慨之作。起二句喻初为秘省，得与诸曹相近。下
言不意被斥，让他人乘时升进也。""小苑"、"琐闱"指

宫禁,谓初入秘省,得近宫廷。次联形容"初来小苑"忐忑不安的心情,既恐远隔芳尘,不得长留宫廷,又忧粉消雪融(指蝶粉),失轻艳之姿容。腹联谓自己只提防浓露的侵袭,却未料遇上"尖风"的冲击,喻变生意外,横遭摧抑。结末言他人乘时而入宫掖。"回首"二字,正点出尉弘农时。尽管隐约其辞,但初来小苑即遇上"尖风"这样恶势力的侵袭还是表现得比较明显的。

就艺术性而言,本篇在商隐咏物诗中并非上乘之作,处处流露出寓比的痕迹,比附也显得较实较死。不是将人的感慨、命运融入物中,而是以人的寄托剥离、侵占了物本应具有的精神,从而使得寄托一望而知,物基于自然特性下的精神全无。比起他后来那些咏物诗因物兴感,以物寄兴,寄托在有无疑似之间,浑沦抒慨,传神空际,不免稍逊一筹。正因如此,特选录本诗,除了以之寻绎商隐出尉弘农这一重大人生挫折的蛛丝因由,体察诗人心头的冲击痛苦;再有便是以此映照,以见诗人艺术水平的前进足迹。

出关宿盘豆馆对丛芦有感①

　　芦叶梢梢夏景深,邮亭暂欲洒尘襟。昔年曾是江南客②,此日初为关外心③。思子台边风自急④,玉嬢湖上月应沉⑤。清声不逐行人去,一世荒城伴夜砧。

① 关:此指潼关。盘豆馆:在今河南灵宝县境内,距潼关四十里。相传汉武帝过此,父老以牙盘献豆而得名。

② 江南客:商隐《献相国京兆公启》记其少年时有"东至泰山"、"南游郢泽"的游历。此处也有可能指少年随父客居浙水东西。

③ 关外心:关,此指函谷关,原在弘农境内,汉武帝时楼船将军杨仆耻居关外,请武帝移函谷关于新安,去弘农三百里。

④ 思子台:《汉书·戾太子传》载,戾太子(刘据)以巫蛊事自杀,后汉武帝知其冤,因作思子宫,又建归来望思之台于湖县。台址在今河南灵宝县境。

⑤ 玉嬢湖:王士禎《秦蜀驿程后记》:"过阌乡盘豆驿,涉郎

水，即义山所云之玉孃湖。"未知所据何书。湖当距盘豆馆不远。

这首诗大约是开成四年（839），商隐由秘书省校书郎调任弘农尉，作于赴任途中即将到达弘农时。由秘省清职降为俗吏，是商隐仕途一大挫折，其心情之苦闷可想而知。故出关见丛芦顿生仕途淹蹇、身世孤寂之感。诗言"初为关外心"，谓开始有杨仆耻居关外之心，显然由仕途失意，不得已离开长安引起，这是一篇主意所在。诗的前四句由丛芦而忆及江南，再由江南折出"关外心"，在曲折的思绪活动中，回溯了漫长悠远的时间、空间和有关生活内容。这种回忆，以及暂时因环境清幽而尘烦乍释的心境，对于逐渐萌生的"关外心"，起着引发和映衬的作用。后四句则由"关外心"扩展开去，思绪连绵，融合了对亲人的思念和长夜难眠之中对外在环境的感受，使"关外心"表现得更加充分和形象。

诗纯粹写因丛芦触发而引起的种种感慨，正面写丛芦仅开头一句，接下一连串的思绪和感情活动，都是任凭思维自身的逻辑自然展开，青春的客游江南，此日的流落关外，眼前的苍茫丛芦，远方的亲人思念，极大的时空跨度都被跳跃发散的思维聚合在一起，和《回中牡丹为雨所败》一样，这都是以意识流的方式组合全篇。而末联渲染永伴荒城的清音，更把环境给人的感觉注入心境之中，让读者自始至终都能感觉到芦叶梢梢的那种形象和韵味。这就为诗营造出一种哀感优柔的意境，体现出义山诗情绪色彩的特征所在。

任弘农尉献州刺史乞假归京

黄昏封印点刑徒[①]，愧负荆山入座隅[②]。
却羡卞和双刖足[③]，一生无复没阶趋。

① 封印：封存官印。点刑徒：清点囚徒。两者都是府县主管治安的官员每天散衙前的例行公事。

② 荆山：在虢州湖城县（今河南灵宝县），山势雄峻。入座隅：指入座当值，兼有屈居席末之意，因县尉职位在令、丞、主

簿之下。

③ 卞和刖足：春秋时楚人卞和在荆山（今湖北南漳县西）得一玉璞，先后献给楚厉王和楚武王，都被说成是石头，相继被斩去双足。楚文王即位，他抱璞哭于荆山，文王命玉工雕琢，果得宝玉，史称"和氏璧"，价值连城。

开成四年（839），李商隐由秘书省校书郎调任弘农尉（隶属虢州，今河南灵宝县）。在弘农尉任上，因为同情被逼犯科的穷民而对之"活狱"（免除或减轻对受冤囚犯的处置），触怒了陕虢观察使孙简。诗人不甘承受辱责，愤而辞官，因作此诗。商隐在《行次西郊作一百韵》中曾说："盗贼亭午起，问谁多穷民。节使杀亭吏，捕之恐无因。"可以推想他这次"活狱"之举是出于对穷民处境的理解同情以及对当局酷虐政治的不满。诗人呈诗"乞假"离职，本身就是一种抗议。诗中抒写的"封印点刑徒"时的愧疚心情和对"没阶趋"的卑辱处境的憎恨，与高适"拜迎官长心欲碎，鞭挞黎庶令人悲"（《封丘作》）心情较相一致。

卞和献玉乃楚之荆山，非商隐所居之虢州荆山，商隐因同名之山而生发联想，有意混用，体现出用典不泥的特点。从卞和的遭遇中，诗人又抒发了自身有才不遇，有志难申的强烈感愤，直率中见深警曲折。诗中的倔傲意气，与《安定城楼》中"不知腐鼠成滋味，猜意鹓雏竟未休"一样，展示了商隐个性中极其激烈傲岸的一面，虽然从总体上看，商隐是个优柔内向、容易自伤自怜的人。而且，正因为个性的自闭与内向，写给外人的诗篇才更多以坚强掩盖脆弱。这种坚强，也正是一个心性敏感之人面对屈辱的本能反应，心性越敏感，反应越激烈。只有在那些写给至交亲朋或自我抒怀的作品中，商隐才会流出忧伤的眼泪。这首诗的倔傲激烈没有妨碍商隐诗风的感伤走向，而其所显示的诗人个性特征，正是商隐不可避免悲剧性命运的重要性格因素。

咏　史

历览前贤国与家，成由勤俭破由奢①。何

须琥珀方为枕②,岂得珍珠始是车③? 运去不逢青海马④,力穷难拔蜀山蛇⑤。几人曾预南薰曲⑥,终古苍梧哭翠华⑦。

① 《韩非子·十过》载秦穆公问由余:"愿闻古之明主得国失国常何以?"由余对曰:"常以俭得之,以奢失之。"

② 琥珀枕:据沈约《宋书》载,宋武帝(刘裕)时宁州献琥珀枕,时北征须琥珀治金疮,即命捣碎分付诸将。

③ 珍珠车:据《史记·田敬仲完世家》,战国时魏惠王向齐威王夸耀他有"径寸之珠,照车前后各十二乘者十枚",威王说自己宝贵的是贤臣,"将以照千里,岂特十二乘哉!"

④ 青海马:一种产于青海的杂交马,据说能日行千里。此喻可任军国大事的英才。

⑤ 蜀山蛇:《蜀王本纪》:"秦献美女于蜀王,王遣五丁迎女。还至梓潼,见一大蛇入山穴中,五丁共引蛇,山崩,压杀五丁,化为石。"冯浩《玉溪生诗笺注》:"句意本刘向《灾异封事》:'去佞则如拔山。'"

⑥ 南薰曲:相传舜作《南风》诗:"南风之薰兮,可以解吾民之愠兮。"这里以"南薰曲"指君主爱民求治之愿望。

⑦ 苍梧：即九疑山（今湖南宁远县南），传为舜葬之处。这里借指文宗所葬的章陵。翠华：天子仪仗，代指文宗。

　　题为咏史，实系伤悼唐文宗之作，诗当作于开成五年（840）正月文宗去世后。

　　俭成奢败本是历代兴衰的常规，但文宗在位期间，作风勤俭，政治上也多次作过重振朝纲的努力，却一事无成，最终在"受制于家奴"的哀叹声中死去。面对这种无法解释的反常现象，诗人已隐约感觉到"运去"、"力穷"，唐王朝崩颓之势已成，即使出现一两位明君贤臣，也难以挽回了。文宗在位时，商隐对于他的闇弱，颇多讥评；而于其身后，则又加以哀婉。无论讥评还是哀婉，均出自对国家命运的深切关注。

　　正由于这种深切的关注，国运难以逆挽的崩颓之势，成为诗人心头难以解脱的宿命般的悲凉。如果说商隐感伤诗风的发展成熟，就个体来说是性格、遭遇使然；那么就时代因素来说，实是对衰飒大环境的呼吸领会。"运逢末世"，就是促成商隐感伤诗风的内外两层背景，身世之感与末世情怀交相促发激荡，将诗人内心的感伤越酿越浓。

无 题 二 首 (选一)

昨夜星辰昨夜风①，画楼西畔桂堂东。身无彩凤双飞翼，心有灵犀一点通②。隔座送钩春酒暖，分曹射覆蜡灯红③。嗟余听鼓应官去④，走马兰台类转蓬⑤。

① "昨夜"句：《书·洪范》："星有好风。"此含有好会的意思。

② 灵犀：犀角中心的髓质像一条白线贯通上下，借喻相爱双方心灵的感应与暗通。

③ "隔座"二句：送钩、射覆，均为古代酒席间游戏。

④ 听鼓应官：唐制：五更二点，鼓自内发，诸街鼓承振，坊市门皆启。鼓响天明，即须上班。

⑤ 兰台：汉代藏图书秘籍的宫观，这里借指诗人供职的秘书省。

这是一首有诗人自己出场的赋体无题,抒写对昨夜一夕相值、旋成间隔的意中人的深切怀想。颔联"身无"、"心有"相互映照,不仅写出心虽相通而身不能接的苦闷,而且写出间隔中的契合、苦闷中的欣喜、寂寞中的慰藉,将对立感情的相互渗透与交融表现得深刻细致而又主次分明。星辰好风、灯红酒暖的追忆,加深了今昔相隔的怅惘。诗写的是爱情,但这种人生的轻愁与无奈,又不仅限于爱情。

末联兰台转蓬固指诗人为职事所羁,不得与所爱如愿相会,同时也暗含了诗人两入秘省,仕途蹭蹬的人生经历。故这种间隔之叹中的转蓬之感,便在爱情的怅惘中带有自伤身世的意味。整首诗浅唱轻叹,惆怅绮美,较突出的体现了义山诗"深情绵邈,典丽精工"的特点。

灞　　岸①

山东今岁点行频②,几处冤魂哭虏尘。灞水桥边倚华表③,平时二月有东巡④。

① 会昌二年(842)八月,回鹘乌介可汗率所部南侵至大同一带,唐朝廷下令征发许、蔡、汴、滑等六镇兵马,准备抗击。诗所写即此事。灞岸:灞水桥(在长安东)边。

② 山东:函谷关以东地区。点行:按名册抽丁出征。

③ 华表:古代用以表示王者纳谏或指路的木柱,立于大路交衢。此指设于桥前作为标志与装饰之表柱。

④ 平时:承平之时。东巡:皇帝巡游东都洛阳。《书·舜典》:"岁二月,东巡守。"故说二月东巡,非实际纪时。

　　会昌二年下半年开始准备,三年正月进行的破袭回鹘的战争,和会昌三年八月至四年八月的讨伐泽潞叛乱,是唐后期两次重大的政治军事行动。商隐对这两次战争都有深切的关注,写下一系列诗文。本诗所涉即唐政府为抗击回鹘而征兵之事,对因遭回鹘侵扰而死亡流离的百姓深表同情。杜牧同一时期也写过一篇反映此一史事的作品《早雁》。除小李杜外,同代诗人直接反映此事的作品却很少,这一方面说明了其时诗坛的寂寞,另一方面也说明商隐在哀叹个人命途多舛的同时,一直不曾停止对国运的关切。

诗以回鹘南侵为背景，主要写的是灞岸远眺时的心情。通过想望中东都一带兵士应征、北方边地百姓号哭的情景与盛时帝王东巡的对比，寓无限今昔盛衰之感。

结构上，诗人先从眺望中想象到的今日情景写起，再联想昔日东巡，结尾戛然而止，余味深远，令人深思。而且这种从时间角度来说的倒装，起到了更好的衬跌效果，能突出侵扰与动乱给国家和人民带来的灾难。但这种结构安排未必是作者有意为之，诗人的思路本来就是由现实出发而联想开去的，遵循的是思维自身的逻辑。

商隐关于讨伐泽潞叛乱的诗更多，今举一篇《登霍山驿楼》：

> 庙列前峰迥，楼开四望穷。岭巉岚色外，陂雁夕阳中。弱柳千条露，衰荷一向风。壶关有狂孽，速继老生功。

这是会昌四年秋，商隐移家永乐（今山西芮城县）后，往返永乐、太原时，登霍山而作。是时，讨伐刘积的战争即将完全获胜。从字面上,前三联均登临即景,只有最后一联写时事。"老生功"指隋将宋老生。李渊进军关中时,老生守霍邑,被李渊打败斩杀。诗人乞求霍山神能像当年帮助李渊一样,早日助朝廷平定叛乱。

由前面的写景到末联祈愿,看似突然。实际上,由于诗人心中早就装满时事,登高一眺广渺时空,内心蓄积便被引发出来。诗人将这表现在诗中,而又省略了其间的笔墨蹊径,于是出现末联的跳跃。纪昀说:"登高望远,忽动于怀,兴寄无端,往往有此似突而究非突,盖其转接之间以神而不以迹也。"(《玉溪生诗说》)其实,这同样是遵循思维自身逻辑的结果。

春 宵 自 遣

地胜遗尘事[①],身闲念岁华[②]。晚晴风过竹,深夜月当花[③]。石乱知泉咽,苔荒任径斜。陶然恃琴酒,忘却在山家。

① 遗：忘却。

② 岁华：一岁中之美好景物。

③ 当：正对，映照。

　　会昌四年三月，商隐移家永乐，为母守丧。闲居期间生活相对安定，写了不少表现闲适生活的诗以及一些酬赠之作。但商隐内心对此种生活并不习惯，仍然关注着国事，焦虑着前途。《登霍山驿楼》作于此期，便可见商隐内心的不闲适。因此，即使一些着意表现闲适生活的诗篇，从中仍可窥见作者不闲适的心曲。本诗即是如此。

　　诗写竹影风声，月夜花香，幽泉潺潺，径斜苔荒，在幽境与琴酒间颇有悠然自得之趣。但因"地胜"而暂忘"尘事"，因"琴酒"而"陶然"山家，这种"自遣"是所谓举杯浇愁耳，并非真能超然物外。冯浩说："念岁华，是不能忘也。陶然、忘却，聊自遣耳。"可谓善探诗人心曲。

　　其实，将此期类似题材的作品串起来一看，商隐这

种欲遣难遣的积郁抑塞,便一目了然。《秋日晚思》云:

> 桐槿日零落,雨余方寂寥。枕寒庄蝶去,窗冷
> 胤萤销。取适琴将酒,忘名牧与樵。平生有旧游,
> 一一在烟霄。

取适、忘名,旷达其表;零落、寂寥,凄悲其内。此处
的琴酒自遣,便流露出不得已的苦闷了。所取景物寂寥
凄冷,尾联更是显明揭示出内心不平静的波澜。而到
《幽居冬暮》,连取适、忘名一类的话头都没有了,只是
慨叹急景颓年,匡国之情难以实现:

> 羽翼摧残日,郊园寂寞时。晓鸡惊树雪,寒鹜
> 守冰池。急景倏云暮,颓年浸已衰。如何匡国分,
> 不与夙心期。

如果说闲居之初,商隐心境尚较安恬,而此时则急
切而悲凉了,情感变化的脉络非常清晰。可见商隐的个
性并不适于闲适旷达,因此,永乐闲居期间,诗作数量虽
然不少,出色的却不多,特别是那些抒写闲适情调的,甚
至可算平庸之作。

张采田说："玉溪诗境，盘郁沉着，长于哀艳，短于闲适。摹山范水，皆非所擅长。集中永乐诸诗，一无出色处。盖其时母丧未久，闲居自遣，别无感触故耳。其后屡经失意，嘉篇始多。"(《李义山诗辨正·忆雪残雪》评)贴切说明了商隐的悲剧命运、感伤个性与感伤诗风三者的关系，说明了商隐诗歌悲剧性的特质。永乐诸诗无论从正面还是反面，直接还是间接，都再次证明了这一点。

落　花

高阁客竟去，小园花乱飞。参差连曲陌，迢递送斜晖。肠断未忍扫，眼穿仍欲稀。芳心向春尽，所得是沾衣。

本篇也是永乐闲居时的作品，但却不是强为排解的闲适之作，而是义山本色的感伤之咏，写出了诗人真实的情绪、心境。诗以伤春者的眼光与心情写落花，使落花与惜花者浑然一体。花落正值人去之时,这样更加重了小园和诗人心境的寂寥冷落。"竟"、"乱"二字分写客和花,而深层作用却在于表现惜花者心绪的怅惘与纷乱。颔联写花落之态,"连曲陌"见飞红飘洒弥漫之广;"送斜晖"点出夕阳落花这倍添伤感的特定情景,言外可知哀飒的自然风物正冲击、感染着诗人的心绪。因此,腹联便主要表现伤凋之情,透过花的委地、依枝情状,人的伤感断肠也仿佛可触。末联总收,将落花与具落花身世的诗人合而为一。在一片花谢花飞和伤春之感中,落花与惜花者神情全出。

借落花以寓慨身世本是常调,但不是靠比附,而是于无限深情的惜花心意中隐含身世之感。物我既融合无间,而又能使物态人情各自得到贴切的表现。虽咏落花,却不沾滞于诗题,不借香艳的辞藻进行描摹刻画,纯用白描,绝去纤媚之态。诗所表现的,即是一种感伤的意境,所传达的,即是一种伤感的情绪。故写景以传神为能事,不斤斤于繁缛摩画,这与商隐以写情为擅,而尤擅写感伤之情同样是一致的。

寄令狐郎中

嵩云秦树久离居^①，双鲤迢迢一纸书^②。
休问梁园旧宾客^③，茂陵秋雨病相如^④。

① 嵩：嵩山，地近洛阳，借指作者居地。秦：秦中，指长安，时
令狐绹在朝任左司郎中。云、树：化用杜甫《春日忆李白》
"渭北春天树，江东日暮云"句意，谓分隔双方之间的思念。

② 双鲤：书信。古乐府《饮马长城窟行》："客从远方来，遗我
双鲤鱼。呼儿烹鲤鱼，中有尺素书。"

③ 梁园：汉景帝时梁孝王宫苑。《史记·司马相如列传》载相
如"客游梁，梁孝王令与诸生同舍"。商隐早年为令狐楚幕
僚，故称"梁园旧宾客"。

④ "茂陵"句：《史记·司马相如列传》："相如尝称病闲居，不
慕官爵，拜为孝文园令。既病免，家居茂陵。"作者时病卧
洛阳，故以相如自况。

李商隐与令狐绹的关系，是其后期悲剧性命运的重

要现实因素。不过,此时两人虽有隔阂,但矛盾尚未加深。本篇即令狐绹先有书信问候,商隐以诗作答。首句平平叙起,次句款款承接,于纡徐平淡中含悠长之思念和对故人问候的深切感激。三、四句凝练含蓄,特富情韵。往昔与令狐楚的关系、当前的处境心情、对方来书的内容以及对旧主故交情谊的感念交融在一起。以"休问"提起,末句跌落,用貌似客观描述当前处境的笔调缓缓收住,感慨身世落寞之意,全寓言外。确如纪昀所说:"一唱三叹,格韵俱高。"

就本诗来看,商隐与令狐绹交谊依旧,但大抵同期或稍后,商隐有一首《独居有怀》,却显露了和令狐绹关系的真实情况。其中有云:"柔情终不远,遥妒已先深。"托闺怨以抒怀,"柔情"谓自己感情依旧,而对方却早已心存芥蒂了。但由于会昌年间,李党当权,牛党成员大多正遭贬斥,故令狐绹虽对商隐有所疑忌,却不会构成诗人仕途上的真正障碍。所以,本诗感念旧谊故交而无卑屈趋奉之态,感慨身世而无乞援望荐之念。到大中朝令狐绹掌权,这些疑忌不满就有力地推动着商隐悲剧性命运的深化了。而围绕着与令狐绹的关系,商隐的正直与软弱、优柔与耿介,思想个性的优缺点都一一展现出来。就其感伤诗风的形成而言,这也是一个重要的客观现实因素。

北 齐 二 首

一笑相倾国便亡[①],何劳荆棘始堪伤[②]。小莲玉体横陈夜[③],已报周师入晋阳[④]。

巧笑知堪敌万几[⑤],倾城最在著戎衣。晋阳已陷休回顾,更请君王猎一围[⑥]。

① "一笑"句:《汉书·外戚转》李延年歌曰:"北方有佳人,绝世而独立。一顾倾人城,再顾倾人国。"此处"一笑相倾"之"倾"为倾倒、倾心之意,谓君主一旦为美色所迷,便种下亡国祸根。

② "何劳"句:《吴越春秋》:夫差听谗,子胥垂涕曰:"以曲作

直,舍谗攻忠,将灭吴国,城郭丘墟,殿生荆棘。"

③ 小莲:即冯淑妃,北齐后主高纬宠妃。玉体横陈:指小莲
进御。

④ "已报"句:《北齐书》载,武平七年,北周在晋州大败齐师,
次年周师攻入晋阳(今山西太原)。此事与小莲进御时间
相距甚远,此剪缀一处为极言色荒之祸。

⑤ 巧笑:《诗·卫风·硕人》:"巧笑倩兮,美目盼兮。"万几:
即万机,君王纷杂政务。

⑥ "晋阳"二句:《北史·后妃传》载:周师取平阳,帝猎于三
堆。晋州告急,帝将还。淑妃请更杀一围,从之。所陷者
系晋州平阳,非晋阳,作者一时误记。更杀一围,再围猎
一次。

二篇均咏北齐后主高纬宠冯淑妃而荒淫亡国事。
义山咏史诗,大约有三种类型:一、以古鉴今之作。如
前面所选《马嵬二首》,重在写荒淫奢侈而招致败亡的
历史教训,寓含对当代统治者的警戒讽慨。二、借题托
讽之作。如《无愁果有愁曲北齐歌》,题面是讽咏号称
"无愁天子"的北齐后主高纬,但内容与高纬行事全然

不合，不过以咏北齐作掩饰，暗讽当代的"无愁天子"唐敬宗被杀事。假托古人古事以咏今人今事。三、借古喻今之作。所咏古人古事固然不错，但真实目的却在喻指今人今事。此二首便是此类。

唐武宗后期喜畋猎，宠女色，史载武宗王才人善歌舞，每畋苑中，才人必从，"袍而骑，佼服光侈"。与诗中"着戎衣"、"猎一围"有相似之处。武宗固非高纬一流的"无愁天子"，但诗人从关心国家命运出发，自不妨借北齐亡国事预作警戒。首章一、二句中"一""便"、"何劳""始堪"，危言耸听，语重心长，看得出是有具体警戒对象的。

两章都有较重的议论成分，但由于诗人善于提炼、剪裁典型的历史事件、场景与细节，与议论相互映照发明，不但使议论落到实处，而且使读者透过鲜明的历史场景，深切感受到其中寓含的历史教训。首章三、四句剪接不同时间发生的两个场景，融合夸张与对比，以揭示其间的因果联系，显得警切明快，发人深省。次章一、二句反言若正，似赞实讽。作者只呈现典型细节，有按无断，含而不露又刮骨见血，意味极其丰厚。有别于前期咏史的峻快，伴随着诗艺的成熟，诗人的笔触更显老到深婉。

就像《咏史》（历览前贤国与家）对文宗复杂的感情一样，商隐讽喻武宗也是忧国心切，求全责备。武宗在唐后期可谓英武有为之君，只是自平定泽潞后，迷神仙、好畋猎、喜女色等积习加重，政治上走下坡路。商隐针对这些写了一系列的诗，如《汉宫词》、《汉宫》、《瑶池》、《海上》、《过景陵》等等。诗人越是认为武宗英武有为，就越为其迷信神仙等行为感到惋惜，从而深加讽慨。这种双重态度和矛盾情绪，在《茂陵》、《昭肃皇帝挽歌辞三首》中表现得就相当明显。《挽歌辞三首》在赞颂武宗击回鹘、平泽潞等武功的同时，对其迷信神仙反复致讽，这在给帝王的挽歌辞中是很少见的。《茂陵》借汉武帝讽武宗种种荒侈之行，但仍重在对其武功的赞扬。结尾云："谁料苏卿老归国，茂陵松柏雨萧萧。"以苏武归国致慨，尤寓故君之痛，可见诗人对武宗还是深有感情的。

正如苏卿归国而君易,商隐服丧期满回朝而武宗薨。宣宗即位,朝局大变,等待商隐的,正是那如萧萧松柏雨一样悲凉而不测的前途。随着乖舛命运的再度磨难,商隐的诗文创作也进入了一个新的阶段并最终攀上自己的高峰。

三、大中幕府飘零期(847—858)

　　从宣宗大中元年到大中十二年商隐在郑州去世,是诗人在政治上穷途抑塞、生活上漂泊天涯的时期,也是他深婉精丽、富于感伤情调和象征色彩的诗风最后成熟的时期。

　　唐宣宗统治时期,先后任用迎合己意、恃宠保位的白敏中、令狐绹为相,对武宗朝许多积极的政策、措施概加否定,对李德裕、李回、郑亚等会昌有功旧臣,从狭隘的党派私利出发,一再加以贬抑迫害,政治上弊端较前朝更甚。每况愈下的政治环境,对于心怀"欲回天地"之志而匡国无分的商隐来说,本来就有沉重的压抑。加上这一时期他追随郑亚远赴桂幕,代郑亚执笔《会昌一品集》序、为郑亚撰写辩诬申枉的书启,种种行事都表现出明显同情李党的政治倾向,致使本来对他就心存隔阂的令狐绹更加恼怒。随着令狐绹的日益得势,商隐的处境也就变得更加困窘。从大中元年到九年,除短期暂代京兆府参军、任太常博士的冷官外,商隐绝大部分时间都在桂林、徐州、梓州等地幕府度过。

朝政日非的时代政治环境,个人仕途的黯淡淹蹇,从内外两方面共同深化着商隐诗歌的感伤情调。而远幕依人,在远离家室的炎方边徼,在独居异乡的漫漫长夜,本就多情善感的诗人,更是无时不沉浸在绵绵感伤与幽幽叹息之中。远幕期间,商隐写得最多的,便是思家念远、惜别伤春之作。如桂幕中所作《端居》、《念远》、《访秋》等诗,优柔低回、哀婉缠绵,可谓情韵俱佳。商隐《杜司勋》论杜牧云:"刻意伤春复伤别,人间惟有杜司勋。"正是其夫子自道。

大中五年,商隐追随的两位幕主郑亚、卢弘止相继去世,妻子王氏也不幸于同年亡故,这是现实给商隐的又一次沉重打击。悼念亡妻,是商隐后期诗作中一大主题。以悼亡寄托自己的哀思,倾诉自己的悲伤,抒发对人生与命运的伤怀感慨。如《房中曲》、《昨夜》、《夜冷》、《临发崇让宅紫薇》诸篇,情深意挚,有的甚至可说是泣尽以血。商隐的哀感缠绵,在这类作品中发挥到了极致。

政治的昏暗与仕进无望的前途,现实生活的种种磨难,使得个人生计成为商隐更直接与实际的考虑。初随郑亚南赴桂幕之时,商隐就有《上汉南卢尚书状》,希望桂幕罢归能到卢简辞幕下工作,"欲回天地"的诗人已不得不把托身幕府作记室,视为一种经常性的职业和谋生手段。这也就可以理解,在对令狐绹的平庸、褊狭有着深刻而清醒的认识的情况下,商隐为什么还要违心逢迎、屡屡陈情。从中也就更能体会商隐于被迫曲阿之际,心中的煎熬与苦痛,其诗作中许多欲语还休的隐僻,也许要从这个角度去理解。基于此,对商隐性格上的一些弱点,我们应抱以一种宽容与同情的态度。如梓幕期间,商隐呈西川节度使杜悰的几首献诗,颂谀之外,更诋毁名臣以讨对方欢心,完全违背了自己真实的思想。这种人格的分裂,是时代与现实境遇强加给诗人的,也是诗人悲剧性格的反映。论世而知人,除了对这种悲剧性格感到可悲亦复可悯外,对诗人自身,我们同样应有理解之同情。

但就李商隐整个一生来说,这些都是瑕不掩瑜的小疵,此期赠、哭刘蕡以及同情、赞颂李德裕、郑亚的诸多作品,就表明商隐仍然葆有强烈的正义感。特别是赠、哭刘蕡诸诗,感情沉痛愤激,风格沉郁顿挫,而又一气鼓荡,篇篇均为佳作。这两类题材同时诗人很少涉及,李商隐能无视严酷的现实政治环境,毅然站在受打击、遭排挤的正义之士一边,其勇气精神确属难能可贵。此期还有一些作品融合着诗人对唐王朝衰亡趋势的忧伤,如《武侯庙古柏》、《筹笔驿》等。这说明忧国之念一直存系于商隐心头,即使在个人生计最艰难的时刻。

当然,由于现实遭际的原因,商隐此期如上述直接反映现实政治的诗作毕竟不多,诗人歌咏的重心转移到抒写个人困顿遭遇、沉沦漂泊的身世与复杂深沉的人生感慨方面。写景、纪行、酬赠、咏物、怀古,都贯穿或渗透了上述内容。即使如赠、哭刘蕡等政治性诗作,为对方愤激不平的同时也交织着自己的抑郁块垒。这类或隐或显联系着商隐悲剧性身世遭遇的诗篇,成为他后期诗歌创作中最富感染力的篇章,更不用说那些直接抒发伤春情怀或泣尽以血的悼亡之作了。李商隐诗歌的独特风貌,至此才真正稳定地形成,其感伤情调作为一种艺术化了的诗美,也达到了最高境界。

幕府飘零是大中时期商隐生涯的主要状态,他先后历过桂幕、徐幕、汴幕与梓幕。除了游幕,他还在长安短暂地做过京兆府的参军与国子博士。梓幕归来,在生命最后二年,还做过盐铁推官,有过一段江东游历。因此,在幕府飘零的总标题下,根据其具体所历再分为几个阶段,以免过于笼统。

这生命最后的十二年,是商隐创作最丰盛的时期,时间在其一生不过只占四分之一,作品却比前三十余年的总和还多。

（一）桂幕往返（大中元年三月——大中二年九月）

唐宣宗大中元年（847）三月，商隐应新任桂管观察使郑亚之辟，远赴数千里外的桂林，开始了又一次幕府生涯。在这次受辟赴桂管幕之前，商隐与郑亚之间并非素交，所以郑亚辟聘商隐完全出于对其才华的赏识。其时朝廷政局完全翻覆过来。宣宗即位伊始，便将李德裕罢出为荆南节度使，同时起用牛党新进。会昌六年九月，又以李德裕为东都留守，解平章事，大中元年二月，又将他从东都留守这个多少还有些权力的职位调开，只给他一个太子少保分司东都的虚衔。与此同时，对李德裕集团一些重要人物的打击也逐步展开。作为李德裕当政时期重要助手的郑亚，这次由原来给事中的要职，调任西南边远地区的方镇，很明显是一种实际上的贬斥。

在这种情形下，商隐选择追随郑亚，其行动的政治含义和所表示的政治倾向是相当清楚的。这既不能用"为贫而仕"来解释，也不是单纯酬答恩知，而是在较长时期的观察与思考的基础上作出的政治抉择。在牛党势力复炽,李德裕政治集团正遭受有计划的打击时,商隐不会不知道这种选择的后果,"只应不惮牵牛妒,聊用支机石赠君"(《海客》),他完全预料得到令狐绹对他追随郑亚的反应。

果然,商隐到桂管不久,令狐绹便从湖州刺史任上来信严词指斥。商隐写了一首《酬令狐郎中见寄》作答,其中有云:"土宜悲坎井,天怒识雷霆。象卉分疆近,蛟涎浸岸腥。补嬴贪紫桂,负气托青萍。万里悬离抱,危于讼阁铃。""天怒"隐寓令狐绹因其追随郑亚而震雷霆之怒,言外大有怵惕惶恐、震慑不知所措之状。在令狐绹看来,值此牛党势力复炽之时,正是商隐依附牛党的时机,殊不料其竟追随并无旧交的李德裕集团骨干郑亚,则其死心塌地依附已处危境的李德裕集团,且无视牛党之不满也就很清楚了。商隐酬诗,乃极力剖白自己之从亚,是因为"补嬴贪紫桂",即为贫而仕,用心虽然良苦,但势必得不到令狐绹的谅解。从这可以看出,他并不能真正做到"不惮牵牛妒"。将此诗与《海客》并读,不仅可以看出商隐当时处境之艰困,而且可以透视其内心及言行的矛盾。这也正是他悲剧性格的一个重要方面。

这次桂幕历时不过年余,而商隐真正待在桂林的时间更短,前后合起来也不到半年。大中三月初从长安动身,路上经历了四个月的水陆行程,六月九日抵达桂林。大约九月末十月初,即奉郑亚派遣出使江陵,前后达四个月。次年正月末或二月初返回桂林,接着二月中旬,朝廷贬谪郑亚为循州刺史的制书抵桂,幕主南贬,幕僚星散,一个多月后商隐离桂北返。

从这个时间表上可以看出,这段时期商隐大部分时间都是在水陆往返的路途中度过的。所以行役、咏怀古迹在这一时期创作中占据了很大分量。赴桂途中,商隐对自己前途忧心忡忡,沿途写了不少触景寄慨之作。奉使江陵,咏怀荆楚古迹风物,悼屈原,怜宋玉,回程中在黄陵晤别刘蕡,写下了著名的《赠刘司户蕡》。离桂北返,商隐并没有立即回长安,而是在江陵溯江而上,有过一段夔峡之旅,沿途又留下不少怀古伤今、感时伤世之作。

初到桂林,商隐对西南边徼的异乡风物充满了一种新鲜感,盘桓于桂林奇丽的山水,同时因府主的器重而生出一种托身有所的喜悦,写下了一些相对轻盈明快的诗篇,如《桂林》、《晚晴》、《高松》等。当随着初到的新鲜喜悦渐渐淡却下去的时候,思家念远与才不尽用的感慨便时时流露到了笔端,《城上》、《端居》、《夜意》等诗便写出了这种心情。

虽然远幕边徼,才不尽用,毕竟还算有幕可依,有一个相对稳定的生活环境。但就是这样的日子也不长久,因府主被贬循州,商隐也不得不回到长安那个是非之地。行前,令狐绹由考功郎中知制诰充翰林学士的消息传到桂林,商隐怀着脆薄的期望写了一首《寄令狐学士》:"钧天虽许人间听,阊阖门多梦自迷。"希望能得其原谅并汲引。然而,令狐的态度却依然是既怒且疏。回程路过潭州的时候,适逢李德裕政治集团另一重要人物李回"责授"湖南观察史,已抵潭州任上。穷途中的李商隐不禁对其产生依托的愿望。然而李回本身的处境本就艰危,已根本无力庇护商隐。可见商隐实在是不想回到长安,不想面对令狐绹那满面冰霜。可是,不回长安,他又能有什么别的选择呢?

离　席

出宿金尊掩,从公玉帐新[1]。依依向余照[2],远远隔芳尘[3]。细草翻惊雁,残花伴醉人。杨朱不用劝,只是更沾巾[4]。

[1] 玉帐:征战时主将所居之军帐。见《重有感》注。

[2] 余照:夕照。离京赴桂,取道东行,长安在西方,故云"向余照"。

[3] 芳尘:红尘,京师繁华之地。

[4] "杨朱"二句:《列子》:"杨朱见歧路而泣之,为其可以南可以北。"

商隐服丧期满,复官秘阁不过一年,便于唐宣宗大中元年(847)三月应郑亚辟聘,远赴桂林,开始了又一次游幕生涯。桂幕时间虽短,但却成为他生活与创作历程中一个重要转折点。

本诗作于赴桂前饯别的酒席之上。落日低垂,即将远别帝京,奔赴那远隔繁华富庶的炎方异域,诗人的感情是那样的忧伤凄迷。政局翻覆,历史的剧中人犹如风中受惊的大雁,借酒不能浇愁,醉眼所见也还是花残春暮。中间这两联以景衬情,写出了感染力极强的"有我之境"。风吹草动,以"细草惊雁",是隔过一层来写风,同时又暗寓政治风波,技法着实高妙。宣宗即位以来一年中种种"务反会昌之政"的措施,尤其是打击李德裕政治集团的行动,使诗人选择追随郑亚南下桂管的同时,对前途自然不免黯淡悲凄的心绪。尾联将自己比作"见歧路而泣"的杨朱,直接表达了这种歧路彷徨、茫然不知所之的矛盾心理。

赴桂途中过荆州时,商隐有一首《荆门西下》:

> 一夕南风一叶危,荆门回望夏云时。人生岂得轻离别,天意何曾忌崄巇。骨肉书题安绝徼,蕙兰

蹊径失佳期。洞庭湖阔蛟龙恶,却羡杨朱泣路歧。

变借景抒情为直接抒怀,所反映的心情与本篇类似,但意思更推进了一层。本篇尚自比杨朱有歧路可供选择,而《荆门西下》中已似无路可退。

商隐的矛盾、彷徨、忧伤都是一种真实的心情,惟有这种种真实的矛盾,商隐作出的选择才让人觉得尤为难得,而这种选择下诗人那真实的心情也才更具耐人寻味的深刻性与丰富性。

梦　　泽

梦泽悲风动白茅[①],楚王葬尽满城娇[②]。
未知歌舞能多少,虚减宫厨为细腰[③]。

① 梦泽:云梦泽,地在今湖南、湖北之间。此指洞庭湖一带,商隐大中初赴桂经过这里。白茅:俗称茅草,春夏抽生有银白色丝状毛的花穗。古代常用以包裹祭祀用的祭品。梦泽系楚地,周代楚每年要向周天子贡包茅。《左传》:"尔

贡包茅不入。"

② 楚王：楚灵王,荒淫之君。

③ 细腰：《韩非子·二柄》："楚灵王好细腰,而国中多饿人。"
《后汉书·马廖传》："楚王好细腰,宫中多饿死。"

大中元年春,商隐随郑亚赴桂,行经洞庭湖附近湖
泽地区,见到白茅茫茫一片、随风起伏的荒凉景象,因楚
之旧地而联想到楚灵王的传说,有感而赋这首《梦泽》。

诗以悲风白茅景象发兴,"葬尽满城娇"着一"尽"
字,见出楚王荒淫的为害之烈。但诗的重点不在责斥楚
灵王的荒淫,而针对那些受害者——自戕以邀宠的宫女
们,揭示她们身上深刻的悲剧,这是本诗超越一般怀古
咏史诗的地方。三、四句即撇开楚王,"未知"、"虚减",
开合相应,讽刺入骨,也悲凉入骨。这些宫女为邀宠而
忍饥瘦身,其实不过是昏王取乐的玩物,又哪里有真正
的恩宠可言。它不是一般地讽刺宫女们的迎合邀宠,而
是讽刺她们身陷悲剧、被人戕害而不自知、自我戕害而
不自知。讽刺中寓含同情,但又不是一般地同情她们的

处境与命运,而是悲悯她们作为悲剧人物所不应有的无知、愚蠢和灵魂的麻木。

联系当时朝局变化、趋附新君新贵之风日炽的现实政治背景,这首咏史诗或许寓有诗人的现实讽慨。但由于诗歌深刻地揭示了这种为腐朽世风所左右而自愿、盲目地走向坟墓的悲剧的内在本质,概括了与之相类似的历史、现实生活内容,寓慨深广,从而具有超越所咏具体史事的普遍意义。

对楚王与宫女的讽刺,对宫女命运的感慨同情,对类似历史或现实现象的映射,本诗集中体现了商隐咏史诗典型性、讽时性与抒情性的结合,是其七绝中的精品。

晚　晴

深居府夹城①,春去夏犹清。天意怜幽草,人间重晚晴②。并添高阁迥③,微注小窗明④。越鸟巢干后⑤,归飞体更轻。

① 深居：诗人在桂林的寓所。

② 重：珍重、珍惜。

③ 并：更。迥：远。

④ 微注：夕阳余晖柔和清淡，斜照小窗，故说"微注"。

⑤ 越鸟：南方的鸟。《古诗十九首》："胡马依北风，越鸟巢南枝。"桂林古为百越之地。

　　虽然在作出赴桂的选择时忧心忡忡，但初到桂林安顿下来后，一方面是西南边徼的异乡风物和桂林特有的奇美山水，给商隐带来许多新鲜喜悦的感受；另一方面大概由于远离京城政治是非之地，暂时寄身有所，府主郑亚又较为器重，商隐桂幕初期对自己的境遇还比较满意。

　　诗中描绘雨后晚晴明净清新的境界和生意盎然的景象，表达出诗人欣慰喜悦的感受和明朗乐观的襟怀，较典型地反映了商隐桂幕初期的情绪心态。颔联乃一篇之眼，雨后小草才经过水露的滋润，现在又挂着笑盈盈的水珠沐浴着夕阳的余晖，生新青翠，真是天亦有情啊。如斯美景,岂能不倍加珍惜,此际的命运生涯,也当同样珍重对待。诗人于写景中寓人生感慨,妙在情与境偕,浑融无迹。腹联绘景精切工致,体现了商隐细密精工的艺术才能。和颔联放在一起,一疏一密,一淡一浓,有张弛相间之美。尾联于越鸟归巢的轻盈中,寓含托身有所的轻松喜悦,同样情景交融。"归飞"切"晚","巢干"、"体轻"切"晴",事理细密,形象飞动。

整首诗景物与诗情、哲理融为一片,寄兴深微而自然,清新秀朗中又有深沉凝重之处。旅桂初还有一名篇《高松》,也反映了相似的心情。诗云:

> 高松出众木,伴我向天涯。客散初晴后,僧来
> 不语时。有风传雅韵,无雪试幽姿。上药终相待,
> 他年访伏龟。

总体上依然体现了一种乐观自信的人生态度。从高松凌越众木的身姿和幽雅清高的风神中隐然可见诗人卓然特立、鄙弃凡近的风度气韵。五、六句于咏叹自赏中微露僻处荒远,无雪以见岁寒不凋之幽姿的伤慨。说明

商隐最初的新鲜兴奋悄悄染上伤感的色彩。这种色彩随着时间的推移,在思念亲人、落寞无为之中会越来越浓。

访 秋

　　酒薄吹还醒,楼危望已穷。江皋当落日①,帆席见归风②。烟带龙潭白③,霞分鸟道红。殷勤报秋意,只是有丹枫。

① 江皋:江边高地。日将暮,惟地势高之江皋尚值夕晖。
② 归风:舟帆北向而见风自南至北,北方乃故乡方向,故云归风。
③ 龙潭:又称白石潭,在今灵川县南三十余里。

　　同样还是桂林风景,但和前首比起来,感受已自不同。初来的新鲜感已经消失,客游的孤独与穷处边鄙的落寞开始侵入心头。于是本篇少了欣喜,多了忧伤。桂林之秋不可谓不美,而在诗人眼中,却无一处不触动浓浓乡愁。

乡愁的真正根源在于穷处边鄙的落寞无为。商隐登桂林城曾有《城上》一诗,其中有云:"有客虚投笔,无憀独上楼。"是因其时朝廷征讨党项,耗费民财民力却延迟无功而返,着一"虚"字,诗人投笔从戎的雄心与幕府笔砚生涯的现实形成强烈反差,表达了他报国无门的苦闷。《席上作》中,甚至将自己与家伎相比:"料得也应怜宋玉,一生唯事楚襄王。"对消耗年华与才情而又进身无望的幕府笔墨生涯,深致感慨。正是在这种远幕边徼,而又"虚投笔",无法施展才能抱负的情况下,思家念远,成为桂幕期间义山诗的重要主题。

题为《访秋》,正是因思乡所致。岭南地暖,虽时令当秋却了无秋意,想到家乡该有浓浓的秋色了,遂出城寻访,或许也能于此炎方觅到一丝秋意,聊慰乡思。但很显然,寻访是失败的。望断高楼,只见落日孤帆,烟白霞红,哪有一点故乡秋色萧瑟苍凉的况味。所能表明现在已是秋天的,惟有那几树丹枫而已。写岭南秋景,于韶丽中透出异域之感,以见思乡情殷却无从慰藉,相反却徒添愁绪。"酒薄吹还醒"是借酒不能浇愁,"楼危望已穷"是远望不能当归。商隐《北楼》诗有"此楼堪北望,轻命倚危栏",为北望乡关,命亦为轻,但思归不得,又怎奈愁何。"帆席见归风"可见诗人逐帆北去的归思是多么急切,从中也就可以想见他此时的乡愁是多么浓重。

商隐的桂幕思乡诗大多情韵悠长,本篇即情寓景中,含而不显。他如:"远书归梦两悠悠,只有空床敌素秋。阶下青苔与红树,雨中寥落月中愁。"(《端居》)"扇风淅沥簟流离,万里南云滞所思。守到清秋还寂寞,叶丹苔碧闭门时。"(《到秋》)

通过营造、渲染凄迷寂寥的意境,传达那种寥落的情味和无言的愁绪。惆怅缅邈,深情隐约,最具义山诗特有美感韵味。

宋　玉①

何事荆台百万家②,惟教宋玉擅才华?　楚

辞已不饶唐勒，风赋何曾让景差③！落日渚宫供观阁④，开年云梦送烟花⑤。可怜庾信寻荒径⑥，犹得三朝托后车⑦。

① 宋玉：战国后期楚国辞赋家。

② 荆台：本楚国台馆名，这里指荆州（即江陵）。

③ "楚辞"二句：唐勒、景差，宋玉同时辞赋家。饶、让，比……差。《风赋》，传为宋玉所作，见《文选》。

④ 渚宫：春秋楚成王所建别宫，故址在今湖北江陵城内。供：呈献。

⑤ 开年：一年之始，犹初春。云梦：即云梦泽。

⑥ 怜：羡。庾信：南朝梁文学家，历仕梁武帝、简文帝、元帝三朝。后入北朝。寻荒径：唐余知古《渚宫旧事》："庾信因侯景之乱，自建康遁归江陵，居宋玉故宅。"《北史·庾信传》亦载侯景作乱，庾信奔于江陵事。

⑦ 三朝：指在梁仕历。后车：侍从者所乘。托后车，指信为梁帝文学侍臣。

大中元年十月，商隐奉郑亚派遣出使江陵。江陵乃

楚故地,有不少楚国宫观遗存,宋玉故宅亦在此处。商
隐的气质个性、落拓遭际与宋玉有很多相似之处,他屡
屡以这位战国末期的词人自比,抒发其异代之同悲。商
隐的感伤诗风,也是宋玉以来贫士怀才不遇、悲秋伤春
主题的承接发扬。宋玉以辞赋事襄王,虽终不见察,羁
泊凄凉,但多少还有过一段风光生涯。商隐笔墨游幕的
经历与之近似,都是以文字求生活。然而,由于政局昏
暗与党争的牵累,诗人辗转幕府,羁泊穷年,其不幸似更
甚于宋玉。这次身临久已倾心的前辈所生活过的故地,
自然引起这种才同遇异的感慨。

前两联极赞宋玉才华,言外隐含自己的才华不亚宋
玉之意。腹联谓其故宅风景优美,渚宫观阁、云梦烟花,
都足以助其才思文藻,承首联“何事”、“擅才华”而言。
尾联深含感慨,暗寓一篇主意。宋玉以辞赋而为文学侍
从之臣,托于楚王之后车,其遇合固不必说;即使后代寻
荒径、居故宅的庾信,也沾其余丐,而历仕三朝。言外自
己才华不让宋玉,却三朝(文宗、武宗、宣宗)沦落,寄迹
幕府,遇合迥异,不免深为悲怅。

才同遇异的感慨是一篇的主旨,但表现得非常蕴藉。何焯说:"落句淡淡收住,自有无限感慨。"这种感慨深长而又蕴蓄不露,正见商隐诗风的隐约。比较温庭筠类似主旨的诗作,《蔡中郎坟》有云:"今日爱才非昔日,莫抛心力作词人。"《过陈琳墓》有云:"词客有灵应识我,霸才无主始怜君。"商隐的蕴蓄深婉似乎更加耐人回味。

潭　　州

潭州官舍暮楼空①,今古无端入望中②。湘泪浅深滋竹色③,楚歌重叠怨兰丛④。陶公战舰空滩雨⑤,贾傅承尘破庙风⑥。目断故园人不至,松醪一醉与谁同⑦?

① 潭州:唐时为湖南观察使治所,今湖南长沙市。

② 无端:无由,情不自禁。

③ "湘泪"句:《述异记》载,昔舜南巡而殁,葬于苍梧之野。

尧之二女娥皇、女英追之不及,相与恸哭,泪下沾竹,竹上
文为之斑斑然。又《通鉴》会昌六年载,武宗崩,王才人自
缢相殉。此句有念悼武宗之意。

④ "楚歌"句:屈原《离骚》有"兰芷变而不芳兮,荃蕙化而为
茅。何昔日之芳草兮,今直为此萧艾也"等句,旧解相承以
为"兰"系影射令尹子兰。这里用"兰丛"寓指其时当政者。

⑤ 陶公:东晋名将陶侃。曾以运船为战舰,打败叛将陈恢。

⑥ 贾傅:即贾谊。承尘:承接尘土的天花板。《西京杂记》载
贾谊在长沙,鹏鸟集其承尘,谊因作《鹏鸟赋》。

⑦ 松醪:用松叶、松节或松胶制成的名酒。唐代潭州名产,屡
见于唐人诗文。

桂幕不过年余,郑亚被贬为循州刺史,这是继大中
元年十二月贬李德裕为潮州司马后,宣宗、白敏中对李
德裕政治集团实施的又一次重大打击。商隐被迫北归,
大约在大中二年(848)五月抵潭州,作此诗。

诗人薄暮登楼,目接湘竹丛兰,耳闻楚歌重叠,俯仰
今古,触绪生慨。陆昆曾说:"言之所及在古,心之所伤
在今,故曰'今古无端'"(《李义山诗解》)。这种怀古

与伤今相结合，个人遭遇与昏暗政局相叠映，既曲折地表达了自己的政治倾向，又寓含着浓烈的身世之慨，是本诗较为显著的特点。

　　字面上"湘泪"、"楚歌"、"陶公战舰"、"贾傅破庙"都是古，没有今。但首联明提"今古"，可见借古喻今之意。"湘泪"句伤念武宗之殁，"楚歌"句怨恨当政之昏，而"雨中坏舰，风中破庙，令人不堪回首"（何焯《义门读书记》），正是会昌武将文臣贬斥零落的写照。程梦星称李德裕"立功于东川回鹘者，不啻陶侃长沙之功；立言于《丹扆六箴》者，无异贾谊《治安》之策也"（《李义山诗集笺注》）。联系其后《旧将军》、《李卫公》等同情怀念会昌将相之作，句中确实含有对现实政局翻覆、打击勋旧的不满。虽然"伤今"没有明文，但细细寻绎，"今古"是和下面的"浅深"、"重叠"相对应的。周振甫先生说："或者泪痕有今古，所以分浅深；怨恨有今古，所以称重叠。寓意又在'无端中透露'。"（《李商隐选集》）其实颔、腹两联用典既切潭州之地，又融合当时情景，本即兼缩古今。尾联收转自身，谓遥望故园，而路途险阻;期待友人,而友人不至。乡思羁愁及伤时感世之情竟无可排遣,无人共与一醉。

　　时世之伤与身世之伤相结合,往往是商隐怀古咏史诗、政治诗或咏怀寄慨诗共有的一大特点。伤时世自然想到身世,伤身世同样不免念及时世,根本原因即在于诗人自身正处于时世的风口浪尖。即如这次,相对稳定的桂幕生涯如此短暂就告结束,新知遭贬,旧好迁怒疏远,诗人再次陷入漂泊困窘的境地。而这种个人遭际,正是朝廷重大政治斗争殃及,所以诗人是以最感性的方式体会着时世,以自己的身世印证着时世,正是所谓"悲凉之雾"的"呼吸领会"者。他的感伤也就因此拥有尤为丰厚的多重蕴涵。

楚　　宫①

　　湘波如泪色漻漻②,楚厉迷魂逐恨遥③。枫树夜猿愁自断④,女萝山鬼语相邀⑤。空归腐败犹难复⑥,更困腥臊岂易招⑦?但使故乡三户在^⑧,彩丝谁惜惧长蛟^⑨!

① 本篇系有感于屈原五月五日沉湘事而作。大中二年五月,
作者在潭州。诗有"湘波"字,或即写于此时。诗题"楚宫"
与内容无涉,何焯、程梦星疑当作"楚厉"。

② 渺渺(liáo):水清而深。

③ 楚厉:指屈原无归的冤魂。古代迷信说法,鬼无依则为厉。

④ "枫树"句:《招魂》:"湛湛江水兮上有枫,目极千里兮伤春
心。"《九歌·山鬼》:"雷填填兮雨冥冥,猿啾啾兮狖夜
鸣。"本句化用其意。

⑤ "女萝"句:《九歌·山鬼》:"若有人兮山之阿,被薜荔兮带
女萝。既含睇兮又宜笑,子慕余兮善窈窕。"句用其意。

⑥ 归腐败:指人死归葬地下,尸体腐败。

⑦ 困腥臊:为腥臊的水族所困。指屈原投江自沉,葬身鱼腹。
招:招魂。

⑧ 三户:极言存留人家之少。《史记·项羽本纪》:"楚虽三
户,亡秦必楚。"

⑨ "彩丝"句:据《续齐谐记》载,楚人每年五月初五用竹筒贮
米投入江中祭屈原。为防止蛟龙窃食,用楝树叶塞其上,

外缠彩丝。传说这两种东西都是蛟龙所畏惧的。

商隐抵潭州后，在李回使府颇逗留了一段时间，流露出依幕李回的愿望。他实在不想回到长安，那里除了横暴的党人，除了令狐绹满面的冰霜，是什么希望也不会给他留下的。可李回作为李德裕政治集团的重要骨干，其时正经受着牛党蓄谋的步步打击，自身尚且难保，又有什么能力再为商隐提供蔽身之所呢？潭州乃沅湘故地，是屈原曾经游吟寄迹之所，时值五月，适逢当地民间举行纪念屈原的活动，诗人有感而发，遂成本篇。诗题《楚宫》，而正如何焯所言当为《楚庙》，"庙"者，无依之孤魂也，这也就是一篇为屈原招魂之作。

诗由眼前湘波起兴，引出吊古情怀，"泪"、"恨"二字，双绾凭吊者与被吊者，不但写出屈原的沉哀遗恨，也透出诗人自己的伤痛。颔、腹二联，承次句进一步渲染吊伤气氛，诗人目睹江上青枫，耳闻山间猿啼，恍见披女萝之山鬼殷勤相邀，而屈子迷魂已杳然不可招寻。尾联复借彩丝镇蛟的民俗，表现后世对屈原忠魂的崇敬追思,哀愤中复含赞颂屈原精神不朽的意蕴。诗在情思、文采上明显受到屈原《九歌》及《招魂》等作品的影响。"枫树"一联,化用屈赋吊屈,自然贴切,表现出屈子沉江之地凄迷幽冥的环境气氛,颇具"幽忆怨断"的悲剧美。

清代以来不少注家认为此诗另有寄托。或以为悲悼甘露事变时被杀的王涯等人(何焯、陆昆曾、冯浩);或以为影指大和五年宋申锡窜死开州事件(程梦星);或以为同情慰藉李党失意者(张采田)。这些说法或失之穿凿,或过于指实,不一定可信。诗人在吊屈的同时可能融汇了对现实政治的某些感受,但又不一定是具体针对某人某事。忠直有才而迭遭贬斥,是历史的普遍现象,古今一例。拿商隐所处的时代来说,刘蕡、李德裕、李回、郑亚等人都是典型的例证。在哭吊刘蕡的诗中,商隐就有"已为秦逐客,复作楚冤魂","只有安仁能作诔,何曾宋玉解招魂",可见诗人的吊古总是关联着伤今,尽管写本诗时刘蕡还没有成为"楚冤魂"。就商隐自身来说,又何尝不是才而不用,沉沦飘零。潭州吊屈,正其无幕可依、无枝可栖之时,临湘流而兴叹,其中所寓可以想知。所以,这是一种"怅望千秋一洒泪,萧条异代不同时"(杜甫《咏怀古迹·其二》)的悲慨,商隐为屈原招魂,也是为古今一切沉沦贬斥的才人志士招魂。诚如《潭州》诗云"今古无端入望中",这是商隐诗中每每涌出的一种浑沦无端之情,因此不必也不可执其一端以蔽其余。

摇　落

摇落伤年日,羁留念远心。水亭吟断续①,月幌梦飞沉②。古木含风久,疏萤怯露深。人闲始遥夜,地迥更清砧。结爱曾伤晚③,端忧复至今。未谙沧海路④,何处玉山岑⑤?滩激黄牛暮⑥,云屯白帝阴⑦。遥知沾洒意⑧,不减欲分襟⑨。

① "水亭"句: 此寄内诗。王氏所居洛阳崇让宅有东亭、西亭,

或即所谓水亭。又王氏能诗,故云"吟断续"。

② 月幌:幌即帷幔。月幌当指月光洒照的小屋。

③ 结爱:结缡,成婚。

④ 沧海路:以入海求仙比入朝。

⑤ 玉山:此指清职美差。商隐《玉山》诗曾以玉山喻秘省。可
参看。

⑥ 黄牛:三峡著名险滩。

⑦ 白帝:即白帝城,在今重庆奉节。

⑧ 沾洒:指流泪。

⑨ 分襟:分袂,离别。

　　大中二年三四月商隐离桂,由漓水,经湘江,入长
江,达江陵,但没有立即顺陆路北返长安,而是溯江而
上,有一段夔州之旅。本诗即诗人羁留夔州时悲秋怀远
之作。从诗中词语看,所怀之人当为其妻王氏。
　　首二句从仲秋草木摇落兴感,勾起飘零念远之心。
大中元年秋商隐有《念远》诗,系忆内之作,尾联云:"关
山正摇落,天地共登临。"景残岁暮,身世飘零,正是心

灵需要温暖与慰藉的时刻,故此情此景最能诱发诗人对远方爱人的思念。三、四句从对方入手,承"念远心",遥想对方也因怀念远人而水亭吟诗、月幌寻梦情景。再回到自身,"古木"等四句渲染了冷落、清寂的现场氛围,以孤独瑟缩之情境加重思念之殷。"结爱"等四句则直抒感慨,将伉俪深情与坎壈生涯结合在一起。"结爱伤晚",可见感情之深厚,按理更应珍惜这终相厮守的时光,不分不散,可仕途淹蹇,长安居难,诗人不得不抛妻别子,天涯游幕。辗转至今,帝京宫阙,仍如海上蓬莱、昆仑玉山,欲寻无路,欲上无梯,怎么不让人忧恨相催。"端忧"既有远别相思之忧,更有身世飘零之忧。接下的"滩激"、"云阴",是峡江秋景,又何尝不是诗人愤激而忧伤的心情。诗再将笔触转到对方作结,遥想妻子此时因伤离怀远而洒泪沾巾,其哀伤当不减去年临别之际,进一步点明念远思内之意。写对方也即是写自己,写自己的伤感、思念与孤凄。

纪昀评此诗云:"语极浓至,佳在不靡。"(《李义山诗辑评》)随着命运的无情播弄,商隐诗歌的感伤色彩

153

越来越浓,然而却不显靡顿。大概这种悲剧性生命体验的情真意挚,展示出的是忧伤但美丽的心灵,当这心灵在乖舛的世间漂泊,吟唱着满含热泪的悲歌,一切听者却因此感知到高贵与纯洁的生命律动。

楚　　吟[1]

山上离宫宫上楼[2],楼前宫畔暮江流。楚天长短黄昏雨[3],宋玉无愁亦自愁[4]。

[1] 本诗大约是其夔峡之游后顺江而下,复到江陵所作。
[2] 离宫:可能泛指江陵的宫观台殿,不必是楚宫。
[3] 长短:反正,总是。
[4] 宋玉:这里诗人以宋玉自况。

从落拓飘零的境遇到忧郁感伤的气质,从笔墨事人的生涯到微词托讽的诗吟,商隐和千年前的文人宋玉,都有着很多相似。《席上作》、《宋玉》、《过郑广文旧居》、《有感》(非关宋玉)等诗中,商隐多次以富于才华、多愁善感的宋玉自况。现在身处楚地离宫、黄昏暮雨,自然会想到宋玉,想到宋玉此时此刻的心情,那也正是诗人自己的心情。虽然"异代不同时",但"千秋一洒泪"将这两位相隔千载的诗人联系在一起。在这里,宋玉就是诗人,诗人就是宋玉。

诗触景兴感,黯然神伤,纯从虚处传神。诗人身世沉沦,仕途坎坷,东西路塞,茫茫无之。值此楚天暮雨,江流渺渺,不觉触绪纷来,悲愁无限,故说"宋玉无愁亦自愁"。薄暮的朦胧迷茫,江流的浩浩淼淼,黄昏的如丝细雨,本身就是"愁"绪的象征或触媒。这种愁绪,在回环相续的叠字中缠绵往复,低回不已。诗意也因此形成一种回环流动之美。

冯浩说:"吐词含珠,妙臻神境,令人知其意而不敢指其事以实之。"(《玉溪生诗笺注》)说明这里的"愁",是一种超越了具体情事的浑沦虚括的愁,身世时世,古往今来,交杂难分,欲辨难明。这种"无愁之愁"也就是"今古无端入望中"(《潭州》)、"锦瑟无端五十弦"(《锦瑟》)中的那个"无端"。不过,如果不理会它的这种含义,胶柱鼓瑟地紧扣字面反问一下,宋玉无愁也愁,那么他要是有愁,又该如何呢? 这样,也自能逼出一层深意。

陆发荆南始至商洛^①

昔去真无素^②,今还岂自知^③。青辞木奴桔^④,紫见地仙芝^⑤。四海秋风阔,千岩暮景迟。向来忧际会^⑥,犹有五湖期^⑦。

① 荆南:即荆州,治江陵,唐后期于此设荆南节度使府。商洛:唐县名,今陕西商县。

② 无素:指自己与郑亚并非旧交。素,旧交。

③ "今还"句:谓今日罢还,岂当初所逆料。

④ 木奴桔:三国时吴太守李衡在龙阳洲种甘桔千株,临终对儿子说:"吾有木奴千头。"后甘桔成,每年得绢数千匹。

⑤ 地仙芝:指商山四皓。《高士传》说四皓曾作紫芝之歌,故称"地仙芝"。

⑥ 际会：君臣际会,指政治遇合。

⑦ 五湖期：传说范蠡辅佐勾践灭吴后,携西施隐于五湖。

　　夔州之行后,商隐顺江又至江陵,然后取陆路北返,至商洛作此诗。回想这番桂幕生涯,真是感慨多端。商隐与郑亚本非素交,游幕桂管皆因感怀知遇,孰料如此草草便罢幕北归。首联即于言外含世事难料、遭遇不偶之慨。次联点行程,谓离荆南时桔尚青,至商洛则芝已紫,正是自仲秋至深秋的物候变化。同时,句中两个典故又暗寓谋身不善之慨。腹联写秋景,境界阔大而情调萧瑟,渗透着时世衰颓、身世落拓之情。环视这秋风暮景,沉思"昔去""今还"的遭际,诗人再一次发出对理想抱负、行藏出处等问题的思考追问。"向来忧际会,犹有五湖期。"君臣际会,是功成身退、实现"五湖游"的先决条件。自己向来忧心际会之难,一再踬踣蹭蹬,范蠡式的"五湖游"自然难望实现,但即便如此,至今还是怀抱功成身退之夙愿。一个"犹"字,透出这份用世之心的倔强和执著。

从诗中可见商隐虽身处逆境，但早年"永忆江湖归白发，欲回天地入扁舟"（《安定城楼》）的志愿仍未改变；也可以看出，他对即将抵达的帝京，对那里的人与事，仍抱有半期半疑的期盼。不过，由于屡遭挫折，诗人在抒发心声的时候，调子显得沉郁悲凉了。

其实，终其一生，商隐功成身退的"五湖游"抱负都不曾放弃。惟其如此，现实蹭蹬对其思想的折磨才更显激烈，其内心痛苦才更为沉重，其悲剧也才更为深刻。

（二）薄宦长安与卢幕从军（大中二年九月——大中五年九月）

大约大中二年（848）九月中旬，商隐回到长安。十月份参加朝廷选调，被任命为盩厔尉。盩厔乃京兆府属县，接受任命后不久，商隐与几个同僚一起去谒见京兆尹。这位京兆尹就将商隐留下来，在京兆府暂代某曹参军，并专掌表奏之事，实际上主要是做京兆府的书记工作,商隐干的还是老本行。京兆府掾曹位卑职微,商隐在此期间生活相当困窘。他在《上尚书范阳公启》中自叙当时情况是:"无文通半顷之田,乏元亮数间之屋。隘佣蜗舍,危托燕巢。春畹将游,则蕙兰绝径;秋庭欲扫,则霜露沾衣。"处境极为凄凉。

所幸的是,桂海归来,得与久别的妻子儿女团聚,重叙家室天伦之乐,总算在困厄境遇中稍得安慰,透出一点生活的亮色。大中三年新春,刚过农历新年,才四岁的骄儿衮师正在庭院里和阿姊及亲戚的孩子们欢快地游戏,闹得就像开了锅一样。诗人用一双饱经忧患而又充满爱怜的眼睛追踪着衮师的一举一动,想起这些年来自己经历的困顿坎坷,不禁深为骄儿将来的命运担忧,在《骄儿诗》中发出"儿慎勿学爷,读书求甲乙"这样沉痛愤激的声音。一个"五年读经书,七年弄笔砚",几十年来一直在走读书——科举——入仕道路的人,在饱尝人生种种忧患痛苦之后,竟然在行近不惑之年对这条从未怀疑过的道路产生了怀疑,可见当时的社会给商隐这种"内无强近,外乏因依"的读书人安排的是怎样一条充满荆棘和艰虞的道路。从这首诗也可以看出,在经历了大中元、二年的桂幕生涯和这几年政局的种种变化,商隐对现实和人生的感受比以前更深刻了。

与商隐的凄凉境遇相对,令狐绹这期间正在青云直上。大中二年二月,由湖州刺史授考功郎中、知制诰,大中三年九月,又以御史中丞充翰林学士承旨,显示出不日即将拜相的趋势。但他对商隐已彻底恩断义绝,已不再关心商隐困窘到极点的处境。在这种落拓无依、旧好恩断的情况下,商隐开始回顾自己踏入社会这二十余年的经历,反思自己与令狐父子、王茂元、李德裕政治集团的关系,思考自己沉沦穷乏的前因后果,写下了《白云夫旧居》《漫成五章》等重要作品。大中三年秋天,刘蕡去世的消息传到长安,商隐积郁久深的感情一下子找到了突破口。他一连写下四首哭吊刘蕡的诗歌,既是哭刘蕡,也是伤自身。

在穷乏无依的极度困境中,商隐的旧相识并有戚谊关系的卢弘止向诗人伸出援助之手。大中三年五月,卢弘止改武宁节度使,镇徐州,十月,辟商隐入幕,并奏请了一个"侍御"的宪衔,虽为虚衔却是商隐从幕以来所得到的最高幕职。诗人似乎在寒冬中遇到了一缕春风,怀着一种比较兴奋喜悦的心情,于十一月下旬赶往徐州。徐幕期间,商隐心情相对比较愉快,这一方面是由于历事戎幕多年,终于获得较高的幕职和监察御史的宪衔,但更主要的是幕主卢弘止的知遇,使他深感欣慰。这种心情在《偶成转韵七十二句赠四同舍》、《戏题枢言草阁三十二韵》等诗中表现得很清楚。生活中些许的亮色便让诗人欢欣如许,正见出诗人生命中阳光的缺乏,徐幕相对快意的作品正从另一面说明着诗人命运的凄凉。

果然,这稍许的亮色稍纵即逝,大中五年(851)春,幕主卢弘止在汴州去世,商隐生命中又一座屏障轰然倒塌。祸不单行,这时,一场重大的家庭变故正在迫近——商隐远在长安的妻子王氏,已经病入膏肓。等他罢幕归京,已经再也见不到妻子的音容笑貌了。

王氏在盛年奄然去世,丢下一双幼小的儿女,对商隐的打击之大,是可以想见的。为生活所迫,商隐不得不硬着头皮干求已经入相的令狐绹。可能是由于商隐的一再干求，身居相位的令狐绹终于荐引他做了太学博士。从官品上，这是一个正六品上的职位，并不算低，但这却是一个典型的冷官。商隐在《咏怀寄秘阁旧僚二十六韵》中有对这种生活的描绘："官衔同画饼，面貌乏凝脂。典籍将蠹测，文章若管窥。图形翻类狗，入梦肯非罴。自哂成书簏，终当咒酒卮。懒沾襟上血，羞镊镜中丝。"从中可见其作国子博士期间内心的悲凉无奈。

经历了这场丧妻之痛的沉重打击，商隐从身体到精神似乎一下子变得衰老了。他在王氏住过的洛阳崇让宅盘桓居留，沉浸在丧妻之悲中不能自拔，写下了许多催人泪下的悼亡伤逝之作。

毕竟，炎凉的世态中总也不乏同情温暖的心肠。大中五年七月，柳仲郢被任命为东川节度使。柳对商隐的文才诗名以及坎坷境遇早有所闻，这次被命东川后，赏商隐之才，怜商隐之困，奏辟其为使府书记。只是这次入幕，再也没有卢幕那种快意的心情了。商隐只身一人，于大中五年九月上旬踏上赶赴梓州东川幕府的旅程，留下一对失去母亲的幼儿弱女，寄养在亲友之家，他的心里怎能不充满凄伤,充满牵挂呢?

钧　天

上帝钧天会众灵,昔人因梦到青冥①。伶
伦吹裂孤生竹②,却为知音不得听③。

① "上帝"二句:钧天,天之中央。众灵,百神。青冥,青天。
《史记·赵世家》载:赵简子病中梦至天帝所居的地方,与
百神游于钧天,听奏广乐(天上的音乐)。"因梦"言其平步
青云之幸运得意。
② 伶伦:传说黄帝时乐官,精音律。受黄帝之命,取竹制管而
吹之,定为乐律。孤生竹:独自生长的竹子。
③ 为:因,读去声。

不通音律的赵简子平步青云,得听钧天广乐,而音
乐家伶伦反因其精通音律不得与闻,诗将两种现象摆在
一起,形成鲜明的对比,显示出其中的荒唐乖谬。然而,

这种荒唐却正是现实中的常态：庸才者每跻身贵仕，而有才者正因其才而遭屏弃。据裴庭裕《东观奏记》载，宣宗一日问有关令狐楚家情况，"敏中曰：'……次子绹见任湖州刺使，有台辅之器。'上曰：'追来。'翌日，授考功郎中、知制诰。到阙，诏充翰林学士。间岁遂立为相。"由于皇帝的心血来潮、爱屋及乌和宰相白敏中的一言推荐，令狐绹遂被不次擢拔，身居要职，正是"因梦到青冥"的典型。从中也可看出此诗因何而作。

在启程回京前，闻知令狐绹自考功郎中知制诰充翰林学士，商隐曾有《寄令狐学士》，尾联云："钩天虽许人间听，阊阖门多梦自迷。"也用到"钩天"一典，但委婉流露出希图汲引之意，用意有所不同。回京后发现令狐绹忌恨之深，已不可能对自己有任何眷顾，《野菊》诗云"紫云新苑移花处，不取霜栽近御筵"，便流露出对令狐绹的怨望之情。几经周折，谋得个京兆掾职位，依然是困窘的文字生涯。长期的困顿落拓，也使得商隐开始回顾反思自己踏入社会以来的经历，特别是与令狐父子的关系。《漫成五章》（之一）有云："当时自谓宗师妙，今日唯观对属能。"联系《谢书》中"自蒙半夜传衣后,不羡王祥得佩刀"之语,昔日踌躇满志,以为骈文章奏足致青云,而今日潦倒落拓,仅以之为糊口之资,言外实寓无限隐痛。而且与令狐楚的这层关系,反而授令狐绹责其"忘家恩,放利偷合"以口实,成为日后沉沦斥弃的根由。一方面是党派私怨阻塞贤路,另一方面是党派私利导致褊狭平庸之辈当政揽权。随着与令狐绹恩恩怨怨的交往,商隐对其人品才能认识得越来越清楚,将自己的遭遇与之一对比,不由人不生出对贤愚倒置的社会现实的愤慨。因而,这首诗实在蓄积了商隐胸中深重的块垒忧愤。

将商隐回长安作京兆掾同期其他诗歌,特别是肯定赞颂李德裕的一系列诗参读,可进一步理解本诗。《旧将军》云:"云台高议正纷纷,谁定当时荡寇勋? 日暮瀬陵原上猎,李将军是旧将军。"以汉将李广投闲置散事,为会昌功臣被斥弃鸣不平。《李卫公》则直接悲慨李德裕的远贬崖州。《漫成五章》(之四之五)更进一步通过赞颂李德裕政绩,对当权者的诬枉进行辩驳。大中政局翻覆,牛党得势,而真正有经纶之才的李德裕等会昌将相迭贬,就是"昔人因梦到青冥"与"伶伦吹裂孤生竹,却为知音不得听"这种不合理现象更广泛的现实呈现。

不过,诗中蓄愤深曲,姚培谦与屈复都将"伶伦吹裂孤生竹"理解成希图知音之意。也许这种"作者不必然"、"读者何必不然"正是商隐所欲达到的一种阅读效果,即对令狐绹有不满与看法,但表面上却不得不与之应酬,甚至有所干求。可想而知,诗人内心的矛盾苦闷该多么深重。

现实的力量还在于,有时它会迫使你不得不低下高傲的头颅,扭曲自己的心灵,做出违背意愿的言行。同在长安京兆掾任上,商隐还有《令狐舍人说昨夜西掖玩月因戏赠》等附趋帮闲之作,露骨地提出"几时绵竹颂,拟荐子虚名"的汲引恳求。对于这种人格的分裂,除了深深的叹息,设身处地,我们又怎忍心苛评当时的诗人呢?商隐人生中这样的一层悲剧意义,也许更值得人们深思。

骄 儿 诗

衮师我骄儿[①]，美秀乃无匹。文葆未周晬，固已知六七。四岁知姓名，眼不视梨栗[②]。交朋颇窥观，谓是丹穴物[③]。前朝尚气貌[④]，流品方第一[⑤]。不然神仙姿，不尔燕鹤骨[⑥]。安得此相谓？欲慰衰朽质[⑦]。

① 衮师：诗人幼子。

② "文葆"西句：文葆，绣花的婴儿包被。葆，同"褓"。周晬（zuì），周岁。陶潜《责子》诗："雍端年十三，不识六与七。通子垂九龄，但觅梨与栗。"此处反其意而用之。

③ 丹穴物：《山海经》载丹穴山产凤凰，此喻不平凡的人物。

④ 前朝：这里指魏晋南北朝，士林崇尚评品人物。

⑤ 方：比拟。

⑥ "不然"二句：犹"要不就是……要不就是……"。燕鹤骨，燕颔鹤步，被认为是贵人骨相。

⑦ 衰朽质：诗人自谓。

167

以上第一段，写骄儿的聪明俊秀和朋友们对他的夸赞。

青春妍和月，朋戏浑甥侄⑧。绕堂复穿林，沸若金鼎溢。门有长者来，造次请先出⑨。客前问所须，含意不吐实。归来学客面，閧败秉爷笏⑩。或谑张飞胡，或笑邓艾吃⑪。豪鹰毛崱屴，猛马气佶傈。截得青筼筜，骑走恣唐突⑫。忽复学参军，按声唤苍鹘⑬。又复纱灯旁，稽首礼夜佛⑭。仰鞭罥蛛网，俯首饮花蜜⑮。欲争蛱蝶轻，未谢柳絮疾⑯。阶前逢阿姊，六甲颇输失⑰。凝走弄香奁⑱，拔脱金屈戌⑲。抱持多反倒⑳，威怒不可律㉑。曲躬牵窗网㉒，略唾拭琴漆㉓。有时看临书㉔，挺立不动膝。古锦请裁衣㉕，玉轴亦欲乞㉖。请爷书春胜㉗，春胜宜春日。芭蕉斜卷笺，辛夷低过笔㉘。

⑧ 浑：杂。指衮师和甥侄辈混在一起玩耍。

⑨ 造次：仓卒，急急忙忙地。请先出：抢出迎客。

⑩ "归来"二句：閧(wěi)，开门。閧败，破门而入。笏(hǔ)，

古代官员上朝时拿着的手版,用以记事。两句说,送客回来,衮师拿着父亲的手版,模仿着客人的神态,从外面破门而入。

⑪ "或谑"二句:胡,多髯,大胡子。邓艾,三国时魏将,有口吃的毛病。

⑫ "豪鹰"四句:峛屴(zé lì),山峰高耸的样子,这里形容豪鹰羽翅开张耸立的形状。佶傈(jí lì),壮健的样子。笂篸(yún dāng),大竹。唐突,冲撞。此四句描写衮师骑竹马模仿雄鹰猛马奔跑的形状。

⑬ "忽复"二句:参军,指参军戏(一种以滑稽的对话和动作引人发笑的表演形式)的角色之一。按声,摹仿参军的调门。或解为压低声音,亦通。苍鹘,参军戏的另一角色。

⑭ "又复"二句:写摹仿大人在纱灯旁拜佛。

⑮ 仰鞭:举鞭。罥(juàn):挂取。

⑯ 未谢:不让。

⑰ 六甲:指六十甲子中六个逢"甲"的日子。古代儿童入学教数和书写干支。输失:与阿姐比赛书写或背诵干支输了。

⑱ 凝(nìng)走:硬要跑去。香奁(lián):梳妆盒。

⑲ 金屈戌:梳妆盒上的金属环扣、铰链。

⑳ 反倒：赖倒在地撒娇。

㉑ 律：约束。

㉒ 曲躬：弯着身子。窗网：窗纱之类。

㉓ 咯(kè)唾：吐唾沫。

㉔ 临书：临摹碑帖。

㉕ 衣：指书衣，包书的布帛。

㉖ 玉轴：唐代写本多装裱为卷轴，每一卷书有一根木制的轴，
两端或镶嵌玉石，露出卷外。

㉗ 春胜：此处指祝春好之吉语。

㉘ "芭蕉"二句：意谓斜卷之笺如芭蕉，低递之笔如辛夷。辛
夷，一种香木，花含苞时形状象笔，故又名木笔。过，手传。
孩子身矮，故说"低过笔"。

以上为第二段，写骄儿的各种嬉戏活动和天真活泼的
情态。

爷昔好读书，恳苦自著述。憔悴欲四十，无肉
畏蚤虱㉙。儿慎勿学爷，读书求甲乙㉚。穰苴《司马

法》^㉛,张良黄石术^㉜。便为帝王师,不假更纤悉^㉝。况今西与北,羌戎正狂悖^㉞。诛赦两未成^㉟,将养如痼疾^㊱。儿当速长大,探雏入虎穴^㊲。当为万户侯^㊳,勿守一经帙^㊴。

㉙ 畏蚤虱:喻畏惧小人们的攻讦。

㉚ 甲乙:唐代科考制度规定:经、策全通为甲等,策通四、帖过四以上为乙等。

㉛ 穰苴(ráng jū):春秋时期齐景公将领。《史记·司马穰苴列传》:"齐威王使大夫追论古者司马兵法,而附穰苴于其中,因号《司马穰苴兵法》。"

㉜ 张良:汉高祖刘邦谋士。传说曾遇黄石公,授其《太公兵法》。

㉝ 假:凭借,依靠。更纤悉:更为琐细的知识。

㉞ 羌戎:这里指当时少数民族如吐蕃、党项、回鹘等。悖:逆,叛乱。

㉟ 诛赦:讨伐和安抚。

㊱ 将养:指姑息放纵。痼疾:经久难制之病。

㊲ 雏：此指雏虎，暗用班超"不入虎穴，焉得虎子"的话。

㊳ 万户侯：食邑万户的侯。

㊴ 经帙：经书。帙（zhì），包书的套子。

以上是第三段，抒写因骄儿引起的感慨和对骄儿的期望。

商隐从桂幕回长安后，虽谋得个京兆府掾曹的职位，实际上过的还是笔墨事人的生活，境遇非常凄凉。他在《上尚书范阳公启》中对自己的境遇有真切的描绘："成名踰于一纪，旅宦过于十年，恩旧凋零，路歧凄怆。……去年远从桂海，来返玉京，无文通半顷之田，乏元亮数间之屋。……勉调天官，获升甸壤（调补为盩厔尉），归唯却扫，出则卑趋。"这种生活遭遇使他面对聪明灵秀、天真烂漫的骄儿时，总是带着一种饱经忧患、憔悴潦倒者的眼光与心境，以这种眼光和心境来观察、感受一切。首段自赞骄儿聪俊和转述朋友的夸赞，仿佛兴会淋漓，但"欲慰衰朽质"一句掉转，便隐隐透出一个潦倒大半生的父亲衰朽的身姿面影。第二段仿佛全写骄儿,但在骄儿一切活动的背后,却是诗人那双始终跟随、注视着的充满爱怜的眼睛。骄儿的聪慧灵秀、天真活泼,正与自己的憔悴衰老的状况形成鲜明对照,更加深了对自身遭际的感慨;而自己的境遇又使他对骄儿将来的命运更加关注和担忧。骄儿的现在透露出自己过去的面影,而自己的现在则可能预示着骄儿的将来。末段的感慨和期望,正是由此产生的。这里既有"文章憎命达"式的牢骚不平,也有"请君试上凌烟阁,若个书生万户侯"式的深沉感慨,更有徒守经帙,于国无益,于己无补的痛苦体验与反省。这是全篇发展的自然结穴。感情的出发点和归宿的不同,使这首汲取左思《娇女诗》笔意的诗作自具独特面目,不落前人窠臼。

诗选取儿童日常生活细节,纯用白描,笔端充满感情。中间一段描摹孩子的种种嬉戏、活动,生动体现出其聪慧灵巧、兴趣广泛、精力充沛,有时还不免在活泼天真中带点滑稽和恶作剧成分,透出男孩子特有的气质。写衮师的恃宠仗幼、耍赖撒泼的情状,更充分体现出题目中的"骄"字——既明写衮师的骄纵,又暗透做父亲的骄宠。轻怜爱惜之中时露幽默的风趣,而在它背后又饱含着诗人沉沦不遇的人生感慨。全诗风格,或可用"含泪的微笑"概括。

两年后骄儿的母亲病故,撒手离他而去,而宠纵着他的父亲从此远幕天涯,留下他和同样年幼的姐姐寄人篱下。对照梓幕期间《杨本胜说于长安见小男阿衮》诗中那个衮师的形象,孩子与父亲在人间辗转沉沦、愈益凄惨的境遇令人唏嘘。

流　　莺

　　流莺飘荡复参差①,渡陌临流不自持②。巧啭岂能无本意,良辰未必有佳期。风朝露夜阴晴里,万户千门开闭时。曾苦伤春不忍听,凤城何处有花枝③?

① 流莺:鸣声圆转流美之莺鸟。参差:本指鸟儿飞翔时翅膀张敛振落的样子,此处作动词用,犹张翅飞翔。

② 不自持：不能自主。

③ 凤城：古称秦都咸阳为丹凤城，这里借指唐都长安。

从诗中"飘荡"、"凤城"等情境、地点以及所写时令推断，本诗大致作于大中三年春在长安期间，是诗人对自己大半生飘零落拓生涯的诗意写照。可与稍后徐幕中所作另一篇《蝉》并读：

> 本以高难饱，徒劳恨费声。五更疏欲断，一树碧无情。薄宦梗犹泛，故园芜已平。烦君最相警，我亦举家清。

两篇均是托物寓怀、抒写身世感慨之作，堪称姊妹篇。只是内容各有侧重，风格也有区别。二者都写到"飘荡"和"梗泛"，写到"巧啭"和"费声"。但《蝉》所突出的是"高"与"饱"的矛盾，"费声"和"无情"的矛盾；而《流莺》所突出的则是"巧啭"与"本意"不被理解的矛盾，希冀"佳期"与"飘荡"无依的矛盾。《蝉》所塑造的形象更多清高的寒士气质，《流莺》所塑造的形象则明显具有苦闷伤感的诗人特征,这可能是蝉和莺在人们心目中唤起的印象有所不同的缘故。风格上,《蝉》于凄断悲苦中显出激愤不平,《流莺》则在清新流美中含有抑郁苦闷。《流莺》尚有对莺鸟"飘荡参差","渡陌临流"等形象的传神描绘,而《蝉》则完全落墨于物的感情、感受和心理。如果说《流莺》能看出鲜明的"比"的痕迹,诗人是较为清醒的站在一旁,由莺想到自身,"伤春不忍听"说明了人与物的各自独立,物、我还是分离的;那么《蝉》则在将蝉人化的同时达到了人、物一体,物、我浑然,似乎"兴"的成分更浓。

两相比较,《蝉》的笔触似乎要更为虚涵,以"兴"浑融物、我而臻有神无迹之境。从中也显示了义山咏物诗从以形传神到离形入神、传神空际的艺术走向。

野　　菊

苦竹园南椒坞边,微香冉冉泪涓涓①。已悲节物同寒雁,忍委芳心与暮蝉②?细路独来当此夕,清尊相伴省他年③。紫云新苑移花处④,不取霜栽近御筵⑤。

① "苦竹"二句:指野菊托根在辛苦之地。竹为苦竹,而椒味辛辣,皆以喻愁恨。

② 与:同。

③ "清尊"句:指当年顾遇。省,察记。

④ 紫云:指中书省。开元元年曾改中书省为紫薇省,令曰紫薇令。此指令狐绹移官内职,任中书舍人。

⑤ "不取"句:对令狐绹不加提携表示怨望。霜栽,指野菊。

商隐自桂幕归京后,暂代京兆府某曹参军。京兆府掾曹位卑职微,诗人此期生活相当困窘。《偶成转韵七十二句赠四同舍》中说:"归来寂寞灵台下,着破蓝衫出无马。天官补吏府中趋,玉骨瘦来无一把。"可见他当时的处境。而这期间令狐绹正青云得路,大中三年九月,又以御史中丞充翰林学士承旨,显示出不日即将拜相的趋势。然而,他对商隐积怨已深,无视诗人极度困窘的处境,也不理睬诗人屡次的陈情乞谅。商隐此诗在抒写自己沉沦困境的同时,便流露出对令狐如此冷漠的怨望。

和本诗差不多时间写的还有一首《九日》:

> 曾共山翁把酒时,霜天白菊绕阶墀。十年泉下无消息,九日尊前有所思。不学汉臣栽苜蓿,空教楚客咏江蓠。郎君官贵施行马,东阁无由再得窥。

这是令狐绹充翰林学士承旨不久,重阳节这天诗人有感令狐两代与自己的关系而作。诗中的"汉臣栽苜蓿"指张骞通西域时,带回苜蓿种子,种植在离宫旁,这里喻指令狐楚的栽培汲引人才,"不学"云云,暗指令狐绹不能继承父风;"楚客"借屈原以自喻,屈原《离骚》有"览椒兰其若兹矣,又况揭车与江蓠"之句,对椒兰、江蓠等香草的芜秽变质表示痛心愤慨,这里即以"江蓠"暗指令狐绹。"咏"者,"怨"也。由当年令狐楚的恩遇,对照今日令狐绹的冷遇,益增感慨怨望之情。

本诗因见野菊而兴身世之慨,怀楚怨绚之意仅于自伤身世中及之。诗之主旨在于自况,前四咏菊,全是自伤。苦竹、椒坞,写出自己辛苦的处境,微香冉冉不断,浥雨则如泪涓涓,是意不自得也。因"泪"而生出下联之"悲"。菊之敷荣在野,无异于寒雁羁栖;不言而芳,无由见知于世,又何异于暮蝉寂默。曰"忍委",正见出诗人感时伤世中不甘沉沦之意。后四方因菊而联及令狐父子。"清尊相伴省他年",所记省的内容即《九日》诗中的"曾共山翁把酒时,霜天白菊绕阶墀",当时的绕阶白菊,而今已为托身辛苦之地的野菊了,在"此夕"与"他年"的对照中寓含了无限感慨。结尾流露出"不取"怨望,纪昀嫌其"露骨太甚",其实由前之伤到后之怨,情感的绾结还是比较自然的。伤感、怨望、沉沦之不甘,纠缠为心中沉痛的固结,这个固结无法言表,也无从解脱,但一丛"微香冉冉泪涓涓"的野菊却说出了一切。读者闭上眼,在头脑里试着描绘这样一幅含泪的、寂寞的野菊,也许是走进李商隐当时的心灵世界的一种最好方式。

漫 成 五 章

沈宋裁辞矜变律①，王杨落笔得良朋②。
当时自谓宗师妙③，今日惟观对属能④。

① 沈宋：初唐诗人沈佺期、宋之问。他们是律诗体裁的定型
者。变律：指对诗歌声律有所变化发展。

② 王杨：初唐诗人王勃、杨炯，与卢照邻、骆宾王齐名，号称
"四杰"。良朋：这里指诗中的"佳对"，即所谓"属对
精密"。

③ 宗师：此指文坛领袖。

④ 对属：亦称属对，即对仗。

李杜操持事略齐①，三才万象共端倪②。集仙
殿与金銮殿③，可是苍蝇惑曙鸡④。

① 李杜：李白、杜甫。操持：执笔为诗。

② 三才：天地人合称三才。万象：宇宙间一切事物或现象。

端倪：《庄子·大宗师》："反覆始终,不知端倪。"端倪即头

绪。此处用作动词,显露头绪。

③ 集仙殿：即集贤殿。天宝十三载,杜甫向唐玄宗上《三大礼

赋》,受到玄宗赏识,命待制集贤院,召试文章。金銮殿：天

宝元年,李白被召至长安,唐玄宗于金銮殿接见。

④ 可是：却是。苍蝇惑曙鸡：《诗·齐风·鸡鸣》："匪鸡则

鸣,苍蝇之声。"又《诗·小雅·青蝇》："营营青蝇,止于樊。

岂弟君子,无信谗言。"此处以苍蝇喻皇帝左右谗谀之徒,

以曙鸡喻李杜。

生儿古有孙征虏①,嫁女今无王右军②。借问

琴书终一世③,何如旗盖仰三分④？

① 孙征虏：指孙权。曹操曾表孙权为讨虏将军。《三国志》载

曹操曾说："生子当如孙仲谋。"

② 王右军：王羲之,他曾为右军将军。《晋书》载郗鉴到王导

家求婿,见羲之坦腹东床,于是选其为婿。

③ 琴书终一世：意指政治上无所建树,终身以琴书自娱。

④ 旗盖仰三分：指孙权建立鼎足三分的帝业。旗盖,黄旗紫

盖。古代迷信认为天空出现黄旗紫盖状云气,是帝王
之象。

代北偏师衔使节,关东裨将建行台①。不妨常
日饶轻薄②,且喜临戎用草莱③。

① "代北"二句:叙述唐武宗时名将石雄破回鹘、平刘稹的功
绩。代北,代州(今山西北部代县一带)之北。偏师:全军
的一部分。关东,函谷关以东地区。裨将,地位较低的将
佐,指石雄。衔使节、建行台,石雄破回鹘后,因功升任丰
州都防御使;后又升任晋绛行营节度使。
② 饶:任,尽管。轻薄:指受人菲薄。石雄出身寒微,又曾被
诬而遭流放,因此为一些人所菲薄。
③ 草莱:草野之人。

郭令素心非黩武①,韩公本意在和戎②。两都
耆旧偏垂泪③,临老中原见朔风④。

① 郭令:指郭子仪。非黩武:并非好战。郭子仪在西北的历
　 次作战,都由吐蕃(或回鹘)贵族挑起。

② 韩公:指张仁愿,景龙二年封韩国公。神龙初年,他任朔方
　 总管时,在黄河以北(今内蒙古境内)筑三受降城以抵御突
　 厥,突厥不敢进犯,北部地区得以安定。

③ 两都:西都长安与东都洛阳。耆旧:父老。

④ 见朔风:重见北方边地的民情风俗,意即见到西北方边地
　 重归唐王朝。这两句写大中三年收复三州七关的消息传
　 来时,中原地区人民激动感慨的心情。

　　长期的困顿落拓,生活的穷乏困窘,令狐绹的褊狭
冷漠,这些促成诗人开始回顾反思自己踏入社会以来的
经历,特别是与令狐父子的关系。而和令狐父子的种种
恩怨又是和王茂元、李德裕等人分不开的,这种反思也
就必然纠葛到这二十余年来的政治人事上的是是非非。
《漫成五章》便是这样一组回顾反思之作。

　　首章借评论王杨沈宋的诗文寄托身世沉沦之慨。
王杨沈宋均借以自况,“得良朋”即《樊南甲集序》所谓

"得好对切事",以喻指骈文技巧之纯熟。义山早年从令狐楚学骈文章奏,通今体。"自蒙半夜传衣后,不羡王祥得佩刀。"(《谢书》)当时自以为藉此可致身通显,殊不料这层关系不但没有使自己青云直上,反而成为日后令狐绹指责其"忘家恩,放利偷合"的口实。而早年以为是青云阶梯的章奏技巧,只不过用以在幕府中操笔事人,聊为糊口之资而已。"今日惟观对属能",言下除"对属能"外一无所能,一无所成。当时的踌躇满志与今日的潦倒无成相对照,蕴含无限沉痛。

次章托寓明显,以李、杜才高遭毁,不为世用,寄托自己受排摈谗毁的感慨。"苍蝇惑曙鸡",既言贤愚淆乱不辨,也含有小人毁贤忌才之意。

三章一、二句系互文对起。"古有孙征虏"亦即"今无孙征虏";"今无王右军"亦即"古有王右军"。大意谓我为人子,既无孙仲谋之才略;为人婿,亦无王右军之才艺。但次句实隐然以王右军自比,唯用语谦婉而已。作者本意是自己固非英雄如孙仲谋之伦,但略长于艺文之事或有如王右军。而今之世,但重武事而薄文才,文人如己者，不免仕途蹭蹬，沉沦不遇。三、四乃谓：试问"琴书终一世"者，岂必让于"旗盖仰三分"者乎？这是空有文才不遇而发为愤激之言。王茂元将爱女嫁给商隐，固然是由于爱其才，但更对他的将来寄予厚望。商隐在《重祭外舅司徒公文》中说自己"不忮不求，道诚有在；自媒自炫，病或未能。虽吕范以久贫，幸冶长之无罪"，意可与此互参。整首不过说自己虽未能符合岳家的期望，建功立业，但在文艺方面也自有成就。

第四章赞美李德裕拔石雄于草莱，能够任人唯贤。冯浩说："雄受党人排斥，义山受党人之累，故特为之鸣不平，而致慨于卫国（李德裕）也。"颇能道出作者的用心。《唐摭言》载：李德裕"颇为寒畯开路"。大中时流传有"八百孤寒齐下泪，一时南望李崖州"的诗句。可与此章后二句相印证。怀李德裕拔英雄于草莱，即隐含自己遭当权者排斥的幽愤。

末章借郭子仪、张仁愿事为李德裕对回鹘、吐蕃的正确政策辩诬。并借三州七关收复事，揭露宣宗君臣既受会昌朝武功的好处，却又贬斥李德裕的不公正做法。

这在当时是重大是非问题。作者敢于给李德裕辩护，固然说明他具有正义感和政治识见，但组诗由历叙生平出发而涉及李德裕，当是由于作者意识到其沉沦的原因，与其在令狐楚死后转依李德裕所信任的王茂元、郑亚等人有关。因而对李德裕的评价问题，也就成了总结和认识自己经历时所不能不加以思考的问题了。这是此章与前几章的内在联系。

将五章联系起来，不难看出这组诗在"漫成"中自有思路与线索。一、二章慨己之沉沦遭摈，涉及与令狐父子的关系；三章承次章才而见忌之意，深慨世之重武轻文，且由令狐绹之见忌联及婚于王氏之事；四、五二章则又由王茂元而联及与之有较密切关系的李德裕，因己之才而见斥联及德裕用人不废寒微，惟才是举，而所感已越出个人身世遭遇范围，涉及政治上的是非，涉及对李德裕这样一位在政坛上有重要地位和卓越建树的人物的评价。综观整组诗，不难发现作者在回顾反思个人遭际的基础上，其思想认识发展的线索。冯浩说这组诗是商隐"一生吃紧之篇章"，张采田进而称其为"千载读史者之公论",都颇有见地。

这组诗全仿杜甫七绝连章议论之体,但由于其中渗透了诗人强烈的感情,蕴涵了深切的人生体验,又着力于虚字的锤炼、搭配,故虽连章议论却能唱叹有致,充满抒情气氛。纪昀评论说:"较少陵诸绝仍多婉态。专取神情,绝句之正体也。参入论宗,绝句之变体也。论宗而以神情出之,则变而不失其正者也。"所论对于辨析体会商隐这类诗作和李白、王昌龄、杜甫等人绝句之间的异同流变是有帮助的。商隐继承杜甫连章议论之体,也就不自觉地扩大了这种形式的诗歌的影响,其后元好问、王渔洋等大肆厥体,商隐居间之功亦不容抹杀。

哭 刘 蕡①

上帝深宫闭九阍②,巫咸不下问衔冤③。黄陵别后春涛隔④,溢浦书来秋雨翻⑤。只有安仁能作诔⑥,何曾宋玉解招魂⑦。平生风义兼师友,不敢同君哭寝门⑧。

① 刘蕡：字去华,唐幽州昌平(今北京市昌平县)人。文宗大
和二年(828),应贤良方正直言极谏科考试,在对策中猛烈
抨击宦官乱政,在当时士人和朝官中引起强烈反响。因此
遭宦官嫉恨,被黜不取。令狐楚任山南西道节度使时,表
蕡幕府,授秘书郎。商隐得以与之结识。后遭宦官诬陷,
贬柳州。大中三年(849)卒于溢浦(浔阳)。

② 九阍：犹九门、九观,传说天帝所居有九门。此处"上帝"、
"九阍"喻指皇帝和宫门。

③ 巫咸：传说中的古代神巫,人神间的使者。

④ 黄陵：山名,在今湖南湘阴县,当湘水入洞庭湖处。

⑤ 溢浦：指浔阳(今江西九江)。

⑥ 安仁：西晋文学家潘岳,字安仁,擅作哀诔之文。

⑦ 招魂：王逸认为《楚辞》中《招魂》是宋玉所作,以哀悼屈原
而为之招魂。

⑧ 哭寝门：《礼记·檀弓》："师,吾哭诸寝;朋友,吾哭诸寝门
之外。"又《旧唐书·刘蕡传》说令狐楚、牛僧孺待蕡如师
友,故商隐说"风义兼师友"当属自然。

　　商隐开成二年(837)冬在山南西道节度使令狐楚

幕中与刘蕡结识,对刘蕡不畏权势的品格、正直刚烈的个性极为敬佩。桂幕期间奉使江陵的归途中,商隐与刘蕡在湘阴黄陵相遇,写下了著名的《赠刘司户蕡》:

> 江风扬浪动云根,重碇危樯白日昏。已断燕鸿初起势,更惊骚客后归魂。汉廷急诏谁先入?楚路高歌自欲翻。万里相逢欢复泣,凤巢西隔九重门。

诗中风急浪高,日昏舟危的景象,渗透着对时代政治环境的感受,也借以表示双方深沉激愤的忧国之情。整首诗对朋友遭遇的同情,对国事的忧虑,对宦官黑暗势力的愤恨,融为一体,感情丰富复杂,风格沉郁悲壮。

孰料这次晤别竟成永诀,第二年便传来刘蕡去世的噩耗。想到刘蕡一生沉沦,如今又衔冤含屈,身死异乡,商隐悲愤交加。这首悼挽诗首联直斥"上帝",笔势凌厉,感情愤郁,如疾风骤雨笼罩全篇。颔联宕开,转忆生离,回到死别,融叙事、抒情、写景为一体。"春涛隔"不仅形象地显示出别后江湖阻隔的情景,而且赋予阻隔中的思念以浩淼无际的具象;"秋雨翻",不仅自然地点明时令,而且将诗人当时激愤悲恸与凄凉哀伤交织的情怀化为具体可感的画面形象。腹联又转为直接抒情,声情拗峭而沉郁。尾联突出对刘蕡高风亮节的由衷钦仰,显示出与其深厚情谊的政治基础,使这首哭吊诗具有鲜明的政治内容。

刘蕡去世给商隐以很大精神冲击,消息传来,商隐一连写了四首诗加以哭吊,另外三首是五律。四首在艺术上都达到极高水准。诗人从刘蕡的遭遇中感受到一种阴沉逼仄的政治环境,心中满蓄愤激而又欲诉无门,犹如陷入无从挥拳的"无物之阵"。所以组诗就出现这样一种现象:一方面感情愤激,不吐不快,因而就有"江阔惟回首,天高但抚膺"(《哭刘同户蕡》)、"一叫千回首,天高不为闻"(《哭刘司户二首·之一》)、"并将添恨泪,一洒问乾坤"(《哭刘司户二首·之二》)这样呼天抢地、痛快淋漓的宣泄;另一方面由于感情的复杂深沉,积郁深广,诗中往往又有蓄积难宣的情愫,造成组诗风格既有喷涌而出、一气鼓荡的倾泄,又有曲折顿宕、沉郁蕴蓄的抒情,显得既痛快又沉着。

从商隐所哭刘蕡诸篇表现出的强烈震撼和巨大的心灵伤痛看，刘蕡之死导致其内心积郁喷薄而出、欲罢不能，恐怕与商隐自己同命相怜的人生体验也有极大关系。长期的落拓不遇，京城中严酷的政治环境，令狐绹等的冷漠绝情，精神上的压抑与生活中的困窘，其实已使商隐蓄积的悲苦愤激达到了一个临界点，刘蕡之死好比一下子掘开自我封筑的内心堤坝，心头悲愤一涌而出。伤蕡也即是自伤，哭蕡也即是哭自己的沉沦身世，诗人自己的身世之慨也就同样寓含在这沉痛与悲愤相交集的哭喊中。

从刘蕡与商隐的交往看，除了在令狐楚幕的短暂共事外，就现存诗文看不出在黄陵唔别前两人还有过别的交往。而刘的去世却对商隐产生如此大的震动，以至他同一时间一而再、再而三写诗哭吊，重叠致哀，显然不是由于两人关系的亲密，而更多是出于政治义愤和精神上的契合。单纯从人事关系看，刘蕡与牛党重要首领人物如牛僧孺、令狐楚、杨嗣复都有幕主与宾客或座主与门生之谊，而李商隐大中年间无论政治倾向或人事关系都更接近李德裕政治集团。这说明商隐并不是秉着党派之见待人处事,他有自己的处世原则和是非标准。李、刘的友谊超越了党派集团的私利和狭隘眼光。刘蕡大和二年对策被黜,当时士林一片激愤不平之声,"物论嚣然称屈"。但这次刘蕡客死异乡,除了商隐的系列哭吊诗外,当时政坛与诗坛竟寂无反响,大中士风的衰颓与诗坛的冷落于此可见一斑。反过来这也越发显出商隐哭蕡诗的可贵,显出商隐正直血性的人品。

偶成转韵七十二句赠四同舍①

沛国东风吹大泽②,蒲青柳碧春一色③。我来不见隆准人④,沥酒空余庙中客⑤。征东同舍鸳与鸾⑥,酒酣劝我悬征鞍。蓝山宝肆不可入⑦,玉中仍是青琅玕⑧。武威将军使中侠⑨,少年箭道惊杨叶⑩。战功高后数文章⑪,怜我秋斋梦蝴蝶⑫。诘旦天门传奏章⑬,高车大马来煌煌⑭。路逢邹枚不暇揖⑮,腊月大雪过大梁⑯。

① 转韵：这里指一种换韵的七言古诗。本篇四句一换韵（末四句两句换韵）。四同舍：四位幕府同僚。即诗中所提到郑、裴等四人。

② 沛国：沛郡，刘邦故里。这里借指徐州。

③ 蒲：蒲柳，即水杨。

④ 隆准人：指刘邦，史称其"隆准而龙颜"。隆准，高鼻子。

⑤ 庙中客：作者自指。庙，徐州附近高祖庙。

⑥ 征东：汉代将军名号。这里借指卢弘止。因徐州在长安东，故称镇徐州的卢为"征东（将军）"。鸳、鸾：鸳侣鸾朋，形容同僚的才俊。

⑦ 蓝山：蓝田山，产美玉。宝肆：宝玉之肆

⑧ 青琅玕：青玉。古代以青玉为上品，借指四同舍。

⑨ 武威将军：指卢弘止。使中侠：节度使中有豪侠气概之人。

⑩ "少年"句：《战国策·楚策》载：春秋时楚大夫养由基善射，能百步穿杨，百发百中。唐人每用穿杨喻文场考试得胜。句意谓卢善为文而少年登第。

⑪ 战功高：指卢弘止在会昌讨刘稹的战争中立下大功。

⑫ 梦蝴蝶：用庄子梦为蝴蝶典，喻自己抱负成虚，困守书斋。

⑬ 诘旦：一早。传奏章：指奏辟诗人为幕僚的奏章。

⑭ 煌煌：形容车马鲜丽。

⑮ 邹、枚：邹阳、枚乘，西汉著名文人，曾为梁孝王宾客。此指宣武节度使(治所汴州)幕下文士。

⑯ 大梁：战国魏都(今河南开封附近)。唐人诗中多以指汴州。

忆昔公为会昌宰⑰，我时入谒虚怀待。众中赏我赋《高唐》⑱，回看屈宋由年辈⑲。公事武皇为铁冠⑳，历厅请我相所难㉑。我时憔悴在书阁㉒，卧枕芸香春夜阑㉓。明年赴辟下昭桂，东郊恸哭辞兄弟㉔。韩公堆上跋马时㉕，回望秦川树如荠㉖。依稀南指阳台云㉗，鲤鱼食钩猿失群㉘。湘妃庙下已春尽㉙，虞帝城前初日曛㉚。谢游桥上澄江馆㉛，下望山城如一弹㉜。鹧鸪声苦晓惊眠㉝，朱槿花娇晚相伴。顷之失职辞南风，破帆坏桨荆江中㉞。斩蛟破

璧不无意㉟,平生自许非匆匆。归来寂寞灵台下㊱,
着破蓝衫出无马㊲。天官补吏府中趋㊳,玉骨瘦来
无一把。手封狴牢屯制囚㊴,直厅印锁黄昏愁㊵。
平明赤帖使修表㊶,上贺嫖姚收贼州㊷。旧山万仞
青霞外㊸,望见扶桑出东海㊹。爱君忧国去未能,白
道青松了然在。此时闻有燕昭台㊺,挺身东望心眼
开。且吟王粲从军乐㊻,不赋渊明归去来㊼。

⑰ 会昌:唐昭应县旧名,今陕西临潼。卢弘止大和八年曾任
　　昭应县令。

⑱《高唐》:赋名,传为宋玉所作,写楚襄王游高唐梦巫山神
　　女事。

⑲ 由年辈:犹如同辈。

⑳ 武皇:指唐武宗。铁冠:御史所戴法冠。卢弘止会昌二年
　　曾任御史中丞。

㉑ 相所难:帮助解决疑难。

㉒ 书阁:秘书省收藏珍贵图书的秘阁。诗人时为秘书省
　　正字。

㉓ 芸香：用以驱除书中蠹虫的一种香草。

㉔ "明年"二句：指大中元年随郑亚赴桂林事。时弟羲叟新登进士第，在长安，故至东郊送别。

㉕ 韩公堆：驿站名，在蓝田县南。跋马：勒马使之回转。

㉖ 秦川：本指关中平原地区，这里借指长安一带。

㉗ 阳台：宋玉《高唐赋序》中神女自称所居之所，此指巫山一带。

㉘ 鲤鱼食钩：喻为生活所迫而应辟入幕。

㉙ 湘妃庙：在湘阴县北洞庭湖畔，又名黄陵庙。

㉚ 虞帝城：即桂林。桂州临桂县虞山下有舜祠。

㉛ 谢游桥、澄江馆：谢朓有"澄江静如练"之句，桥与馆当为纪念他而建。谢朓曾到岭南，可能游过桂州。从上下文推测此当为桂林名胜。

㉜ 弹：弹丸。

㉝ 声苦：古人谓鹧鸪鸣声如云"行不得也哥哥"，故云。

㉞ "顷之"二句：指郑亚贬循，商隐被迫离桂事。荆江，湖北枝江至湖南城陵矶一段长江的别名，商隐北归所经。

㉟ 斩蛟破璧：《博物志》："澹台子羽赍千金之璧济河，阳侯波起，两蛟夹船。子羽左操璧，右操剑击蛟，皆死。既渡，三

投璧于河,河伯三跃而归之,子羽毁璧而去。"

㊱ 灵台:汉代天象台之名。居灵台隐用东汉第五颉客止灵台,或十日不炊典,喻生活极度困窘。

㊲ 蓝衫:即青袍,唐代八、九品官穿青袍。商隐回京后选为盩厔尉(正九品下阶),故穿青袍。

㊳ 天官:指吏部,武后光宅元年曾改吏部为天官。府:指京兆府。此句指被吏部选补为盩厔尉,后又为京兆府掾曹。

㊴ 狴(bì)牢:牢狱。古代画狴犴(àn)兽形于狱门,故云。制囚:皇帝下令禁押的囚犯。

㊵ 直厅:在府厅当值。

㊶ 赤帖:书写贺表用的红色纸帖。

㊷ 嫖姚:西汉名将霍去病曾为嫖姚校尉。这里借指当时收复三州七关的唐朝将领。收贼州:即收复被吐蕃占领的河湟地区。事见《通鉴·大中三年》所载。

㊸ 旧山:作者故乡怀州附近王屋山。作者少年曾在王屋山分支玉阳山学道。

㊹ 扶桑:神话中东方大海里的神树,日所栖息。

㊺ 燕昭台:战国时燕昭王筑台,置千金招揽天下贤士。唐人多以燕台指使府。这里指卢弘止镇徐州,开幕府征聘

人才。

㊻ 从军乐：王粲有《从军诗五首》，其中有云："从军有苦乐，但问所从谁。"

㊼ 归去来：陶渊明有《归去来辞》，表示归田心愿和乐天知命的意趣。

彭门十万皆雄勇㊽，首戴公恩若山重㊾。廷评日下握灵蛇，书记眠时吞彩凤㊿。之子夫君郑与裴，何甥谢舅当世才(51)。青袍白简风流极(52)，碧沼红莲倾倒开(53)。我生粗疏不足数(54)，梁父哀吟鸲鹆舞(55)。横行阔视倚公怜，狂来笔力如牛弩(56)。借酒祝公千万年，吾徒礼分常周旋(57)。收旗卧鼓相天子(58)，相门出相光青史(59)。

㊽ 彭门：古名彭城。唐天宝元年置彭城郡，乾元元年复为徐州。

㊾ "首戴"句：指卢弘止在徐州整肃军纪，避免了祸乱，故兵士感戴其恩德。

(50) “廷评”二句:赞美廷评、书记两位同僚富有才华。廷评,即大理评事,唐代幕僚常带京官职衔。日下,指京城。握灵蛇、吞彩凤,喻文才出众。曹植《与杨德祖书》:“人人自谓握灵蛇之珠。”《晋书·文苑传》载罗含昼卧,梦见一彩鸟飞入口中,自此藻思日新。书记,节度使幕府掌书记。

(51) “之子”二句:赞美郑、裴两位同僚富有武略。之子、夫君,对同舍美称。何甥,东晋何无忌,是名将刘牢之的外甥,时人称他“酷似其舅”。谢舅,指谢安,淝水之战统帅。谢安有甥羊昙,为安所重,故说谢舅。

(52) 白简:竹木手版。《唐会要》:五品以上持象笏,六品以下持竹笏,或即此处白简。

(53) 碧沼红莲:《南史·庾杲之传》:王俭用庾杲之为长史,萧缅写信给王俭说:“景行(杲之字)泛绿水,依芙蓉,何其丽也!”时称俭府为莲花池。后因称使府为莲幕。诗以此喻徐幕诸同舍。

(54) 生:生性。

(55) 梁父:《梁父吟》,曲调悲凉。鸲鹆(qú yù)舞:《晋书·谢尚传》载谢尚曾于王导席上作鸲鹆舞,旁若无人。此指生性疏放。

㊇ 牛弩：牛筋、牛角做的弓弩。此处指笔力雄健豪放。

㊉ 吾徒：我辈，指自己与四同舍。礼分：礼数。周旋：追随。

㊊ 收旗卧鼓：指立功归朝。

㊋ 相门出相：范阳卢氏，大房、二房、三房在唐代均有任宰相
   者。弘止系四房，未有相，故以此语预祝其入相。

　　大中三年十月，武宁军节度使（治所在徐州）卢弘
止奏辟商隐入幕任节度判官，商隐开始了一年余的徐幕
生涯。本诗即徐幕任上赠同僚之作，写于大中四年春。
这是一首带有自叙传性质的长篇七言歌行，以诗人生平
经历为经，以与卢弘止及同僚的交谊为纬，着重抒写了
从会昌末到入卢幕期间自己的生活经历和思想感情，是
了解商隐生活、思想和诗歌艺术风格多样性的重要
作品。

　　长诗有两点尤为引人注目，一是诗中所展示的商隐
优柔个性之外豪放的一面，诚如田兰芳所评："傲岸激
昂，儒酸一洗。"其二是诗风迥异于义山一贯风格，纪昀
谓"直作长庆体，接落平钝处未脱元白习径；中间沉郁

顿挫处，则元白不能为也"。似乎糅合元白杜甫于一炉。前段叙困顿坎壈，多悲凉沉郁处，后段叙卢幕快意生涯，多流转轻扬处，显然是诗意决定着诗风。

在商隐历仕幕府的诗中，本篇第一次出现了幕府文士的群像，出现了豪纵不羁、神情洒落的诗人自我形象，并生动地描述了幕府的休闲生活，渲染了宽松无拘的环境气氛。这种精神风貌，在商隐其他时期的作品中，还从未出现过，以后也再未出现过。这是商隐悲剧生涯中一个特殊的阶段，一方面由于历事戎幕多年，终于获得较高的幕职和监察御史的宪衔，但更主要的是幕主卢弘止的知遇，以及幕中融洽和谐的人事关系，使商隐的心境得以处于良好的状态。

从长安那个压抑的环境中来到相对宽松和谐的徐幕，诗人仿佛从阴霾中走到阳光下，一下子有了舒张与解放的感觉，本性中固有的豪纵不羁、狂放潇洒的一面便突出地显现出来。

大中三年春商隐在长安作《流莺》诗，慨叹自己"巧啭"的"本意"不被理解，偌大京城竟无栖身之所。

在"归来寂寞灵台下,着破蓝衫出无马"的情况下受到卢的征辟,生活稍许有了一些亮色。诗人的要求其实不高,这稍许亮色已让他深感欣慰,欢欣如许。这似乎更让人感觉到诗人遭际的凄凉,感觉到他个性长期遭受压抑的痛苦之深,反过来加深了其身世的悲剧性意味。

板 桥 晓 别^①

回望高城落晓河^②,长亭窗户压微波^③。
水仙欲上鲤鱼去^④,一夜芙蓉红泪多^⑤。

① 板桥:在唐汴州(今河南开封)西,又名板桥店,为汴州西方门户。

② 高城:指汴州城。落晓河:天已破晓,银河西移垂地。

③ 压:形容亭阁窗户紧贴水波。

④ "水仙"句:据《列仙传》:琴高学修长生之术,游于冀州、涿郡间。后入涿水中取龙子,与弟子约定明日返。至时,琴

高果乘赤鲤来，留月余，复入水去。吴均《登寿阳八公山》："是有琴高者，凌波去水仙。"诗化用神话传说，以水仙乘鲤指男主人公乘舟远别。

⑤ 芙蓉：喻指送别之女子。红泪：据《拾遗记》载，魏文帝美人薛灵芸泣别父母，路上以玉唾壶承泪，至京师，壶中泪凝如血。

商隐到徐幕不久，卢弘止即迁宣武军节度使，治所在汴州，商隐随之迁往。在汴州遇上诗人李郢，二人相遇不数日，李郢即南下苏州，而商隐则奉使入关，分别之际，二人各有数首诗互赠。本篇即商隐赠郢之作。

据诗意推测，李郢在汴州似有一段情缘，诗即出以一个女子角度以言别。"回望高城落晓河"，既点明离别的地点、时间，同时银河渐落，期会已过，暗寓牛女鹊桥相会之意。"芙蓉"、"红泪"等词也显示出送别者为女子。

从神话传说中汲取素材，构成新奇浪漫的情调和奇幻瑰丽的色彩,商隐不少诗都有这样的特点,如《碧城》、《圣女祠》等。本诗即将一系列神话传说(牛女鹊桥、琴高乘鲤、灵芸泣血)融入诗中,使现实与幻想打成一片,遂呈现出绚丽的色彩和童话式意境。诗由"晓河"过渡到板桥下的"微波",又由"微波"生出水仙乘鲤、芙蓉红泪的想象,从现实境界导入幻境,新奇瑰丽但又自然真实。末句转写"一夜红泪",不但将诗意延伸到昨夜"蜡烛啼红怨天曙"的情景,而且从夜来的伤离进一步衬出"晓别"的难堪。目睹面如芙蓉的情人的荧荧泪光,远行人"执手相看泪眼,竟无语凝噎"(柳永《雨霖铃》)的黯然销魂之状如在目前。

或许这也是本诗意境开启宋词处所在,除了柳词,周邦彦《蝶恋花》有句云:"唤起两眸清炯炯,泪花落枕红绵冷。执手霜风吹鬓影,去意徊徨,别语愁难听。"两眸清炯,泪落红绵,酷似"一夜芙蓉红泪多"之境。

诗乃所谓"伤春伤别"之作,但哀而艳,伤而不凄飒,与卢幕中商隐相对欢愉的心境有关。李郢《送李商

隐侍御奉使入关》形容商隐"白雪咏歌人似玉,青云头
角马生风",虽或有些夸张,但与其实际精神风貌不会
差距太远。可惜这种处境与心境却保持不了多久。大
中五年(851)春,幕主卢弘止在汴州病逝,商隐罢幕。
这时,一场重大的家庭变故正在迫近——他远在长安的
妻子王氏,已病入膏肓。等他罢幕归来,已经再也见不
到妻子的音容笑貌了。

房　中　曲①

　　蔷薇泣幽素②,翠带花钱小③。娇郎痴若
云,抱日西帘晓④。枕是龙宫石,割得秋波
色⑤。玉簟失柔肤⑥,但见蒙罗碧⑦。忆得前年
春,未语含悲辛⑧。归来已不见,锦瑟长于
人⑨。今日涧底松⑩,明日山头蘗⑪。愁到天地
翻,相看不相识⑫。

---

① 房中曲:乐府曲名。《旧唐书·音乐志》:"平调、清调、瑟

调,皆周房中曲之遗声也。"

② 泣幽素:花带露水,自伤心人看来犹如哭泣。

③ 翠带:蔷薇细长柔弱的枝条。花钱:圆而小的花瓣。

④ "娇郎"二句:子幼不知失母之哀,日高犹抱枕晏眠。

⑤ "枕是"二句:谓龙宫石枕光洁照人,仿佛割得伊人秋波。
睹枕而思见妻子明眸。龙宫石,泛言宝石。秋波色,眼波
明净如秋水。

⑥ 玉簟:竹席的美称。

⑦ 罗碧:翠被。

⑧ "忆得"二句:前年有悲辛语,彼时不在意,今事后追忆,原
来早有谶言。

⑨ 长:久。长于人,琴在人亡之意。

⑩ 涧底松:语本左思《咏史》"郁郁涧底松",以松生涧底喻低
贱沉沦。

⑪ 蘗:黄蘗,味苦。《古乐府》:"黄蘗向春生,苦心随日长。"

⑫ 相看句:天地翻时或有相见日,但又恐见时已不识。

　　徐幕相对快意的生涯仿佛南柯一梦,随着卢弘止的
病逝,商隐又被抛入充满阴霾的现实政治环境中。从来

祸不单行，当商隐带着对前途的忡忡忧心回返京城的时候，接到王氏病危的消息。日夜兼程地赶回去，王氏已溘然长逝，夫妻最终还是没能见上最后一面。

王氏之死是对商隐精神上致命的一击。自开成三年成婚以来，商隐夫妇一直相濡以沫，共同承担着生活的重压与现实的磨难。王氏贤淑貌美，而且能诗能文，前面所选《摇落》"水亭吟断续，月幌梦飞沉"写的便是王氏思夫吟诗情景。她不仅是商隐生活中的伴侣，也是他精神上的知音。商隐半生沉沦，但王氏无怨无悔和他一起守着这份清贫淡泊的生活，商隐远赴幕职，王氏一人在家抚养子女，操持家务。可以说在身心两方面，王氏及其所默默支撑的家庭，都是商隐最温暖的港湾，最坚实的后方。幕府依人之际，漂泊沉沦之时，是妻子温柔的祝福和牵挂的明眸，给诗人辗转漂泊的小船一次次扯起希望的风帆，是这个港湾给商隐以继续远航的力量。于今，妻子突然抛开他和年幼的孩子走了，商隐生命的大厦也坍塌了大半。这首悼亡诗写出了诗人哀痛欲绝的心情，也写出了诗人可歌可泣的爱情。

　　情以物兴,人亡物在的情景处处诱发并加深着商隐的悲伤。玉簟、翠被,哪一件不让人想起用过它们的女主人。特别是那张锦瑟,再也没有一双妙手弹拨出优美的旋律。"归来已不见,锦瑟长于人",轻轻两句,多少悲伤,多少痛悔。商隐《王十二兄与畏之员外相访见招小饮时余因悼亡日近不去因寄》诗云"更无人处帘垂地,欲拂尘时簟竟床",所写为同一情境、心境,可互参。

　　诗还以映衬与层进等手法,掘进悲伤的深度,如"娇郎痴若云,抱日西帘晓",以幼子不知失母之痛,反衬自己悼念亡妻的哀伤,且突出子幼,更添幼子失母与自己中年丧妻这特定情境下的悲剧强度。诗结尾两句,钱良择评论说:"设必无之想,作必无之虑,哀悼之情,于此为极。"诗人是那样的怀念亡妻,想象着天地翻覆之时,上天也许会安排一次会面的机会,这就像《古乐府》中所唱的"天地合,乃敢与君绝",实际上天地是永不会合的,"与君"也就永不分离。商隐的诗

中,天地也是永不翻覆的,因而今生今世夫妻也就再
不会相见;但诗中假设即使有天地翻覆而相见的一
天,到时候恐怕也是"相看不相识"。不惟今生,便是
来世,人间天上,均永无相逢相见或相认相识之日。
真是"天长地久有时尽,此恨绵绵无绝期",诗人的沉
痛该有多么深重。

诗在修辞和句法上有仿佛六朝和李贺乐府诗之处,
略带古涩的韵致。但脉络清晰,比李贺诗显得融贯和平
易。而用幽艳的语言写深切的悲痛,笔调纤冷,感情却
沉挚深厚,则又显出作者本色。

王氏之死,使悼亡诗成为商隐创作的一个重要内
容。从对妻子的哀悼怀念中,抚慰尘世中受到的创伤,
寄托自己忧伤孤独的心灵。悼亡成为商隐悲剧性心态
与诗风最好的一种寄寓形式。

七月二十九日崇让宅宴作①

露如微霰下前池②,风过回塘万竹悲。浮

世本来多聚散,红蕖何事亦离披③?悠扬归梦惟灯见,噁落生涯独酒知④。岂到白头长只尔?嵩阳松雪有心期⑤。

① 崇让宅:在唐东都洛阳,商隐岳父王茂元住宅,也是商隐与妻子王氏生前经常居住之处。
② 霰:细小的冰粒。
③ 红蕖:红色的荷花。离披:分散、零落。
④ 噁(huò)落:同"瓠落",空廓,引申为空廓无用,大而无当。
⑤ 嵩阳:此处泛指嵩山附近。心期:心愿、夙愿。句意透露诗人出世归隐旧山之念。

王氏在盛年奄然去世,丢下一双幼小的儿女,商隐为生活所迫,卢幕罢归后,不得不干求已经做了宰相的旧交令狐绹。在商隐一再干求下,由令狐绹荐引荐补太学博士。官品虽然不低,但却是个典型的冷官。仕途上的受压以及对亡妻的怀念,使商隐的心境一直处于忧郁伤悲之中。这期间,他经常往返京洛之间,住在岳父崇让里的旧居。触绪生悲，商隐围绕崇让宅写下一系列优秀诗篇，大都与王氏去世有关，有的直抒伤悼之情，有的以此引发身世之慨。太学博士没做多久，新任东川节度使柳仲郢奏辟商隐为书记。本篇是商隐接受征辟后回洛阳处理有关事务，住在崇让宅，再次因熟悉的景物触发起对亡妻的思念。

崇让宅凄清萧瑟的景象感发于外，诗人思亲悼亡之悲诱发于内，情绪自然不堪。但更深的痛苦却在于诗人长期仕途淹蹇，厄运重重，而爱妻病故，又失去了相濡以沫的人生伴侣，孑然一身而无所依伴，噎落一生而无人相知。在这种情境下，早年即有过求仙学道经历的诗人，思想是非常容易向消极方面发展的。诗中称人世为"浮世"，最后表示要实现与"嵩阳松雪"的"心期"，显然是出世思想的抬头。诗人入蜀后"忽忽不乐"，甚至要"打钟扫地"，皈依佛门，从这里已露出端绪了。

诗情深于言，妙于顿挫。强欲排解妻子亡故的悲痛，而说"浮世本来多聚散"，正含有"人间久别不成悲"的况味。悠扬归梦、噎落生涯，对于身世如诗人者来说也许平常，但跌到"唯灯见"、"独酒知"，便凄凉彻骨。尾联似宕开一步，但伤怀消沉到避世归隐，实际上悲慨更深。由于深情挚感的贯注，用这种低昂跌宕的笔法写悲凉情绪，才如此回肠九转，感人心肺。

大约大中五年(851)八、九月间，商隐离开京洛，前往东川节度使治所所在地梓州，开始了他一生中羁泊异乡、寄迹幕府时间最长的一段生活——梓幕五年。

(三) 梓幕五年至病逝郑州(大中五年十月——大中十二年冬)

大中五年十月下旬，商隐抵达梓州，入东川节度使柳仲郢幕府。商隐此次在妻子逝世后，抛下幼小的儿女，只身来到东川，孤寂伤感自不待言。柳仲郢同情他的境遇，准备在使府乐籍中选一位色艺双全的乐伎张懿仙给商隐做侍妾。商隐写了一封言辞恳切的《上河东公启》加以婉辞，其中写道："某悼伤以来，光阴未几。梧桐半死,方有述哀;灵光独存,且兼多病。眷言息胤,不暇提携。或小于叔夜之男,或幼于伯喈之女。检庾信荀娘之启,常有酸辛;咏陶潜通子之诗,每嗟漂泊。"从中可见他对妻子王氏的深挚情感和对幼小儿女的深情眷念。

这年底,商隐以侍御身份被派往西川节度使府推狱,即协助审理案件。推狱的公事比较简单,处理完公事后,商隐趁此机会拜谒了久已向往的武侯祠,写下《武侯庙古柏》,寄寓了对李德裕功绩的赞颂,对其遭贬斥的境遇表示不平。其后他又写了《筹笔驿》、《无题》(万里风波)等一系列诗,隐曲地表达了对李德裕真实的看法和由衷的敬意。但与此同时,商隐又连续呈给西川节度使杜悰四首精心结撰的诗文,称颂杜的功德,希求杜的汲引。杜悰属牛党,会昌四年七月至五年五月间任宰相,其在相位及此后历任雄藩大镇期间均无善政。商隐在投献的诗文中却对其大加赞扬,尽管这是投献权贵诗文常见的通病,但商隐这些颂扬与杜悰实际行事对照,也实在太过离谱。不惟如此,为了讨好杜悰,他还将与杜政见不同的李德裕说成是当路"恶草"。这种违心的攻讦确实反映出商隐人品方面的某些缺陷。从国家利益出发，他内心对李德裕的功绩持肯定、赞赏态度，但为了求得杜悰的汲引，却不惜违心弄舌。法国思想家狄德罗说："说人是一种力量与软弱、光明与盲目、渺小与伟大的复合物，这并不是责难人，而是为人下定义。"我们揭出商隐这不光彩的一页不是有意苛责，而是从这种人格的分裂中，愈见出严酷的现实环境对人的高洁品行的摧残，而这种分裂也正反映了诗人性格的悲剧性，让人感到可悲亦复可悯。

老境容易怀旧，孤独最念故乡。在经历大中五年的丧妻之痛后，诗人整个精神世界遭受到巨大的打击，心境充满了苍凉孤寂的情绪。而在满耳陌生的异乡语音中，在独守幕府的漫漫长夜里，想到千里外崇让宅的牡丹，想到一双寄人篱下的小儿女，那种思念之情与孤独之感是彻入骨髓的。因此，梓幕期间诗人思家念友之作最多，而且篇篇深情贯注，极为动人。思家之情又是和自己漂泊天涯的身世之感联系在一起的，从某种意义上说，思家就是给漂泊的身心找一个依偎栖息的处所，所思念的并不仅仅是那个地理意义上的家乡，同时也是一个能给诗人精神以归宿的地方。伤春伤别充盈了梓幕的日日夜夜，诗人将这种情绪推衍酝酿到无以复加的深度与广度，几至触目是泪，动辄皆悲，其感伤诗风在此期间达到了顶峰。

到大中七年冬天，商隐思家念友、牵儿挂女的情绪强烈到无法自制的程度，用他自己的话说是"三年已制思乡泪，更入新年恐不禁"（《写意》）。在这种情形下，这年年底，商隐回了一次长安，探望两个孩子。由于这次回京，释放了郁结已久的思念家乡和子女的情怀，回梓以后，大中八、九两年所作的诗中，再也没有出现先前那样频繁而强烈的思乡情绪了。

梓幕期间，商隐思想和生活上的一个显著变化是刻意事佛。商隐与佛教的因缘并不只是自梓幕始，但其在梓幕期间和佛教的关系却比以往任何时候都来得密切。他和僧人往来酬唱，到僧院听讲佛经，《题白石莲花寄楚公》《题僧壁》等与佛教相关的诗都可能作于梓幕。这一方面是历经挫折后，商隐的处境、心绪使之趋向佛教,另一方面与佞佛的府主柳仲郢的影响大概也有关系。除耽佛法外,商隐对早已浸染多年的道教仍继续信奉,并与道流往来。

但商隐本质上是一个极重情、极执著的性情中人。虽因妻子去世、自己多病及命运坎坷、理想幻灭而逃禅慕道,但这只是一种无可奈何的逃避与自遣,实际上他根本不可能忘情于现实、政治、人生。这种重情和执著,使他始终无法超脱人生、超脱爱憎。

大中九年十一月,柳仲郢因为在东川节度使任上五年,"美绩流闻,征为吏部侍郎"(《旧唐书·柳仲郢传》),商隐也随之结束了近五年的梓幕生涯。大约是年末或次年初,商隐随柳仲郢从梓州启程回京。因为这次府主是被征为吏部侍郎,职掌官吏铨选,因此在回程的途中,商隐对未来又寄寓了一份期望。但仲郢还朝,尚未入谢,旋被改为兵部侍郎,充诸道盐铁转运使。商隐寄希望于府主铨掌选拔之权而助其重登朝籍的期盼又一次落空。好在仲郢是一个很念旧情、富有同情心的官吏,他充盐铁转运使后,随即奏任商隐为盐铁推官。

大中十一年仲春左右,商隐抵扬州盐铁转运使府赴任。盐铁转运使府推官数量很多,分工职责也不相同。估计柳仲郢为了照顾商隐,给他安排了一个相对轻松点的工作。在扬州任推官期间,商隐得以经常往来金陵、扬州一带,因此在这期间写下了不少咏怀江东古迹的诗作。

大中十二年(858)二月,柳仲郢由盐铁转运使调任刑部尚书,商隐随即罢职。期间回了一趟长安,接着便回到老家郑州。这年年底即在郑州凄凉寂寞地走完了其人生最后的旅程。

悼伤后赴东蜀辟至散关遇雪①

剑外从军远②,无家与寄衣③。散关三尺雪,回梦旧鸳机④。

① 悼伤:即悼亡。赴东蜀辟:即指大中五年冬应柳仲郢辟任东川节度书记。散关:又称大散关,在今陕西宝鸡县西南。
② 剑外:剑阁之外(剑阁在今四川剑阁县北,即大、小剑山间

的一条栈道),此指梓州。

③ 与(yù):给。

④ 鸳机:织锦机。

　　商隐这次赴梓幕,走得比以往任何一次都凄凉。以往有妻子的依依相送,哪怕走得再远,也能感受得到千里外有妻子的牵挂,回首的方向就有温暖的家。可是,这次远幕,妻子已永远瞑目九泉了,路再远,天再冷,雪再深,也不会有千里外送来的寒衣了。诗人只身一人,迎着飘零的雪花,在大散关的刺骨寒风中,踽踽走向前方凄凉的巴山蜀水。

　　诗紧扣着悼伤写,妻子就这样走了,突然在生活中那么熟悉、那么亲切的面容就这样离去了,叫人怎么相信,叫人怎么能当真。这不,旅次的梦中,妻子正坐在窗前给远幕的丈夫赶制寒衣呢。那架旧纺机,嗡嗡嗡嗡叫得多么温馨啊! 可一觉醒来,衾冷影单,门外雪花乱舞,窗棂里透进来阵阵寒风。梦中的甜美与梦醒后的清冷形成绝然反差,给人以强烈的震撼。诗看似单纯平常,而含蕴非常丰富。诗人处境的孤子,远行的辛苦,身世的飘零,以及对亡妻的怀念均自然流露笔端。纪昀说:"'回梦旧鸳机',犹作有家想也。"看去只是淡淡收住,实则韵味浑成而又曲折有致,包含着无限的伤怀凄凉。

利州江潭作①

神剑飞来不易销②,碧潭珍重驻兰桡③。
自携明月移灯疾,欲就行云散锦遥④。河伯轩
窗通贝阙,水宫帏箔卷冰绡⑤。他时燕脯无人
寄,雨满空城蕙叶凋⑥。

① 自注:"感孕金轮作。"金轮,指武则天。武后如意二年,加金轮圣神皇帝号。利州:在今四川广元县。县南有黑龙潭,相传武后母亲在此和神龙交感而生武后。
② 神剑:古代有神龙化剑的传说,这里借"神剑"指江潭中的神龙。

③ 碧潭：即利州江潭。兰桡：对舟船的美称。

④ "自携"二句：从神龙着笔，描写神龙与武后母交感情景。
明月，明月珠的省称。行云，用高唐神女朝为行云，暮为行
雨事。这里隐喻武后母。锦，指龙身上的锦鳞。

⑤ "河伯"二句：描绘神龙所居宫室的华美。河伯，黄河之神，
又叫冯（píng）夷。贝阙，紫贝装饰的宫阙。水宫，指龙宫。
冰绡，即鲛绡。传说海底有鲛人，能织绡。

⑥ "他时"二句：描写今日江潭景象。他时，异日，这里实指今
日（站在过去的角度说是异日）。燕脯，干燕肉。《南部新
书》说："龙嗜烧燕肉。"

　　商隐过散关，沿嘉陵江南行，通过险峻的栈道，来到
利州。武则天的父亲曾在这里任过都督，传说武则天便
是其母在利州江潭与神龙交合而孕的。商隐路过此地，
顺便去江潭一游，写下本诗。

　　诗人着眼点不在武后，而在于对这个神奇的传说的
浓烈兴趣。他由这个传说敷衍开去，驰骋浪漫奇丽的想
象，将龙人交合的场景写得新奇浪漫，极富美感。从诗

之起句"神剑飞来不易销",见武后之君临天下,实承天命;到尾句"雨满空城蕙叶凋",在蕙叶凋衰、雨打空城之中透露出诗人对一代女主的追怀。从中能够看出,唐人对武后的看法相当通达。

虽然诗关注的重点在神话传说,但既与武后相关,恐怕也不能不涌起一点对这个人物的感触,诗中所描绘的雨打蕙叶其实已显露诗人的幽微心绪。何焯说:"武后见骆宾王檄文,犹以为斯人沦落,宰相之过。义山为令狐绹所摈,白首使府,天子曾不知其姓名,有不与后同时之恨。"(《义门读书记》)这种情感,作为一种潜在的创作动因,也许不能完全排斥。

选录这首诗,是想提请读者注意,商隐是如何将李贺式的奇丽奔越的想象和自己流走唱叹的声情风韵糅合在一起的。如果仔细咀嚼,会发现中间四句是李贺式的,但商隐悄悄注入了圆转的声韵;首尾四句特别最后一联,是典型的商隐式的。将这些细微处拿来吟味推敲,也许会对商隐诗歌艺术的发展承变更多一些感悟式的体会。

杜工部蜀中离席①

人生何处不离群②？世路干戈惜暂分。雪岭未归天外使③，松州犹驻殿前军④。座中醉客延醒客⑤，江上晴云杂雨云。美酒成都堪送老，当垆仍是卓文君⑥。

① 大中六年春初,商隐奉命前往成都推狱(协助审理案件),事毕回梓前,于饯别宴席上作此诗。因风格仿效杜甫,故于题中加"杜工部"三字。

② 离群:分离。

③ 雪岭:四川松潘一带雪山。唐代为与吐蕃的分界。天外使:指朝廷派往吐蕃的使臣。

④ 松州:唐州名,今四川松潘县。殿前军:本指神策军(皇帝禁卫军),唐中叶以来,各地将领为得到优厚给养,往往奏请遥属神策军,称神策行营,诗所指即此类军队。

⑤ 延:请,劝。

⑥ 当垆:《史记·司马相如传》:"买一酒舍酤酒,而令文君当

垆。"垆为放置酒缸的土台。此以文君喻指当垆的酒家女。

七律这种诗体在杜甫手中达到了思想与艺术的高峰,但这以后直到李商隐之前,却再也没有重大突破与发展,是商隐的出现打破了这种长期以来相对停滞的局面。

清钱良择《唐音审体·七言律诗总论》云:"义山继起,入少陵之室,而运之以秾丽,尽态极妍,故昔人谓七言律诗莫工于晚唐。"商隐以自己的典丽精工与深情绵邈,使七律又攀上一个新高。事实上,商隐承继杜甫对七律所作出的贡献体现在两方面,其一即如上所言,是"瓣香于杜而易其面目"(舒位《瓶水斋诗话》),承而变的一面。所选《七月二十九日崇让宅宴作》即属此类。其二则是承而发展、深化的一面,即乍看风貌似杜,而细味则能发现诗人沿着杜的方向继续开掘的痕迹。如所选《曲江》,既有杜的沉郁顿挫,又以联想发挥而思深意远。本篇亦属此类。诗题明标学杜,诗即仿效工部体并悬拟其在蜀中离席所见所感,但又并非单纯肖貌,而是兼具杜诗神情,并在艺术上将杜甫的开拓继承并巩固规范下来。

杜甫七律在内容方面最大的拓新,是把重大的时代政治主题引入这样一个传统上以奉和应制酬赠为主要功能的诗体中。商隐对杜诗精神的继承,就在于他恢复并发展了杜甫七律关注国运、感伤时事的传统。本诗悬拟杜甫蜀中离席,更是以己之心悬揣杜甫那份忧国伤时之情。首联以"离群"引出"世路干戈",也引出艰难苦恨中游幕四方的诗人形象。"雪岭"一联,境界阔大,感慨深沉,将杜甫当日蜀中干戈不断、战乱未已的局势描绘得既形象又概括,言外自有无限伤时忧国之意。王安石深赏此联,以为老杜无以过。腹联照题写离席,"醉客延醒客",突出战乱中相聚之难得,友情之可贵。而末联"美酒送老",似有杜甫"潦倒新亭浊酒杯"的暗寓,有时世身世交伤之感,看似规劝宽解,实寓无限沉痛。诗表面上模拟杜甫口吻,代杜甫抒写当时情事,而其体情之入骨,用情之深挚,却不自觉地写出了商隐自己的情怀感慨,是借杜甫的杯酒来浇自己心中的块垒。

何焯评本诗云:"起用反喝,使曲折顿挫,杜诗笔势也。'暂'字反呼'堪送',杜诗脉络也。"(《李义山诗集辑评》)又说:"此等诗须合全体观之,不可以一字一句求其工拙。"(《义门读书记》),即谓从诗法与总体精神上都可追攀杜甫。

值得注意的还有腹联顿挫有致的当句对,钱锺书先生在《谈艺录》里指出该体创于杜甫,而定名于商隐。这便是对杜甫艺术创造的继承、巩固与发展。杜甫《闻官军收河南河北》云"即从巴峡穿巫峡,便下襄阳向洛阳",《曲江对酒》云"桃花细逐杨花落,黄鸟时兼白鸟飞"。商隐吸收了这种句法,除了本诗,《春日寄怀》云"纵使有花兼有月,可堪无酒又无人",《当句有对》云"池光不定花光乱,日气初涵露气干",都是相同的手法。从《当句有对》的诗题还可以看出,商隐是将这种手法定型为一种修辞方式,明确提出一种诗歌体式,这似应具有一定的诗学史意义。

二 月 二 日[①]

二月二日江上行,东风日暖闻吹笙。花须

柳眼各无赖②,紫蝶黄蜂俱有情。万里忆归元亮井③,三年从事亚夫营④。新滩莫悟游人意,更作风檐夜雨声。

① 《全蜀艺文志》:"成都以二月二日为踏青节。"梓州与成都相距不远,风俗当也如此。

② 花须:花的雄蕊细长如须,故云。柳眼:柳叶初生,细小如眼。无赖:这里含有可爱而恼人之意。一说即无意、无心、与下句"有情"相对。

③ 元亮井:东晋诗人陶潜字元亮,其《归田园居》有"井灶有遗处,桑竹残朽株"之句。

④ 亚夫营:汉文帝时,大将周亚夫屯兵细柳,军纪严明,后世称"柳营"、"亚夫营"。此处指所事柳仲郢幕府。

　　梓幕期间,商隐诗中一个突出主题,便是思念家乡和亲友。这是因为经历丧妻之痛后,诗人整个精神世界受到最沉重的打击,心灵似乎一下子变得苍老而脆弱了。远幕天涯,远离子女,那种漂泊无依的孤寂感比以往任何时候都来得强烈。这时他心目中的家乡,已经不是通常意义上的狭义的故里,而是与剑外天涯相对的整个中原,甚至可以说,是一个虚化了的精神家园,一个能安顿这孤寂、漂泊的灵魂的地方。正是在这种情感的支配下,他创作了一大批思念家乡、亲友的诗篇,成为梓幕期间写得最出色的一类诗。

商隐悲慨身世之作,多以深沉凝重的笔调、绮丽精工的语言来营构、渲染迷蒙悲凄的气氛,而本诗却一反这种写法。它以乐境写哀思,以美好的春色反衬凄苦的处境,以轻快流走的笔调抒写抑郁不舒的情怀,以清空如话的语言表现深婉浓至的情思,收到相反相成的艺术效果。江上踏青,本为游赏遣兴,但花柳蜂蝶,满眼春光,反而处处触动欲归不得的羁愁,甚至连欢畅的新滩流水之声,在怀抱深重羁愁的人听来,也是一片风檐夜雨的凄其之声。诗中的"元亮井",只是一个虚泛的家园的符号,不能实指,也不必实指。

如果说商隐的七律以其典丽精工为人们所熟知的话,则此诗所体现出的清空流美的一面却为人们所忽略,实际上这也是商隐七律中一种很重要的风格类型。如所选《七月二十九日崇让宅宴作》,全篇没有一个典故,纯用白描,以轻快流利中含顿宕曲折的笔调写身世之悲与悼亡之痛,清词丽句,情深于言。而本诗除了"元亮井"、"亚夫营"两个熟典和"紫"、"黄"两个色彩词外,可说是清空流走,一片神行。但由于感情的真挚和体验的深邃,诗歌流走而不轻薄,清空而又浓至。前人总结商隐诗云"典丽精工,深情绵邈",前四字着重于外在风貌,如上所述固然不免以偏概全;但后四字着重于诗歌内在精神,则义山七律无论典丽精工抑或清空流走,其感人也深,均在于内在的"深情绵邈"。

初　起①

想象咸池日欲光②,五更钟后更回肠③。
三年苦雾巴江水④,不为离人照屋梁⑤。

① 诗题"初起",写晨起触感。

② 咸池:神话中地名。太阳升起时在咸池洗浴。《淮南子·天文训》:"日出于旸谷,浴于咸池。"

③ 回肠:愁思萦结。

④ 巴江:泛指东川一带江水。

⑤ 照屋梁:即指阳光普照。宋玉《神女赋》:"耀乎如白日初出照屋梁。"

梓州多雾,但也不至于三年都没有放晴的时候,则所谓"三年苦雾"便是诗人心中不散的愁雾。诗写的是晨起面对浓雾而发的感慨,但妙在于写实中微寓比兴象征,既见诗人伤离思乡感情的深切,亦透出诗人心绪的苦闷无憀,心境的压抑窒息。五更钟后,本该是日出云端,普照大地的辰光了,可连一点儿阳光的影子都见不到,怎能不"回肠"呢?诗人想象着太阳在咸池中沐浴,整个咸池应该是通体光明,可是为什么就不肯给诗人分享哪怕一丝阳光呢?在苦雾笼罩之中,诗人企盼雾开日出、复见光明的心情溢于言表。然而,弥漫不开的苦雾,正像是无法摆脱、无法冲破的一张阴暗的网罗,太阳的光明是照不到这里的。苦雾萦绕、浓愁不散，本诗所表现的意境情调，也就成为商隐梓幕心态的一个象征。

写　意①

燕雁迢迢隔上林②，高秋望断正长吟。人间路有潼江险③，天外山唯玉垒深④。日向花间留返照，云从城上结层阴⑤。三年已制思乡泪⑥，更入新年恐不禁。

① 写意：犹言抒情。

② 燕雁：燕地的鸿雁，犹言北雁。上林：上林苑，汉武帝时名苑。《汉书·苏武传》载汉使诈言天子(昭帝)于上林苑射雁，得雁足苏武所系帛书，迫使匈奴放还苏武。诗用此事寓思归京国而不得的心情，上林借指长安。

③ 潼江：即梓潼江，自北向南在射洪附近注入涪江。

④ 玉垒：山名，在四川灌县西北。诗云"天外"，是从长安角度而言，此指蜀中。

⑤ "日向"二句：谓太阳匆匆而下，只在花间留下一抹残照，云却凝滞不去，在城上结成重阴。

⑥ 制：制止，控制。

　　纪昀《玉溪生诗说》评本诗云："潼江玉垒，岂必独险独深，意中觉其如是耳。"题云"写意"，便是抒写这种意中之感。之所以言潼江独险，玉垒独深，是因为地之僻远与人之久寓不归，穷边羁泊，年复一年，人皆登高得路，我独天涯飘零。不是潼江独险，玉垒独深，而是玉垒何以独阻我之归路，潼江何以独寓我之离愁。腹联返照之稍纵即逝，秋云之城上常阴，写蜀中阴霾的气候特征，即如《初起》诗"三年苦雾巴江水，不为离人照屋梁"，同样也是在写诗人缺少阳光、只有阴云的心绪。思归不得，只能隔着险山苦水，对着长安的方向望眼欲穿。这种思乡之苦在心头已苦苦积郁折磨了三年，眼看新的一年又要到了，可这种羁泊天涯的日子好像还远远没有到头，这又一年的思乡之苦，恐怕这颗心再也不堪重负了。尾联的"恐不禁"，见出诗人心中的愁苦已达到饱和的极限。何焯说："一路逼出此二句。"(《义门读书记》)但接下来没有说到的意思是，"恐不禁"又能怎样呢？不天涯漂泊、寄迹幕府又何以为生呢？"恐不禁"来也要禁啊！令人凄凉正在此处。

起结均以思乡，其实思乡仅仅是感伤之情的一个归结点。全篇蕴涵的内容远不止此，诸如羁滞迟暮之痛，世路崎岖之慨，时世阴霾之悲，均一寓言外。

值得注意的是，诗表现的虽是诗人黯然神伤的精神状态，但取景阔大，声调浏亮，使得整首诗的情绪虽抑郁却不萎靡，悲凉中寓沉郁之厚重。这与本诗中流露出的杜诗的某些格调情味的影响痕迹，恐怕也是分不开的。商隐到梓州后，大约因流寓境遇的相似，对晚年漂泊蜀中的杜甫生出异代同时之感，杜律抑扬顿挫的声韵也适宜于传达沉重抑郁心绪，因此出现了一个学杜的高峰。《武侯庙古柏》、《井络》、《夜饮》等，都能见出杜律的一些味道在，更不用说《杜工部蜀中离席》的直接标明了。不过，商隐七律此时自我风格早已成熟，深婉流走中虽每见其胎息少陵的痕迹，但毕竟已另属一家了。便如此诗,层层推进,逼到最后一句,不留余地,与杜甫的深而能回、进而能转又各有特色。

杨本胜说于长安见小男阿衮①

闻君来日下②,见我最娇儿。渐大啼应数③,长贫学恐迟④。寄人龙种瘦,失母凤雏痴⑤。语罢休边角⑥,青灯两鬓丝。

① 杨本胜:名筹,字本胜。商隐梓幕同僚。阿衮:即诗人小儿子衮师。

② 日下:指京都。旧时以帝王比日,故以皇帝所在之地为日下。

③ 数(shuò):频繁。渐大知道思父远游,伤母早背,故"啼应数"。

④ "长贫"句:长期贫困而失学。

⑤ "寄人"二句:龙种、凤雏,均指衮师。作者与唐皇室同宗,所以对其子这样称谓。

⑥ 休边角：指边城的角声已停。唐时军队在外，夜间要分几
　　次鸣鼓吹角。

　　赴东川前，商隐因远幕边徼不宜携带子女，只得将
一对幼男弱女留在长安。两个年幼的孩子刚失去母亲，
父亲又要与他们远隔千里，心下惨然，写下了"嵇氏幼
男犹可悯，左家娇女岂能忘。愁霖腹疾俱难遣，万里西
风夜正长"（《王十二兄畏之员外见招小饮时余以悼亡
日近不去因寄》）的句子。当他只身流寓梓幕之时，心
头自然时时挂念着这一对失去母亲、寄养在亲友家的孩
子。这次杨本胜自京城来，商隐定然要迫不及待地询问
孩子情状，而杨叙及的情景是那样凄凉。其实这本在意
料之中，商隐从幕本来职微俸薄，而一个"沦贱艰虞"的
家庭，"九族无可倚之亲"（《祭裴氏姊文》），亲友也不
会有什么富贵人家，寄人篱下的孩子的境遇可想而
知了。

　　在《骄儿诗》中，诗人看到的骄儿是："绕堂复穿林，
沸若金鼎溢。门有长者来，造次请先出。客前问所须，

含意不吐实。"在父母怜爱里打闹嬉戏,欢乐活泼。然而,同一衮师,现在却是"渐大啼应数,长贫学恐迟。寄人龙种瘦,失母凤雏痴"。"渐大"句是诗人推想,孩子渐大懂事了,开始知道思父远游,伤母早背,懂得体味家世的悲凉,悲剧阴影过早地笼罩了孩子幼小的心灵。已是上学的年纪,可由于家贫而不能及时延师施教。"寄人"两句大约是听到杨本胜说及所见到衮师情况,言外能见出诗人在听杨的叙述时,其心理活动、联想的痕迹:昔日红扑扑的小脸蛋,现在变得又黑又瘦;那个"文葆未周晬,固已知六七。四岁知姓名,眼不视梨栗"(《骄儿诗》),聪慧异常的孩子,现在已变得有些痴痴呆呆,儿童应有的活泼天真在他的身上已找不到一丝踪迹了。可以想象,当杨本胜说起这些时,诗人的心头是怎样的一种滋味。

诗没有赘述谈话详细内容,仅点出诗人最为系念的几个方面,手法经济。末联在"语罢休边角"所造成的黯然无言、旷寂悲凉的气氛中,由冷冷青灯照出诗人"两鬓丝"的面影,从时间、空间、听觉、视觉以及心理感受等几个方面,同时烘托表现当时的景象,暗示出深沉的思想感情。诗人的种种不幸无须细说,而凄凉之意自然溢于言外。

夜 雨 寄 北[①]

君问归期未有期,巴山夜雨涨秋池[②]。何当共剪西窗烛,却话巴山夜雨时[③]。

① 寄北:寄赠在长安的友人。

② 巴山:泛指东川一带的山,与"巴江"、"巴江水"、"巴雷"(均梓幕诗语)用法相同。

③ 何当:何时。盼望之词。却话:回过头来谈说。

仿佛是将大半生的乡思羁愁都归拢到这一阶段,梓幕期间是商隐思家念友之情的集中流露。商隐诗歌有个值得注意的现象,即这种同类题材作品的集中出现,如甘露之变前后的政治诗创作高潮,桂幕往返的行役诗,京兆作橡期间与令狐绹相关的诗歌等等,这显然与其生命特定时期的境遇、心绪有关。梓幕思家念友诗的大量出现,便是我们上首诗评析中所提到的屡经挫折后,疲惫的心灵对这样一个能安顿依偎的精神家园的渴望。

在本篇中,精神的家园就是能有一间安宁的小屋,于风雨夜燃着温暖的蜡烛,三两友人娓娓回首一生的凄凉,体味那种沧桑过后秋凉的淡泊。三、四句所遥想的,便是如此一幅情景。"巴山夜雨"也便是游幕天涯、一生飘零的风雨。诗只写到剪烛话秋雨,其实不妨想象当其与友人共话秋雨之时,窗外也正飘洒着沥沥秋雨,然而没有关系,有温暖的蜡烛,有安宁的小屋,有知心的友人,这种情景下越发会有一种温馨安全的感觉。然而,这一切都只是遥想而已,期盼而已,此时此刻却正是"巴山夜雨涨秋池",没有温暖的蜡烛,没有安宁的小屋,没有知心的友人,有的只是巴山苦雨,有的只是幕府秋风,多少凄凉多少恨啊!通宵苦雨涨破了秋池,诗人比巴雨更苦比秋风更愁的一颗羁泊之心,怎能不凄断欲绝呢？人们往往在回忆之中，会给往昔的凄苦蒙上一层诗意的外罩，这里面有时间、境遇、心境对苦难的消解，商隐却是在风雨中遥想风雨后，秋风里揣想秋凉时，他心中对温暖、友情以及一份安宁的生活的渴盼该有多么强烈，而这愈发显出他此时的境遇、心情又是多么的凄凉。

诗的背面固然凄凉，而诗的字面却令人感到温暖。语浅情深，含蕴无穷。本诗因此而脍炙人口，童蒙熟诵。一代一代，人们口耳相传，已娓娓读了一千年，然而每一次读起，依然还会在心头溢满感动，哪怕再过一千年。

即　　日①

一岁林花开即休，江间亭下怅淹留。重吟细把真无奈②，已落犹开未放愁③。山色正来衔小苑④，春阴只欲伴高楼⑤。金鞍忽散银壶滴⑥，更醉谁家白玉钩⑦？

① 即日:犹言以当日感受为诗。

② 把:把玩,赏玩。

③ 放愁:破愁,解愁。

④ 衔:指山色映入苑中,宛如被小苑所"衔"。

⑤ 春阴:春日的暮霭。伴高楼:暮霭在楼边渐次增长、弥漫,
  愈积愈浓。

⑥ 金鞍:此指乘金鞍之人。银壶:即漏壶,古代计时仪器。

⑦ 白玉钩:酒席上的一种游戏用具。

　　商隐在《杜司勋》中说:"刻意伤春复伤别,人间惟
有杜司勋。"其实,不是伤心人哪解断肠心,杜牧的伤春
伤别而商隐独会,正缘伤心人心原相通。

　　梓幕飘零,正值春暮花落,诗人在江间亭下淹留徘
徊,见枝头残花,云间暮日,楼上春阴,岸边流水,怎能无
动于衷呢? 本诗便是抒发了这种伤心人在天涯,又值伤
心时节的心情。但诗人不是空泛地写情,而是以心取
景,寓情于事,以景、事来写心抒情。"即日"即写即日
所见所感,诗极富层递性地选取影响心境的几种情事:

先是睹春暮而觉一年花事行休,继之睹日暮而觉一日好景亦难驻,复加以银壶漏尽,客散独归。正是春暮还兼日暮,花落又值人散,一层一层,将难堪之情推到极致。既然如此愁绪难堪,诗人不禁想到那壶中的忘忧物。虽说是借酒消愁愁更愁,但能有片刻的醉乡梦也是一种慰藉。可是,金鞍忽散,游人忽归,要借酒消愁也无从可借,只好终宵听那寂寞更漏,滴滴达达,消尽时光,熬干忧愁。这更进一步将愁情推到上天无路,入地无门,无以复加的境地。不惟作者之伤心不堪,就是读者读来,又情何以堪。

诗笔笔唱叹,且又层层转进,如"即日休"、"怅淹留"、"真无奈"、"未放愁"等都出以感叹之笔,让人吟后荡气回肠。而悲情的一气贯注,节节推进,又使本诗在声调悠扬、笔致流走中,达到歌哭与俱的效果。

这种伤春伤别之情随着沦落之久、羁愁之深,越发郁积盘旋在商隐心头,成为其思想气质的一个组成部分,以致其展纸濡墨,未成曲调先有情,愁情恨意便已笼罩毫端。至《天涯》那种愁牵恨绕而又不名一端,触目皆愁而又无从说起,只好望断天涯,倩莺流泪,便是其愁恨的浸润加深、弥漫扩散,已将整副心肠浸泡其中,深广到无从提起的地步。这其实也就是商隐咏物诗、抒情诗的虚化、泛化过程,这个过程是和其悲剧性体验的加深加剧相一致的。

柳

曾逐东风拂舞筵,乐游春苑断肠天[①]。如何肯到清秋日,已带斜阳又带蝉。

[①] 乐游:乐游苑,汉宣帝建,在今西安市郊。亦称乐游原。唐时为著名游乐胜地。断肠:销魂。

这首诗寄慨于物,有限的画面包容了极阔远的时间和空间。从时间上,柳的从春到秋,象征着人的从少壮到衰老;空间上,由眼前斜阳残蝉中的秋柳联想到长安的乐游苑,可谓视通万里。而这个乐游苑又非此刻同样也处于秋风中的乐游苑,而是昔日的乐游苑,春天的乐游苑,得意时的乐游苑,时间空间相交织着跨过极大的距离。这极大的距离便是由春到秋的人生,由京城到边幕的身世,由繁华到萧瑟的心境。

诗人虽一生坎坷困顿,但前期进士及第、两入秘省,在当时一般文士的心目中,仍算是春风得意。尤其是处于晚年落魄的境地回看前期,更有似天壤之别。诗写柳的从春到秋,从长安之柳到眼前之柳,便寄寓着这种先荣后悴、昔荣今悴的无限感慨。

从诗意看,本篇显系后期作品,大致作于梓幕。可与时、地相对明晰的另一篇《柳》参看:"柳映江潭底有情,望中频遣客心惊。巴雷隐隐千山外,更作章台走马声。"

该诗中"频遣客心惊",似乎即说出本诗见到"已带斜阳又带蝉"的秋柳后的心情;"章台走马"乃往昔得意生涯,闻巴雷而思往日也正如见斜阳秋柳而思乐游苑的春柳,"章台走马"也即"乐游春苑断肠天"之意。两诗互训,可以彼此发明。

本诗阔远的时空虚涵以及寄慨于物的强烈主观色

彩,都显示出了商隐本色。这种本色还突出表现在妙用虚字,"曾"、"如何"、"已"、"又"等字,曲折顿挫,将今昔之感以唱叹出之,而不是变景物情态以就我。蘅斋说:"只用三四虚字转折,冷呼热唤,悠然有弦外之音,不必更着一语也。"(纪昀《玉溪生诗说》引)由于这些虚字对情感不着痕迹的牵引、推进,使本诗臻于"有神无迹"之境。

天　　涯

　　春日在天涯,天涯日又斜。莺啼如有泪,为湿最高花①。

① 最高花:花树顶端的花朵。

　　伤春与时世、身世之伤相交织,愁牵恨绕而又不名一端,这是诗人潦倒天涯、艰难苦恨中难以驱遣的情怀。诗人重茧乱丝般的感触无从细细直陈,便以这种虚涵浑括的意境来表达其难言的心绪。冯浩笺引杨守智评：
"意极悲，语极艳，不可多得。"商隐深曲绮丽而又感伤
的诗风在这里达到极点。

　　诗起首二句写春日良辰而人却置身天涯，置身天涯
又逢日斜。天涯沦落情已不堪，更何况沦落人正对着黯
淡的残阳！几经转折，感慨已深。后二句欲以莺啼之泪
染湿最高花，更是深情奇想。最高花通常早秀，最为芳
美和引人注目，但如今却在天涯寂寞地自开自落，岂能
不为之一哭？"最高花"亦花亦人，正有着"为谁成早
秀，不待作年芳"（《十一月中旬至扶风界见梅花》）、早
慧而命蹇的诗人自身的影子。而倩莺洒泪又似暗示伤
春之人泪水早已流干，有着"欠泪的，泪已尽"那样一层
更深的伤感。表面上看，诗人所写是伤春的老主题，但
将伤春植入天涯沦落的背景，涵蕴就深厚得多了。诗人
其实是通过摄取典型的自然情景，以特定镜头传达其伤
时之感、迟暮之悲、沉沦漂泊之痛等种种复杂难言的感
慨。梓幕中另有一首《忆梅》："定定住天涯，依依向物
华。寒梅最堪恨，常作去年花。"用思深曲含蓄，浑融自

然，而且意味情境都非常相近，同样是虚处传神之作。

　　本诗修辞上有两处值得注意，其一是曲喻，其二是顶真。钱锺书在《谈艺录》中说："至诗人修辞，奇情幻想，则雪山比象，不妨生出尾牙，满月同面，尽可妆成眉目。……如《天涯》曰：'莺啼如有泪，为湿最高花。'认真'啼'字，双关出泪湿也。"曲喻有助于在有限篇幅中容纳更多内涵，诗意的奇曲深至与此也不无关系。顶真对诗意有回环推进的作用，且增唱叹之意味。商隐《闲游》中"强下西楼去，西楼倚暮霞"，与此诗首联出自同一机杼。商隐纯熟应用这些修辞，增加了诗歌艺术手法的丰富性。

无　　题

　　万里风波一叶舟，忆归初罢更夷犹[①]。碧江地没元相引[②]，黄鹤沙边亦少留[③]。益德冤魂终报主[④]，阿童高义镇横秋[⑤]。人生岂得长无谓，怀古思乡共白头！

① 夷犹：犹豫徘徊。

② "碧江"句：谓江水流向远方，牵动归思离愁。

③ 沙边：水上沙洲。

④ 益德：张飞，字益德，三国时蜀中大将。冤魂报主：未详出典。

⑤ 阿童高义：指西晋大将王濬全活巴人之德政，参《晋书·王濬传》。阿童，王濬小字。

　　这又是一篇梓幕伤春伤别之作，主旨便是尾句的"怀古思乡共白头"。怀古思乡并提，重在怀古，而怀古又是与伤今紧密联系在一起的，并且这种伤今与诗人身世相联系，又远远越过个人身世，是将个人放在一个大时空中所生出的感慨悲伤。

　　诗的前幅抒"忆归"之情，首句"万里风波一叶舟"，既是写江上所见，同时风波中的小舟也隐寓着诗人身世的飘零。"忆归"之情便是从风波漂泊之景中生出。"初罢更夷犹"，谓思归之情暂歇而复犹豫彷徨，不能自已，所谓"剪不断，理还乱，是离愁"，便是这里的"夷犹"。三、四句承"更夷犹"，极写思乡情切，其实"夷犹"关合了前面整个四句。姚培谦说："万里风波，岂能傅翼飞去，忆归之心愈欲撇开，愈加萦系。观碧江之东下，既若有相引之情；羡黄鹤之自由，亦若有留待之意，所谓'夷犹'也。"（《李义山诗集笺注》）诗人心逐江水流向故乡，目随黄鹤翱翔碧霄，然而回过神来，一身仍羁留异乡，这些都不免牵动乡思，益增留滞之感。五、六转因留滞沉沦之处境而思及蜀中英雄豪杰，由江山而及人事。益德冤魂报主虽不详出典，然其意在赞扬死犹报主之忠则很明显；阿童高义则赞颂其生而惠及人民之义。一死一生，一忠一义，或报君，或惠民，均有不朽之事功而令人缅怀钦仰。于是怀古之余，不禁益增身世沉沦之悲。商隐年少时听说"学道必有古，为文必有师法"，便很不以为然："盖愚与周、孔俱身之耳。"（《上崔华州书》）同样，益德、阿童，人也；我，人也，何以独我沦落如此？故结联深有慨于己之碌碌终生，无所作为。"岂得"二字，写出不甘沉沦漂泊而又无法摆脱此种困境的愤郁。

然而，诗中的"怀古"，又似非仅仅缅怀蜀中古代豪

杰的忠义。《潭州》诗云"今古无端入望中",历史不过
是凝固的现实。陈寅恪已指出"益德"句喻指李德裕死
后因"西边兵食制置事"而有功于朝廷(详见其《李德裕
贬死年月及归葬传说辨证》一文,收《金明馆丛稿二
编》),实则"阿童"句亦喻指德裕任西川节度使时之德
政。《新唐书·李德裕传》:"徙剑南西川……蜀人多鬻
女为人妾。德裕为著科约,凡十三以上,执三年劳,下
者,五岁,及期则归之父母。毁属下浮屠私庐数千,以地
予农。"其事和《晋书·王濬传》所载全活巴人之事很相
似。由蜀中古之豪杰想到当代曾在蜀中德政惠民的人
物,联想也极为自然。然则,无论古人今人,由人及己,
都不由诗人不生"人生岂得长无谓"之慨。

　　诗首二字即标一"万里",展开空间极为苍茫,连及
蜀中人物,时间跨度也极为久远,诗人是将思乡植入怀
古的景深,又将怀古拉到万里江山的大背景,其"怀古
思乡"的蕴涵就极其深广了。从本诗的格调气势可见,
虽然长期沦落使商隐的情绪极为悲凉,心中充满了伤春
伤别之感,但其情怀志向并没有被现实压垮,其高情远

志依然如那沙边黄鹤盘旋云霄。沉沦而不委琐,悲凉而不堕落,"岂得长无谓"的感慨中透露出不甘"长无谓"的心声。缘此,商隐对政治的关注思考也一直不曾停止,本诗寄寓的对李德裕的赞颂,即说明商隐政治上的立场原则,并不因个人沉沦的处境而改变,哪怕这种沉沦的处境正是因此政治立场而致。

筹　笔　驿①

猿鸟犹疑畏简书②,风云常为护储胥③。徒令上将挥神笔④,终见降王走传车⑤。管乐有才真不忝⑥,关张无命欲何如⑦。他年锦里经祠庙⑧,梁父吟成恨有余⑨。

① 筹笔驿:在今四川广元县北,为川陕交通要站。相传诸葛亮出师伐魏,曾驻此筹划军事。

② 简书:古代以竹简写字,这里特指军中文书命令。猿鸟畏简书,喻诸葛亮的军令森严,至今猿鸟仍心生畏惧而不敢

近前。

③ 储胥：保护军营的藩篱木栅。

④ 上将：主将，指诸葛亮。

⑤ 降王：指蜀后主刘禅。传车：驿站中准备的车。《通鉴》魏
　元帝景元四年，"邓艾至成都城北，汉主面缚舆榇诣军门"。
　后被送至洛阳。

⑥ 管乐：管仲、乐毅，春秋及战国时著名军事家、政治家，曾分
　别为齐桓公、燕昭王建立霸业。诸葛亮青年时每自比于管
　仲、乐毅。

⑦ 关张无命：指关羽镇荆州，为孙权遣将偷袭，兵败被杀，以
　及张飞领兵伐吴时被部将所杀事。

⑧ 他年：往年。锦里：在成都南，有武侯祠。

⑨ 梁父：《梁父吟》，古乐曲名，传为诸葛亮作，其躬耕南亩时
　常以之抒发政治抱负。这里转指自己所写的借咏史以抒
　慨的诗篇。

　　大中九年十一月，柳仲郢结束东川节度使任，被征
为吏部侍郎。是年底或次年初，商隐随之从梓州启程回
京。本篇即商隐经过诸葛亮屯兵故地，有感武侯壮志未

申、雄图未竟的咏史抒慨之作。

纪昀评本诗云："起手抬得甚高，三四忽然驳倒，四句之中几于自相矛盾，盖由意中先有五六一解，故敢下此离奇之笔，见是横绝，其实稳绝。"（《玉溪生诗说》）所谓意中先有之解，即诗人着意表现诸葛亮才智与命运的悲剧性矛盾。遇到刘禅这样的庸主，又失去关、张这样的辅翼，诸葛亮才比管、乐又能如何呢？"上将挥神笔"与"降王走传车"是一层对比，这是事实层面具有反讽意味的对比；"管乐有才"与"关张无命"又是一层对比，是交织着感叹与无奈的原因层面的对比。对比呈现出矛盾的深度，对诸葛亮才略事功的赞颂也就成为其悲剧命运的有力反衬，自然逼出末句的"恨"字点醒全篇。

在艺术构思上，本诗和杜甫《蜀相》一脉相承，但内容上更接近杜甫的《咏怀古迹》之五。只是杜诗在"运移汉祚终难复"的深沉感慨中仍强调诸葛亮"志决身歼军务劳"的主观精神品质，商隐则深慨才人志士的无能为力，突出诸葛亮遭遇的客观条件。因此，本诗中也就蕴含着"大厦将倾，一木难支"的宿命悲凉，蕴含着浓重的末世情怀。

　　除了悲剧意味这种鲜明的个性特色外，以咏叹贯穿始终的本质上的抒情性，也使本诗一看而必知其为义山诗。从字面上，本诗抒情、议论、叙事、写景几种表现手法都有，并且议论成分似乎更为突出。但就在句中，作者往往以个别虚词点缀其间，以见言外不尽之意。如颔联"徒令"、"终见"，前后呼应寓藏多少感慨；腹联"真不忝"的极度推崇与"欲何如"的苍凉追问，同样也蕴含着诗人惋惜、激愤与无奈相交织的情感。这些虚字的承接起转，将抑扬顿挫的唱叹与大开大合的议论融为一体，笔力雄健，感慨深沉。尾联追忆往年行踪，以"恨有余"作结，昔之恨，今之慨，均在不言之中。诗味醇厚，如闻悠悠悲叹之声历久不散。

　　商隐七律胎息杜甫而一直努力开拓着自我的新路，本篇沉郁中出以回环唱叹，萦绕着绵邈悲凉，以其特有的风貌将七律在晚唐提升到足以与杜甫相颉颃的高度，即使独以七律而言，商隐于诗国其功亦大矣。

重 过 圣 女 祠①

白石岩扉碧藓滋,上清沦谪得归迟②。一
春梦雨常飘瓦③,尽日灵风不满旗④。萼绿华
来无定所,杜兰香去未移时⑤。玉郎会此通仙
籍⑥,忆向天阶问紫芝⑦。

① 圣女祠:在陈仓(今陕西宝鸡市东)、大散关之间,悬崖旁有
  神像,状似妇人,称为圣女神。

② 上清:神仙所居的仙境。

③ 梦雨:迷蒙飘忽的细雨。暗用巫山神女故事而融入爱情遇
  合方面内容。

④ 灵风:神风。

⑤ 萼绿华、杜兰香:女仙名。未移时:不多时。

⑥ 玉郎:道教典籍中掌管学仙簿录的仙官。通:载入。

⑦ 紫芝:道教所说的一种神芝,仙人所服。

如果要描述商隐诗歌给人的主要感官印象,本诗中

"一春梦雨常飘瓦,尽日灵风不满旗",倒能贴切地写出那种缅邈隐约、幽微怅惘的阅读感受。这也是诗人在漂泊沉沦中透出的幽怨与遥望前路时迷蒙中又流露出隐约期待,这样一种纠葛在感伤与执著之间的心绪的诗意表达。

诗是商隐随柳仲郢归朝途次重过圣女祠所作,明赋圣女,实寓自己沦谪之慨。首联谓圣女自上清仙境沦谪下界,至今犹迟迟未归天上,意与"沦谪千年别帝宸,至今犹谢蕊珠人"(《赠华阳宋真人兼寄清都刘先生》)相仿。次联以绝美之意境为全篇增色,遂成名句。如梦似幻的细雨轻轻飘洒在屋瓦上,境界既带着朦胧的希望,又透出虚无飘渺的气息,令人想见圣女的期待、追求和遇合正像这飘忽迷蒙、若有若无的梦雨,而轻柔得吹不满神旗的灵风又暗透着好风不来的遗憾。腹联以女仙萼绿华、杜兰香的"来无定所"、"去未移时",反衬"沦谪归迟"的圣女寂寥落寞、无所依托的境遇,隐寓着诗人自己政治上遇合如梦、无所凭依的感慨。面对细雨灵风中飘渺如梦般的圣女祠,诗人在浮想联翩中不知不觉化身为圣女，体验那份沦落寂寥的感受。故尾联自然地以圣女身份口吻抒慨，谓处此沦落之境，惟望执掌仙官簿录的玉郎能与己相会，以便实现重回天界、在天阶问取紫芝的愿望。忆，思也，想望之意。其时幕主柳仲郢内征为吏部侍郎，职掌官吏铨选。"玉郎"或即喻指仲郢，望其能帮助自己重登朝籍。

诗咏"圣女"沦谪遭遇，不从正面着笔，而用白石碧藓、梦雨灵风的环境气氛进行烘托，以杜兰香、萼绿华来去飘忽的行踪作反衬，全诗意境飘渺朦胧，极富象外之致。"梦雨"一联尤为出色，历来被誉为"有不尽之意"的名句。

沦谪如果能被重新起用，虽然经历了长期的磨难坎坷，但终究命运有了转机与改变，"得归迟"的感慨尽管苍凉，还总算能落到实处。可是柳仲郢一入朝，旋被改为兵部侍郎，充诸道盐铁转运使。商隐最后一次重登朝籍的希望也因柳的改官而落空。

正月崇让宅①

密锁重关掩绿苔,廊深阁迥此徘徊。先知风起月含晕②,尚自露寒花未开。蝙拂帘旌终展转③,鼠翻窗网小惊猜④。背灯独共余香语⑤,不觉犹歌《起夜来》⑥。

① 崇让宅:见《七月二十九日崇让宅宴作》注。
② 月含晕:晕为日月周围光环。月晕为起风先兆。
③ 帘旌:帘子,因形状似旌(旗),故称。
④ 窗网:张挂于檐窗,以防鸟雀等入室的网。
⑤ 背灯:掩灯(就寝)。余香:亡妻所留香气。
⑥ 《起夜来》:乐府旧题。《乐府解题》:"《起夜来》,其辞意犹念畴昔思君之来也。"

柳仲郢在充诸道盐铁转运使后,奏任商隐为盐铁推官。任前商隐曾赴东都洛阳,大中十一年正月,在王茂元旧宅崇让宅居住。这里也是亡妻长居之所,商隐在这里和妻子度过多少幸福的时光。如今却人去楼空，一片荒凉。正月本是新年热闹时节，也是家人团圆时节，而诗人却在这团圆欢庆时节独对如此败落寂寥景象，此时此地，此情此景，怎能不叫人凄然神伤。

诗前半直接写室外荒凉景象，境界悄然凄怆。后半写夜间在室内由蝙蝠、老鼠引起惊猜，一方面愈显旧宅的破败荒凉，另一方面写出诗人当夜痛苦不安、迷惘不定的情怀。在伤悼亡妻的同时，隐约透露出与崇让宅的繁华荒废密切相关的更大范围的人事变化和亲故零落之痛，悼亡、感旧兼而有之。尾联由思入幻，写出恍惚迷幻的精神状态，表现了诗人对亡妻生死不渝的真挚痴顽之情，将极端凄凉冷寂的境界与绮罗香泽的寻觅融合在一起，尤为出色。

悼亡中融有身世之感，故宅的荒凉中折射出时世之悲。商隐虚涵浑括的抒情每每如此，虽由一点发端，而综合其他种种体验感受，如"展转""惊猜"中就有坎坷命运对诗人精神的折磨伤害，也有政治仕途风波险恶的投影；回廊深阁间的徘徊，永夜的伤怀无寐，有怀旧、伤

逝,对命运的反思自伤、对前途的焦灼……种种心境的
波澜起伏,又岂是短短五六十字所能说尽。

隋　宫①

　　紫泉宫殿锁烟霞②,欲取芜城作帝家③。
玉玺不缘归日角,锦帆应是到天涯④。于今腐
草无萤火⑤,终古垂杨有暮鸦⑥。地下若逢陈
后主,岂宜重问后庭花⑦?

① 隋宫:指隋炀帝杨广在江都(今江苏扬州市)所建的行宫。
② 紫泉:即紫渊,长安名胜。此处避高祖李渊讳改称紫泉,借
　 指长安。
③ 芜城:广陵的别称,亦即隋时江都。帝家:帝都。
④ "玉玺"二句:谓如果隋朝国印不归于李唐,想必炀帝的龙
　 舟定要远游到天涯。玉玺,传国印。日角,额角突出,古人
　 以为此乃帝王之相。此处指唐高祖李渊。锦帆,炀帝所乘
　 的龙舟,其帆用华丽的宫锦制成。

⑤ "于今"句：古人认为腐草为萤，诗言"腐草无萤火"，既是嘲讽炀帝当年搜刮之酷烈，又是慨叹今日隋宫之荒败。《隋书·炀帝纪》："上于锦华宫征求萤火，得数斛，夜出游以放之，光遍岩谷。"

⑥ 垂杨：炀帝自板渚引河达于淮，河畔筑御道，树以柳，名曰隋堤，一千三百里。

⑦ "地下"二句：陈后主，南朝陈末代皇帝陈叔宝，著名的荒淫亡国之君。后庭花，即《玉树后庭花》，陈后主所创，歌词绮艳。《隋遗录》载：炀帝在江都，"昏湎滋深，往往为妖祟所惑。尝游吴公宅鸡台，恍惚间与陈后主相遇。后主舞女数十许，中一人迥美，帝屡目之，后主云：'即丽华也。'因请丽华舞《玉树后庭花》。丽华徐起，终一曲。"

　　大约在大中十一年仲春，商隐抵扬州盐铁转运使府赴任。江东一带乃南朝故地，金陵为六朝古都，商隐往来扬州、金陵之间，足履王侯故宅，抚今追昔，集中创作了一大批咏史怀古诗。这些诗多咏南朝历史，对荒淫误国之昏君深致讽慨。本篇写隋炀帝，虽非南朝君主，但其荒淫误国与前辈并无二致。

　　以律、绝咏史,要有史事以避免议论的空泛,并且需一定容量方能反映问题与规律,但体制的长度无疑是一个制约;同时以议论见史识,又要出以情韵以见诗味。情与理、多与少(有限的篇幅与丰富的史实内容)的矛盾,是律、绝咏史难点所在。商隐采取典型化、蒙太奇的剪辑拼合、余韵曲包的意境营造、按而不断或引而不发的对读者阅读积极性的激发、虚字的唱叹转合等等手法,做到以少胜多,情理俱佳,不仅较好地解决了这一矛盾,并且将律、绝体咏史诗提高到一个前所未有的艺术高度。如前所选《梦泽》以楚王好细腰这一典型事例,写出楚王的荒淫与宫女身陷悲剧而不自知的悲惨命运,由于取材典型,故包孕极富,耐人寻味;《北齐二首》将时间相距甚远的两事剪辑连缀,突出事件的因果关系,以见作意。再如本期所作《齐宫词》,明言齐宫,实咏齐、梁,以同一歌台相挽两代败亡国君,九子铃声依旧,而楼台主人更迭,其间所寓恐怕又远远不止齐、梁;《吴宫》结尾:"吴王宴罢满宫醉,日暮水漂花出城。"对吴王荒淫的讽刺、对历史现象的感慨、面对历史陈迹说不清

的惆怅追怀以及今昔对比的思考，都是分析文字所难以
穷尽的。

本诗妙在从虚拟落笔，颔、尾两联，在史实传说的基
础上进行想象，谓若非国灭身死，如此荒淫游逸正不知
何时何处方为尽头，从已然推想未然，从生前预拟死后，
不仅拓展了诗歌的时空容量，而且更深刻地揭露了隋炀
帝贪婪昏顽、至死不悟的本性。腹联不平列直叙聚萤佚
乐与开河植柳两事，而是将它们和隋朝的盛衰兴亡联系
起来，让读者透过饱含历史沧桑之感的物象与图景去领
会其内在的意蕴。"于今"、"终古"等词又包含着今昔
的对比，除了理性上的历史思考，画面展开一定时间长
度，同样是以虚笔涵括了极丰富的内容。

这种虚笔展拓突破了篇幅的有限性，而"不缘"、
"应是"等看似不动声色的承转，尾联的反问抒慨，将深
刻的讽刺与深沉的感慨融合无间，咏史而见诗情。何焯
评此诗说："前半展拓得开，后半发挥得足，真大手笔。"
这样的"大手笔"，使律、绝不仅没有成为咏史这一题材
的限制，反而使咏史诗用足了其形式的长处，深警含蓄，

情韵悠长,发人深思,耐人寻味。

咏　史

　　北湖南埭水漫漫①,一片降旗百尺竿②。
三百年间同晓梦③,钟山何处有龙盘④?

① 北湖:即金陵(今南京)玄武湖。东晋元帝时修建北湖,宋
　　文帝元嘉年间改名玄武湖。南埭:即鸡鸣埭,在玄武湖边。
　　埭,水闸,土坝。"北湖南埭"统指玄武湖。
② "一片"句:本自刘禹锡《西塞山怀古》:"一片降幡出
　　石头。"
③ 三百年:指东吴、东晋、宋、齐、梁、陈六朝建国年代的约数。
④ 钟山:金陵紫金山。传说诸葛亮看到金陵形胜,曾说:"钟
　　山龙蟠(盘),石城虎踞,帝王之宅也。"

　　盐铁推官任上,商隐在江东一带创作的咏史诗,如
《南朝》二首、《齐宫词》、《吴宫》等,主旨基本为讽刺君

王耽于酒色佚乐，荒淫误国。这些诗提炼典型史事，分咏各朝，而本篇则包容了对整个六朝兴亡的感受，可以说是以上分咏各朝的一个总结。这个总结不再胶着于讽刺议论，而是将这段历史化为深沉叹息，出以无穷感慨，表达了诗人合上史书后的心情。

诗的用笔极为虚涵浑括，"水漫漫"三字，一笔扫去几百年繁华往事。次句过渡至想象中的历史画面，"一片降旗"，以高度的概括力笼括了六朝的兴废更迭。亡旗高举，也正是六朝萎靡没落的象征。只一个想象中的情景，便略去种种具体史事，绘出了六朝各代悲亡相续的历史画面。有前两句的铺垫蓄势，"三百年间同晓梦"便字字有根，末句的反问也才显得力抵千钧。

商隐咏史诗往往借助抒慨、设问、反问等方式，在篇末将全诗意蕴凝聚起来，以加强咏叹情调，也使整首诗显得奇警遒劲而又韵味深长。前首《隋宫》如此，所选的《马嵬》、《梦泽》等也是如此。纪昀说："结句是晚唐别于盛唐处，若李、杜为之，当别有道理，此升降大关，不可不知。"(《玉溪生诗说》)以这种方式曲终奏雅，是晚唐律、绝体咏史诗的艺术创造,就中以商隐最为出色。

　　整首诗层层作势,逼出末句,但由于气脉辽阔,并不显得艺术上刻意用力。结尾道破而不说尽,雄直中含顿挫之致。也因如此,诗之主旨虽在"兴废由人事,山川空地形"(刘禹锡《金陵怀古》),但总体以感慨咏叹出之,讽刺刻露之迹淡而悲慨叹惋之气浓。

风　　雨

　　凄凉宝剑篇①,羁泊欲穷年②。黄叶仍风雨,青楼自管弦。新知遭薄俗,旧好隔良缘③。心断新丰酒,销愁斗几千④?

① 宝剑篇:唐前期大将郭震所作托物寓志之诗,又名《古剑篇》,以宝剑尘埋借喻才士漂零沦落的遭遇和郁勃不平之气。

② 羁泊:羁旅漂泊。

③ "新知"二句:新知可能指郑亚等;旧好可能指令狐。但也

不妨理解为泛指。遭薄俗：遭受浇薄世俗的诋毁。

④ "心断"二句：《旧唐书·马周传》：马周西游长安，宿新丰逆旅，主人惟供诸商贩而不顾待周，遂命酒一斗八升，悠然独酌，主人深异之。至京师，舍于中郎将何常家，为何陈便宜二十事，令奏之，皆合旨。太宗即日召与语，寻授监察御史。新丰，在长安附近，以乡美酒著称。斗几千，极言酒价之高。

诗题"风雨"，写的其实是人生中的风雨。除了颔联点出"风雨"二字，并无着墨于自然风雨之处，但透过新知遭毁、旧好情绝、穷年羁泊的沉沦诗人形象，透过他凄凉、孤孑、苦闷、愤郁等心理感受的折光，却分明可感到全诗中笼罩着一层冰冷的人间风雨的帷幕。

诗不仅仅在自伤沦落，更于这自伤中流露出郁勃不平之气。颔联"黄叶"、"青楼"写景中寓含比兴，谓己之身世遭遇正如眼前黄叶，飘零中更遭风雨摧残，而青楼豪贵之家，却管弦歌吹，自顾享乐。上句触景兴感，赋中含比，与下句实写形成一喧一寂的强烈对比。"仍"、

"自"开合相应，见苦者自苦、乐者自乐的世态人情，其中蓄愤自不待言。诗中用典也深见作意。古剑暗寓诗人的用世才志，它被弃的凄凉即诗人"有志不获骋"的凄凉，末联借新丰酒一销落魄之愁而恐不得，更见命运沉沦之甚。而与此两个典故相关的人物，郭震与马周，都壮志得酬，对比之下，自己沉沦之悲愤又深一层。用郭震《宝剑篇》典是明用，新丰酒典则是暗用，不知马周故事也能见出诗人愁觅酒浇，只是不能再深入一层。

经过一生的风雨坎坷，诗人并不因此而低头认命。郁愤不平乃因用世之心不泯，凄冷的风雨中处处能见到诗人用世与生活的热情，两个初唐典故即含有对盛世的向往和匡世济时的渴望。环境的冷与内心的热相交织，不仅仅是本诗的特点，恐怕也是商隐一生命运的写征。崔珏《哭李商隐》其二云："虚负凌云万丈才，一生襟抱未曾开。"虽然"未曾开"，但"一生襟抱"却始终没有放下。商隐的痛苦、悲哀正在这里，其悲剧性命运、性格的深刻之处也正在这里。借用商隐自己的诗表达是："深知身在情长在，怅望江头江水声。"（《暮秋独游曲江》)悲剧的意义与价值不在于让人叹息,更在于让人深思,商隐和他的诗歌也是这样。

锦　瑟

　　锦瑟无端五十弦①,一弦一柱思华年。庄生晓梦迷蝴蝶②,望帝春心托杜鹃③。沧海月明珠有泪④,蓝田日暖玉生烟⑤。此情可待成追忆⑥,只是当时已惘然!

① 锦瑟:绘有锦绣般美丽花纹的瑟。瑟,古代的一种弦乐器。
　无端:没来由,平白无故。五十弦:传说古瑟本为五十弦,
　后改为二十五弦。

② "庄生"句:《庄子·齐物论》载庄周梦为蝴蝶,醒后不知自
　己梦为蝴蝶,还是蝴蝶梦为自己。

③ 望帝:传为古代蜀国君主名杜宇,号望帝,后失国身死,魂
　魄化为杜鹃。春心:本指对爱情的向往,常用以喻指对理
　想的追求。这里兼用《楚辞·招魂》"目极千里兮伤春心",

有伤时忧国,感伤身世之意。

④ "沧海"句:古代认为海中蚌珠的圆缺和月的盈亏相应,所以将"月明"和"珠"联系起来;又有海底鲛人泪能变珠的传说,所以又把"珠"和"泪"联系起来。又《新唐书·狄仁杰传》:"黜陟使阎立本召讯,异其才,谢曰:'仲尼称观过知仁,君可谓沧海遗珠矣。'"本句糅合几个典故,构成沧海遗珠意象。

⑤ 蓝田:又名玉山,在今陕西蓝田县,是著名产玉地。玉生烟:宝玉之莹泽晶润,若烟雾氤氲其上。司空图《与极浦书》:"戴容州(叔伦)云:'诗家之景,如蓝田日暖,良玉生烟,可望而不可置于眉睫之前也。'"

⑥ 可待:何待,岂待。

元好问《论诗绝句》其十二云:"望帝春心托杜鹃,佳人锦瑟怨华年。诗家总爱西昆好,独恨无人作郑笺。"商隐诗素称难解,而《锦瑟》为其尤。也因如此,更吸引了人们探求索解的兴趣,故历来解者不断,歧说纷纷,然大要不出"悼亡"与"自伤"两大类。

这种情绪型诗歌,在不能确凿考知本事的情况下,宜虚泛作解。比较而言,悼亡说远不如自伤说更具涵盖性,自伤中原可包含悼亡之哀。苏轼以乐器及曲声解之,谓"锦瑟之为器也,其弦五十,其柱如之,其声也,适、怨、清、和"(《苕溪渔隐丛话》前集卷二十二引《缃素杂记》),倒是立足文本,这是其他种种寄寓、引申、比喻等内涵意义的基础。我们也试从这里入手分析。

首联见五十弦之锦瑟而思身世,闻弦弦所发之哀音而动悲情。"无端",没来由的,诗人触物兴悲,本缘心中情感的郁积,但却出以"无端"之语,反过来怪物的有意逗恨,无理中见出诗人驱愁而更愁的心态。作者《潭州》诗亦云"今古无端入望中",浑沦苍茫的感慨骤然袭入心头,浮起或潜伏的感性情感远远超过理性思维短时间内的思辨,于是便呈现出一种重茧乱丝般剪不断、理还乱的纷繁"无端"心绪。怀古伤今也罢,感时伤身也罢,蓄积久深而又联想丰富、心理活动频率极高的诗人,是最容易出现这种"无端"之感的。于是就有了"迷",有了"惘然"。因锦瑟而思华年,固因其"五十弦"之数近乎诗人年岁而触发华年已逝之悲,也因诗人如锦瑟一样的身世,犹《崇让宅东亭醉后沔然有作》中"声名佳句在,身世玉琴张",以不调而更张之玉琴喻坎坷困顿之身世。颔腹二联承"思华年"写华年往事,仍与题面"锦瑟"有关。"适、怨、清、和"四境虽未必完全切合实际,但颔腹两联四句确在一定程度上写出了瑟声所表现出的乐境与华年的处境遭际。"庄生"句写闻瑟声之如梦如幻,令人迷惘。曰"晓梦"者,极言其幻灭之迅速;曰"迷"者,谓其变幻不居令人迷惘。用意处在"梦"、"迷"二字,恰似诗人抱负成虚、变幻如梦的不幸身世。"望帝"句系写瑟声之凄迷哀怨,如啼鹃泣血,着意处在"春心"、"托",谓己之壮心雄图及伤时忧国、感伤身世之情均托之哀怨凄断的诗歌,如望帝之化鹃以自抒哀怨。这里的杜鹃,也就是作者的诗魂。"沧海"句写瑟声的清寥悲苦,与"望帝"句虽同属哀怨悲苦之境,然一则近乎凄厉,一则近乎寂寥。沧海之珠本为希世珍宝,今却独在明月映照之下,成盈盈"珠泪"。"珠有泪"仿佛无理,却正见此人格化之珍珠内心的悲苦寂寞,显见诗人有志不骋的托寓。"蓝田"句似写瑟声之飘渺朦胧，如蓝田日暖，良玉生烟，可望而不可置于眉睫之前。或以喻自己的向往追求，皆望之若有，近之则无，属虚无飘渺之域。末联以"此情"收住，"惘然"点明，总括了"思华年"的总体感受。

诗借瑟声的迷幻、哀怨、清寥、飘渺以传达诗人华年所历之种种人生遭际、境界与感受。由于将自己的悲剧身世和悲剧心理幻化为一幅幅各自独立而又含义朦胧的象征性图景，因此它既缺乏通常抒情方式所具有的明确性，又具有通常抒情方式所缺乏的丰富性与暗示性，能引起读者多方面的联想。歧解纷出的主要原因也正在此。但只要抓住"思华年"和"惘然"这条主线，结合诗人身世、创作，对颔、腹两联所展示的图景从意象到文词细加揣摩，则其中所寓的象外之意——身世遭逢如梦如幻、伤春忧世似杜鹃泣血、才而见弃如沧海遗珠、追求向往终归飘渺虚幻——却不难默会。这些象征性图景之间在时间、空间、事件、感情等方面尽管没有固定次序，但却都是诗人在其创作中一再重复的主题和反复流露的心声。

借助于工整的对仗、凄清的声韵、迷离的气氛等多种因素的映带联系，这种心声外化为难以言表的浑囵感受，心中有萦绕不去的忧伤凄凉，却又不知具体从何而来。于是只好出以凄迷意境，无言而无所不言。不管多少歧解，诗中所传达出的情绪、意境的基调和整体感受，总是可以切实而明确把握的。诗人调动种种意象，营造种种境界，所要表现的就是结尾的那个"惘然"。从这个意义上说，对主题的探究可有可无，只要能把握"惘然"这一情感特征，诸说不妨共存，也不妨一个都不要。略事取情为诗人着意所在，得鱼忘筌也即我们会心之乐。梁启超说："义山的《锦瑟》、《碧城》、《圣女祠》等诗，讲的是什么事，我理会不着……但我觉得他美，读起来令我精神上得一种新鲜的愉快。须知美是多方面的，美是含有神秘性的。"（《中国韵文内所表现的情感》）

《锦瑟》因而也就成为一个象征，成为商隐及其诗歌的一个符号或曰意象。宋本《李义山集》将其冠于卷首和我们以之压卷，都是因为它最生动地表现了商隐及其诗歌的神情风貌。

四、未编年诗

　　李商隐诗歌的抒情性本质,决定了略事取情的基本创作思路与模式。即使创作冲动是因某一具体情事引起,但在创作过程中,由于个体情感的投入,渐渐冲淡了最初具体情事的针对性,联及生活与人生中种种其他感受、体验,混融为一种总体认知,这种认知又总是出以情绪型、感慨型的感性方式。因而,诗人化事为情,往往是一种混茫的、包融混杂的、可感而又不可确指的情。而心思深、联想广的体验,自然不会拘于一时一地的限制。这就造成商隐很多诗歌的写作时间、地点以及具体所指难以确考,即如前一部分编年诗中,也有不少出于大致推测,不能完全排除失当之处。

　　本部分所选未编年诗,有几种情况:有的知事不知时。比如一些爱情体验的诗,是写给妻子的,还是生命中某段情感经历,搞不清楚;再如写内心的孤寂或行役的凄凉,可能是远幕飘零之时,但具体哪一次从幕搞不清楚。有的知人不知事。如一些女冠诗,写女冠的孤独,是因为爱情呢还是什么别的? 要是爱情,其对象又是谁,诗人自身还是代人言情? 有的所写虚括浑融,只能感知到一种复杂纠结的情绪,针对整体人生、生命的感受体验,一并事、时、地都不能确指。这是知情而不知时、事。有的如一些咏物诗,写出物的形态神情,表现出对优柔纤微、飘渺忧伤之美的眷顾,一并除了本文什么都不知道了。其他还有种种造成不能编年的情况,不一一列举。从根本上说,在较清晰地考知商隐生平经历后,不能确切编年的诗数量仍如此之多,这与其诗歌主观性、抒情性的本质以及独有的抒情特色密不可分。

　　本编基本按类别选列诗歌。无题诗是商隐所特创的诗歌类型,内容上尽管不一定属于同类,仍归为一处。其余大致根据内容归类,以见商隐各种题材诗歌的风格与成就。不过,这种类分有一定的宽泛模糊性,如咏物、咏史之类。除无题诗外,从内容上能明显看出是爱情诗的,归为一类。商隐写女冠的诗达三十多首,集中了其许多重要名篇,值得充分重视,因此归为一类。政治诗由于和时事联系相对密切,基本能囊括在编年诗中,一些不好确定作期的多是与政治相关的感慨,与商隐其他诸如酬赠抒怀,或者自抒心情之作编在一起。这些诗所写内容,有的是行役羁泊之悲,有的是迟暮伤逝之悲,有的是泛泛感慨,有的则有所针对,均不能一概而论,因统属于"其他"一类。

无题诗

无　　题

照梁初有情①,出水旧知名②。裙衩芙蓉小③,钗茸翡翠轻④。锦长书珍重⑤,眉细恨分明⑥。莫近弹棋局⑦,中心最不平!

① 照梁：宋玉《神女赋》："其始来也，耀乎如白日初出照
　屋梁。"

② 出水：曹植《洛神赋》："灼若芙蕖出绿波。"

③ "裙衩"句：屈原《离骚》："集芙蓉以为裳。"作者《无题》
　诗："芙蓉作裙衩。"

④ 钗茸：宋玉《讽赋》："以翡翠之钗挂臣冠缨。"翡翠鸟羽装
　饰的钗有茸毛，故说"钗茸"。

⑤ "锦长"句：《晋书》载前秦苏蕙织锦为回文诗寄夫君窦滔，
　故此处锦书指妇人书信。

⑥ 眉细：《后汉书·五行志》："桓帝元嘉中，京都妇女作愁
　眉，细而曲折。"此处即代指愁恨。

⑦ 弹棋局：弹棋，古代一种游戏。棋局，棋盘。《梦溪笔谈》：
　"棋局方二尺，中心高如覆盂，其巅为小壶，四角隆起。"所
　以下句说"中心最不平"。

　　"无题"之作诗题，就在于诗人情感的复杂与诗意
的不确定，难以用确切标题统括。无题难解，常常在于
诗中有无寄托不好确定，如有寄托，具体内容何指也易
引起歧见。不过，这也不能一概而论，其十四首无题诗

中(另有六首,虽也以"无题"名篇,但并不可靠),至少有两首为明显托寓之作。本篇为其一。

　　以香草美人自比怀瑾握瑜,是屈原所开创的比兴寄托模式,汉魏六朝以来,已逐渐发展为一种类型化的写作,并形成自己的象征体系与寓托传统。曹植、阮籍等魏晋诗人都有不少与本诗面目相近之作。诗前四句从容貌到服饰,写女子的艳美无双。五、六则写爱情的失意。良才美质却无良媒佳偶,在《楚辞》中此类意象触目皆是。显然诗人是以此寄寓才而不用的怅恨。而在结尾,更以"中心最不平"为全篇寄寓点睛。

　　另一首明显寄寓之作,是早期一首五古《无题》:

　　　　八岁偷照镜,长眉已能画。十岁去踏青,芙蓉作裙衩。十二学弹筝,银甲不曾卸。十四藏六亲,悬知犹未嫁。十五泣春风,背面秋千下。

与本篇非常相似。这首诗以乐府手法排列年龄序次,作大跨度概述,使人物带有明显虚拟假托色彩。两首以美女无媒难售寄寓才士不遇,都令人联想到曹植的《美女篇》。这反映了商隐对传统比兴模式的承袭,当然这是诗人创造过程中的一个必经阶段。

无 题

紫府仙人号宝灯①,云浆未饮结成冰②。

如何雪月交光夜,更在瑶台十二层③?

① 紫府:道家称仙人居所。

② 云浆:云霞幻成的仙酒。

③ 瑶台:神话中神仙居所。《拾遗记》:"昆仑山……旁有瑶台十二,各广千步,皆五色玉为台基。"

从字面上看,这首诗并不难理解。不过写想望中的仙姝身处高寒、杳远难即,以及虽追求向往,又时感变幻莫测、难以追攀。但读后又觉得诗中所言,并不仅仅限于这种爱情的虚幻杳渺,举凡人生、仕途、交谊、种种可望而不可即的祈望追求,都近似于诗中所写情境。

"云浆未饮结成冰",既与下文雪月冰寒相应,同时欲饮而终不得饮,又是一种即而又离、梦而成空的人生境遇。那隐约在十二层高的瑶台中的,可能是"同时不同类"(《柳枝五首》其一)的某一女子,可能是对诗人终不见谅的令狐绹,也可能是诗人追求一生的理想……这些我们都不能确定,所能把握的,只是诗人曾经沧海后的感受:迷惘、幻灭、杳渺、可望而不可即。诗中有一种悲凉的对命运的不确定感,有一种渴望美、追求美但又对这种追求结果近乎绝望的忧惧,然而绝望中还是不屈地向美张开幻想的翅膀。本诗从一个方面折射了商隐悲剧性的命运和心态。

无 题 二 首

凤尾香罗薄几重①,碧文圆顶夜深缝②。扇裁月魄羞难掩③,车走雷声语未通④。曾是寂寥金烬暗⑤,断无消息石榴红⑥。斑骓只系垂杨岸⑦,何处西南任好风⑧。

① 凤尾罗：一种织有凤尾花纹的薄罗。

② 碧文圆顶：有青碧花纹的圆顶罗帐。

③ 扇裁月魄：指裁制的扇形如圆月。班婕妤《怨歌行》："裁
为合欢扇，团团如明月。"

④ 车走雷声：司马相如《长门赋》："雷殷殷而响起兮，声象君
之车音。"此处谓车驰之声如雷声隐隐。

⑤ 曾是：已是。金烬：指烛芯燃烧时形成的灯花。

⑥ 石榴红：石榴花开，指青春时光流逝。

⑦ 斑骓(zhuī)：毛色青白相间的马。此处指所思念之人乘
的马。

⑧ 西南风：曹植《七哀》："愿为西南风，长逝入君怀。"此句化
用其义。

　　重帏深下莫愁堂①，卧后清宵细细长②。神女
生涯原是梦③，小姑居处本无郎④。风波不信菱枝
弱，月露谁教桂叶香⑤。直道相思了无益⑥，未妨惆
怅是清狂⑦。

① 莫愁：参《富平少侯》注。这里借指女主人公。

② 细细：形容因忧愁而觉长夜漫漫,时间流逝极其缓慢。

③ 神女：即巫山神女,宋玉《高唐赋》载楚王曾在梦中与她相会。

④ "小姑"句:《神弦歌·清溪小姑曲》:"小姑所居,独处无郎。"小姑,诗中借指年轻未嫁的女子。

⑤ "风波"二句:意谓菱枝本已柔弱而横遭风波摧折,故曰"不信";月露不肯施助桂叶飘香,故曰"谁教"。

⑥ 直道：即使说。了：全然。

⑦ 清狂：此处指痴情。

　　两首都采取深夜追思抒慨的心理独白方式,写少女的相思寂寥,因此都可以完全当作爱情诗读。但前章近赋,后章近比,前章写爱情似乎较为纯粹,而后章则有较明显的托寓痕迹。从表面上看,爱情是商隐无题诗的主要内容,写的多是对爱情深透细密的情感体验,是一种凄绝而缠绵的心绪。而此处第一首写爱情,却有较多叙述成分。首联写女子夜缝罗帐,暗示因思念而无眠。颔联细致描述双方邂逅、未通言语的戏剧性场景,写实意味较浓。末两联写音信杳渺,深闺寂寥以及女子欲乘风而飞至郎边的痴情奇想。虽然通过女主人公的回忆、想望,诗歌时空跨度较大,但承转脉络清晰,诗意较为明确。

后章则不注重具体情事的描绘刻画,而以抒写身世境遇为主,笔意空灵概括。颔联慨叹生涯处境,隐见诗人遇合如梦、无所依托的遭遇。腹联如理解为单纯写女子遭际,则意蕴虚涵,不易捉摸;倘从比兴寄托着眼,似乎更能探获诗心。作者地位寒微,"内无强近,外乏因依"(《祭徐氏姊文》),屡遭朋党势力摧残,而未遇有力援助,故借风波摧折菱枝,月露不滋桂叶来致慨。商隐《深宫》以"狂飙不惜萝阴薄,清露偏知桂叶浓"分喻政治上的失意受摧抑者与得意蒙君宠者,上句与"风波"句意略同,下句与"月露"句意相反,而取譬则同。比较可知此联确有寓托。尾联说即使相思全然无益,也不妨抱痴情而怅恨终身。这是商隐在伤感、幻灭与绝望中屡屡透露出的坚韧执着,下面的无题诗中还会继续看到,这种精神不能不让人动容。

无　题

　　相见时难别亦难,东风无力百花残。春蚕
到死丝方尽,蜡炬成灰泪始干。晓镜但愁云鬓
改①,夜吟应觉月光寒。蓬山此去无多路②,青
鸟殷勤为探看③。

① 镜:此处作动词,照镜。
② 蓬山:神话传说中的海上仙山。这里借指所思念的女子的
　住处。
③ 青鸟:传说中作为西王母信使的鸟,又叫青雀。

　　诗的内容很明白,写暮春时节与所爱女子别离的伤
感和别后悠长执着的思念。写的是爱情,但和上一首不
同,其中就看不出具体的"事"了。
　　向来抒发伤别之情,都着意于会期杳渺,"别易会

难"乃古人常语。如曹丕《燕歌行》:"别日何易会日
难。"曹植《当来日大难》:"今日同堂,出门异乡。别易
会难,各尽杯觞。"本诗首句则翻过一层,谓相见固难,
离别也令人难以为情。"相见"可指别后重会,也可理
解为别前相见。无论哪一种,相见之难都使别情倍觉难
堪,言外似见"执手相看泪眼"的断肠情景。这一句已
翻得奇绝,而第二句似接非接,突然端出一幅春风无力、
百花凋残的暮春图景。它既像是交代双方别离时节正
值暮春,是写实;同时又像是刻意为这场难堪的别离设
置一个黯然销魂的带有象征意味的背景和氛围。它像
是象征青春、爱情的消逝,又像是象征别离双方既难堪
又无奈的心绪;甚至不妨认为它象征着一个春尽花残的
大时代环境。写实中寓含如此丰富深永的象征,难怪评
家击节叹赏,谓"第二句毕世接不出"(《义门读书记》引
冯舒评)。

如果说首联已让人击节,颔联反而让人不知说什么
好了,因为我们已预支了自己的惊叹,没想到一瞥间被
更美的句子击中了心扉。到死、成灰、丝尽、泪干,诗句

充满了悲剧情调,甚至带有悲观绝望的色彩,但正是在这种仿佛绝望的悲哀痛苦中透露出感情的坚韧执着,既悲观又坚定,既痛苦又缠绵。明知思念之徒劳与追求之无望,却仍要作无穷无尽的无望追求;明知思念与追求只能使自己终生与痛苦为伴,但却心甘情愿背负终生的痛苦去作无望的追求。把殉情主义精神表现得如此深刻而富于悲剧美,在诗歌史上是不多见的。当然,此联也可应用于殉道,举凡为理想、事业鞠躬尽瘁,人们往往也不由想到这句诗。其实,商隐本人也是混合了多种人生感受,这里面未始没有其"欲回天地"的不懈追求。

腹联转从对面着笔,设想别后对方处境心情:晨起览镜而忧青春易逝,夜凉吟诗应感月光凄寒。不说自己如何思念对方,而是设身处地为对方着想,情尤深至。末联在刻骨的思念与忧伤中故作宽解,谓离居不远,尚能藉青鸟传书致意,更见内心的悲痛和情之不能自已。

全篇写别恨相思,纯粹抒情,不涉叙事,而感情的发展脉络清晰,转接自然,续续相生,环环相扣。这种爱情诗,已经舍弃生活本身的大量杂质,提纯、升华为艺术的结晶。后代根据这类无题诗去考证作者的恋爱事迹,犹执精以求粗,不知作者早已舍粗以取精了。

无 题 四 首 （选二）

来是空言去绝踪,月斜楼上五更钟。梦为远别啼难唤,书被催成墨未浓①。蜡照半笼金翡翠②,麝熏微度绣芙蓉③。刘郎已恨蓬山远④,更隔蓬山一万重!

① 书:信。

② 蜡照:烛光。半笼:半罩。指烛光所照及的范围。金翡翠:用金线绣成翡翠鸟图案的帏帐。

③ 麝熏:古代豪贵人家用名贵香料放在香炉中熏被帐衣物,这里指麝香的芬芳气味。绣芙蓉:绣有芙蓉图案的床褥。

④ 刘郎:传说中刘晨同阮肇入天台山采药遇仙女,后重入天台寻仙女不遇。事见《幽明录》。蓬山:见前首《无题》注。

飒飒东南细雨来,芙蓉塘外有轻雷①。金蟾啮锁烧香入②,玉虎牵丝汲井回③。贾氏窥帘韩掾少④,宓妃留枕魏王才⑤。春心莫共花争发,一寸相思一寸灰。

① 芙蓉塘:即莲塘。

② 金蟾:一种蛤蟆形状的香炉。锁:香炉的鼻钮,可以开闭,放入香料。

③ 玉虎:指用玉石装饰的虎状辘轳。丝:井索。

④ "贾氏"句:《世说新语·惑溺》:"韩寿美姿容,贾充辟以为掾(属官)。贾女于青琐(指门窗)中看,见寿,悦之。"

⑤ "宓妃"句:曹植《洛神赋序》:"余朝京师,还济洛川。古人有言斯水之神,名曰宓妃。"李善注:"植……将息洛水上,思甄后,忽见女来,自云:'我本托心君王,其心不遂。此枕是我在家时从嫁……今与君王。'"

商隐的十四首《无题》,除了都以爱情为题材,都以爱情间隔为总主题这一点是统一的以外,其他方面都是不统一的。不但从总体上看,有寄托、无寄托、寄托在疑似之间的性质不统一、体裁不统一;而且一组诗内部也存在性质、体裁不统一的情况。《无题四首》最为典型。四首中两首七律,一首五律,一首七言短古;前三首寄托都不明显,而第四首却托意显明。不仅如此,写作方法上每篇也各有特点,所选两首,前一首基本出以白描,除了"刘郎"一句,没用任何典故;而后一首则用典、比喻、谐音、象征,采取多种艺术手法。似乎作者在创作无题诗的过程中,是有意识的进行一种艺术创作的试验,尝试其所创《无题》在体裁、内容、表现手法等方面的丰富包容性。

第一首以"梦为远别"四字为全篇点睛。全诗围绕"梦"来写"远别"之情,但没有按照远别——思念——入梦——梦醒的顺序来写,而是用逆挽法,先从梦醒时的情景写起,然后再将梦中和梦后、实境和幻觉、梦境糅合一处,不但暗透远别是入梦之由,梦的内容也不离短会久别,而且着意渲染梦醒时的迷离恍惚、真幻莫辨、孤寂凄清以及强烈思念,最后方点明已隔蓬山、更复远别之恨，使伤别之情在回环递进中达到极致，从而具有震撼人心的艺术力量。全诗以梦醒时的长叹起，凌空而来，以幻觉消失后的怅恨结，迤逦而去，首尾照应，神理一片。

第二首用典较多，艺术手法丰富，字面上不能一眼明了。首联谓从东南方向飘来飒飒细雨，芙蓉塘外传来阵阵轻雷。"细雨"暗用巫山神女故事，"轻雷"则暗用《长门赋》："雷殷殷而响起兮，声象君之车音。"而且细雨轻雷，隐隐传出生命萌动讯息，与末联所暗示的"春心争发"暗应。抒情主人公独居有怀、宛有所待的低徊怅惘之情与细雨轻雷的凄迷杳冥之景浑然一片，给予读者以丰富的暗示联想。颔联赋而含比，由于综合运用隐喻、谐音等手法，务求深隐，不免有些费解。"金蟾"句指香炉虽锁，锁不住袅袅炉香，"玉虎"句谓井水虽深，借辘轳仍可汲上清泉。"烧香"、"牵丝"之"香"、"思"谐"相思"，而香炉、辘轳又常用以作男欢女爱的象征或衬托，两句暗喻相思的深长以及无孔不入。既借室内外香炉啮锁、玉虎牵丝的物象衬托女主人公长日无聊、深

289

锁春光的惆怅，又暗示情之不能深藏久闭，见"烧香入"、"汲井回"而不免牵动情思。腹联两个典故，贾氏窥帘，宓妃留枕，或爱少俊，或慕才华，皆情之发乎中而不可抑止者，诚所谓"春心正共花争发"，反跌下联"春心莫发"的告诫，与上一联"牵丝"也有隐隐关联。末联陡转反接，由香销成灰生出联想，将相思无望的抽象概念化为贴切深刻的形象，并在强烈的对照中显示了对美好情愫被毁灭的郁积悲愤。然而"一寸相思一寸灰"的结果不是心如冷却的死灰，而是导致新一轮的春心萌发和更强烈的追求；"春心莫共花争发"的自我靠诫所透露的正是"春心又共花争发"的现实心境。

　　两首都写阻隔难偕的悲剧爱情，写由此而引起的带有浓厚悲剧色彩的情绪、心理。前一首在重重间隔中发出沉重的叹息，后一首在屡次追求而终归幻灭后发出愤激的呼声，这些又似乎不仅仅是爱情生活中的体验。事实上，由于涵容深广的普泛性人生体验郁积于胸，即使在纯粹抒写爱情时也不由自主地触类旁通，将广泛的人生体验渗透融合进去。况周颐在《惠风词话》中论词贵寄托时说:"所贵者流露于不自知,触发于弗克自已。身世之感,通于性灵,即性灵,即寄托,非二物相比附也。"当诗人胸中充满了对人生的种种悲情体验,以至成为其性灵的一部分时,特殊的情事往往就会通向久已蓄积的普泛感慨,或者说普泛感慨就自然融入特殊情事。正因为是一种不自觉的旁通和融入,诗人就不会有意识地透露寄托的意图与痕迹,读者也就无迹可寻;但也正因为是不自觉的自然流露,往往更深刻真实,更耐咀味。商隐无题诗大多具有这种特点,其招致诠释之纷纭不一,原因也在此。

咏史诗

骊 山 有 感[①]

骊岫飞泉泛暖香,九龙呵护玉莲房[②]。平明每幸长生殿[③],不从金舆唯寿王[④]。

① 骊山：在陕西临潼东南。山有温泉，唐初建有温泉宫，天宝
六载扩建改名华清宫，池名华清池，供唐玄宗及诸嫔妃
享用。

② 九龙：华清宫中的一座殿名。玉莲房：华清宫浴池中央的
玉莲花装饰。

③ 长生殿：华清宫中的一座宫殿，以备斋祀。也有以长生殿
为寝殿的，但此处平明临幸，似非指寝殿。

④ 金舆：指玄宗坐轿。寿王：李瑁，武惠妃所生。杨玉环本
寿王妃，因貌美被玄宗夺去，册为贵妃。

在《北齐二首》中提到商隐咏史诗三种类型：以古鉴
今、借古喻今和借题托讽，那么这首诗讽刺玄宗的荒淫，
应该寓有鉴今之意。这类讽刺历代君主之作，揭露的多
是君王沉迷声色、荒淫享乐，女色误国是商隐观察历史时
所形成的一贯观点。但值得注意的是，商隐并没有所谓
女色惑主之思想，而是将批判的矛头集中在君主的惑女
色。相反，对那些一入深宫、细腰歌舞的女子，是抱有深
刻同情的，这种观点在《梦泽》一诗中表露得很清楚。

史是崇实征信的,诗却最重想象虚构。要想让咏史诗既有诗情,又保持其"咏史"的基本性质,则须加以一定的想象虚构,同时这虚构又要有一定范围与量度,即不能脱离基本史实与主要情节。本诗所写玄宗的父夺子妻以及游乐于骊山行宫,都于史有征,而寿王之不从金舆则出于诗人的想象了。但诗的用意深刻之处,往往正在这些虚构想象部分。诗人自己一句议论也没有,却讥刺入骨,揭出讽刺对象最丑陋之处,不留丝毫余地。以集中提炼而成的最富包蕴的情节场景,表明自己的立场、态度与情感,正是一种对"史"的诗化,做到诗情史识兼具。

同一题材还有一首《龙池》:

> 龙池赐酒敞云屏,羯鼓声高众乐停。夜半宴归宫漏永,薛王沉醉寿王醒。

末句一"醉"一"醒"的对照,包蕴极丰,寿王复杂的内心痛苦固可意会,诗人的鄙夷谴责亦隐见言外,无一语正面议论,而讽刺力透纸背。吴乔《围炉诗话》中以此为例，强调诗"贵有含蓄不尽之意，尤以不着声色故事议论者为上"。商隐不少讽刺型的咏史诗，正是这样以典型场景说话，以形象代替自己的议论，因而诗意隽永。

贾　生①

宣室求贤访逐臣②，贾生才调更无伦③。

可怜夜半虚前席，不问苍生问鬼神④。

① 贾生：即贾谊，西汉初著名政论家、文学家。

② 宣室：汉未央宫前殿正室，此代指汉文帝。逐臣：贾谊曾出贬为长沙王太傅，后被汉文帝召回长安。

③ 无伦：无人能比。

④ "可怜"二句：《史记·屈原贾生列传》："贾生征见，孝文帝方受釐，坐宣室。上因感鬼神事而问鬼神之本，贾生因具道所以然之状。至夜半，文帝前席。既罢，曰：'吾久不见贾生，自以为过之，今不及也。'"可怜，可惜。虚，空自、徒然。前席，古人席地跪坐，"前席"谓移坐向前。苍生，百姓。

　　商隐的咏史诗一般有两类指向,一类为历代昏君庸主,一类为贤人志上。对前者,站在审视的角度,多出以冷峻的讥刺,严厉的批判;对后者,则引为同调,抱以深刻的理解同情,多出以感慨叹惋。

　　不过本篇却将两类结合到一起,一方面揭示了封建君主表面上敬贤重贤,实际上不能识贤任贤,重鬼神而不问苍生百姓的腐朽本质,另一方面也揭示了杰出才人在深受恩遇的表象下被视同巫祝、不能发挥治国安民才能的不遇实质。批判中有同情,同情中寓批判。诗托汉文以讽时主,慨贾生而悯自身,所揭露的问题不仅具有历史的典型性,而且具有普遍的现实意义。诗中所透露的不斤斤于个人荣辱得失,而以是否有利于国家苍生来衡量遇合穷通,更显示了作者超卓的胸襟。

　　如果说在冷刺型的诗中,诗人多藏锋不露地将议论融在典型图景中,则这类寓有慨惋的诗中,议论则是与抒情相结合,并正是以抒情唱叹的方式贯串起来。本诗即将警策透辟的议论和深沉含蕴的讽慨融为一体,意味深长,耐人咀嚼。写作方法上,诗人成功地运用了欲抑先扬的手法,由"求"而"访"而"夜半前席",层层铺垫,最后因强烈对照和突然转跌所造成的贬抑便特别有力。千年后美国著名作家欧·亨利的小说,最后也往往以这种突转笔法入胜,被称为"欧·亨利"式结尾而享誉全球。不知此法在商隐诗中早成惯技。诗中"可怜"、"虚"两个似轻实重的词语,也加强了全诗的唱叹之致与讽慨之情。

注意一下会发现,商隐咏史诗中,以七绝最多。施补华《岘佣说诗》云:"义山七绝以议论驱驾书卷,而神韵不乏,卓然有以自立,此体于咏史最宜。"确实,商隐的七绝咏史诗达到了诗与史、情与识的完美统一。

王　昭　君①

毛延寿画欲通神,忍为黄金不为人。马上琵琶行万里②,汉宫长有隔生春③。

① 王昭君:名嫱。汉元帝时宫女,后嫁匈奴呼韩邪单于,号宁

胡阏氏。《西京杂记》:"元帝后宫既多,乃使画工图形,案图召幸。诸宫人皆赂画工,独王嫱不肯,遂不得见。匈奴求美人为阏氏,于是案图,以昭君行。及去,召见,貌为后宫第一,而名籍已定,帝重信于外国,故不复更人。乃穷案其事,画工皆弃市。"传说因索贿不成而以画笔掩盖昭君美貌者即毛延寿。诗咏此事。

② "马上"句:石崇《明君辞序》:"昔公主嫁乌孙,令琵琶马上作乐,以慰其道路之思。其送明君(即昭君)亦必尔也。"

③ 隔生春:意颇晦涩。有以为用青冢(昭君墓)事,指昭君墓上苔草萌发生出春色,而昭君已为泉下人,是所谓"隔世生春"。此解则前面"汉宫"不好理解,颇疑此"春"即"画图省识春风面"(杜甫《咏怀古迹五首·其三》)之"春风面",谓昭君远赴绝域,埋骨青冢,长留汉宫中的唯生前画图上的春风面。

　　唐人咏昭君的诗很多,但大多着眼于对昭君远赴绝域、埋骨胡沙这一凄凉命运的同情叹惋,是拉开一定距离,将昭君作为一个素材、一个创作对象来处理的,包括杜甫著名的《咏怀古迹五首·其三》也是这样。而商隐本诗则分明将昭君的命运与自己的遭遇糅合在一起,他不是站在外面打量昭君,而是完全走进去和昭君一起幽怨悲恨。这是商隐感慨型咏史诗常有的特点。

毛延寿之颠倒妍媸,蔽贤欺君,恰如商隐所遭遇党人之各私其党、排斥异己、打压贤能。"隔生春"一句无论理解为青冢上的草色,还是长留汉宫的"画图春风面",关键在"隔生"一词。昭君死后坟上方生春色,可指诗人才华当世无人赏识;若谓"春"乃"春风面"之意,那么春风面在当时宫中无人赏识,必待人去魂消方受重视,两者所指不同而所喻无异。这不仅是昭君的不幸,也是一切志士才人的悲剧。"声名佳句在,身世玉琴张"(《崇让宅东亭醉后沔然有作》)。也许借昭君故事,商隐所发出的却是自己这样的感慨。

咏物诗

离亭赋得折杨柳二首①

暂凭樽酒送无憀②,莫损愁眉与细腰。人

世死前惟有别,春风争拟惜长条③?

含烟惹雾每依依,万绪千条拂落晖。为报
行人休尽折④,半留相送半迎归。

① 离亭:驿亭,送别之所。赋得:古人作诗拟题的习用语,即
　为某事物而写诗的意思。折杨柳:本乐府《汉横吹曲》名,
　古辞已佚。后人拟作,收入《乐府诗集》,多伤春悲离之辞。
　另《梁鼓角横吹曲》亦有《折杨柳歌辞》,源于北国。本篇为
　离亭即景伤别之作。
② 送:遣散。无憀:同"无聊"。
③ 争:怎么。拟:必定。
④ 报:告。

　　古人有折柳送别的风俗。诗虽咏柳,意在赠别。两
首诗前后呼应,既写柳,也以柳写人,以柳写情。前首
一、二句写人而寓柳。"愁眉"、"细腰",双关杨柳与送
别之女子,柳叶如眉,柳条嫋嫋如女子细腰。"莫损"是

诗人表示劝慰,希望她不要因为伤别而憔悴瘦损。三、四设为杨柳对答。劝以"莫损",答以"争惜",则为伊甘愿憔悴的深情自见。人世死前,惟离别最堪断肠,又何必爱惜春风中摇曳的柳枝而不让伤别之人尽情攀折呢?不惜柳枝也即不惜瘦损"愁眉""细腰",其实面对这除死而外最伤心之事,想不损愁眉细腰又怎么可能!

次章一、二句画出杨柳于暮霭斜日中依依惜别之状,景、情、柳、人俱在其中。三、四是诗人对行人的叮嘱,从依依惜别翻出依依迎归的奇想。无论含烟惹雾还是拂浴夕熏,柳枝总是那样依依不舍,缠绵多情。如此多情之柳枝,既可依依送别,当然也可脉脉迎归。前一章不惜折尽以赠别,意极悲凄,何焯谓"人世"一句"惊心动魄";后章悲极作解,谓别时当念存归期。两章一正一反,一悲一乐,摇曳生姿。

二诗情景交融,人物交融。人格化多情的杨柳与离别的行人映衬烘托,有时写人而寓柳,有时写柳而寓人。诗中杨柳依依多情的姿容情态,写尽了离人的心绪与不舍分别的场景,也见出诗人对所写之物的深情体贴。体物真切方能穷尽物态,而情感深挚方能为物点睛,咏物的落脚点还在于写心,因此深情体物是商隐咏物诗的基本特点。

李　花

李径独来数①,愁情相与悬②。自明无月夜,强笑欲风天③。减粉与园箨④,分香沾渚莲。徐妃久已嫁,犹自玉为钿⑤。

① 数(shuò):频繁。

② 悬:牵。

③ "自明"二句:李花色白,故说"自明";李花繁而细,开时似笑,故说"强笑"。

④ 箨(tuò):笋皮,此指新竹。新竹表面有白粉状物,故说是李花减其粉与之。

⑤ "徐妃"二句:《南史》:"梁元帝徐妃与帝左右暨季江通,季江每叹曰:'徐娘虽老,犹尚多情。'初妃嫁夕,车至西州,雪

霰交下,帏帘皆白,帝以为不祥,后果不终妇道。"钿,金片作成的花朵状装饰品。玉钿,以玉作的花钿。

商隐诗中身世之感几乎无处不在,咏物诗中,由于主体情感的投射介入,物总是被诗人感情的有色镜折射成能与人对话的通灵。诗人咏物,常含有一定的寓托或象征,他关注的不是物态,而是物中所体现的与人相类似的遭际命运。本首便是如此。

诗显然是有所托寓的,精神贯注在末联,但末联又最不易解。冯浩以为用徐妃典取"犹尚多情"之意,指诗人虽至他人幕府,但仍属意令狐绚,犹妆饰容貌以悦之,诗意"全以自伤"。此解疑点颇多。"犹自玉为钿",实指仍好其凤好,与"犹尚多情"有别。再说前六句无一语和令狐有关,末联突然生出属意令狐之喻,也过于突兀。商隐使事而不为事所使,就像在咏史诗中常常题面咏某事,而实际内容可能与该事完全无涉,这表现了诗人驱遣材料的通脱。此处用徐妃典,完全舍弃其淫佚之行,而将其作为美好之象征,取徐妃昔好洁白,今犹以玉为钿,爱美喜洁之心一仍如故,来象征诗人高洁的情志始终如一。

诗借李花以自喻,不乏对自我身世的悲慨。如颔联写李花在没有月光的夜晚开放,无人得见其美;在风摇不定的时刻吐香,只能随风俯仰,寄寓了诗人生不逢时,才不见赏,而且要依人作幕,强笑混俗的自伤自慨。但又不全是自伤,"自明"中便含有自负之意。腹联的"减粉"、"分香",托寓才华足以沾溉他人,自负之意更明显了。

细读全诗,没有一句具体描述李花的形态,然而李花高洁脱俗、孤芳自赏的神情全出,并且如影随形的画出诗人自身的精神面貌。体现了商隐咏物而不粘滞于物,传神写物的艺术才能。

细　　雨

潇洒傍回汀①,依微过短亭②。气凉先动竹,点细未开萍。稍促高高燕,微疏的的萤③。

故园烟草色,仍近五门青④。

① 潇洒:凄清状。

② 依微:隐约依稀。

③ 的的:萤火虫一闪一闪明亮的样子。

④ 五门:郑玄《礼记注》:"天子五门:皋、雉、库、应、路也。"此处代指京城长安。

　　商隐很多咏物诗意在象征或寄托,故常以物就我,将人的命运遭际与情感附加于物,但也有不少纯粹咏物。如果说前者以物就我,妙在善于借物抒怀;则后者以我就物,犹重在工于体物。商隐所体之物,大多具有优柔、纤弱、绵邈的自然特性,和诗人的心性趣尚相一致。如动物中的蝉、蜂、蝶、莺、燕,植物中的柳、樱桃和槿花、杏花、李花等弱质易凋之花,自然现象中的细雨、微雨,日常生活中的泪、肠、灯等。本篇写雨,飘渺绵细到极点,正与商隐心中萦绕不去的乡愁忧思相映发。

　　诗人取景由大到小,由远及近。首联是远望之景。水汀回延，笼罩在凄清的雨色中，好像雨是从这水汀远处生发出来，迷迷濛濛拥到短亭。接着眼光转到近处，雨细到连水面的浮萍都无力点开，但从微微颤动的竹枝竹叶中能感到凄寒的雨意。腹联将眼光投向空中，燕子与萤火虫仍在飞舞，雨细可知，而"稍促"、"微疏"中一"稍"一"微"，更是摄下了细雨的神魄。时间也从白日写到黄昏或天黑，是一整天绵绵不尽的细雨。结尾微露乡思羁愁，也见出绵绵细雨那份令人惆怅的况味。

纪昀说："前六句犹刻画家数，一结若近若远，不粘不脱，确是细雨中思乡，作寻常思乡不得。"（《玉溪生诗说》）就体物而言，这种思乡愁绪是能从侧面增强细雨神韵的。纪昀说的"刻画家数"，指出商隐本诗敢于正面体物，而不是避实就虚。工笔不同于写意就在于极易板滞，而本诗却写得非常灵动。其一得益于擅用虚词，如"潇洒"、"依微"之摹状，"稍"、"微"之传神；其二得益于观察之细，善于从雨中之物写雨，而且极富层次感，由远到近，由低到高，由白日到夜晚，写得透彻。所谓"不粘不脱"也不仅仅在结尾乡思一结,描写层次转换的不露痕迹,从竹、萍、燕、萤等物中体现出的可感而不可见的雨的意绪,都使得诗人体物工细而又不乏灵动。

商隐还有一首《微雨》:"初随林霭动,稍共夜凉分。窗迥侵灯冷,庭虚近水闻。"首联两句类似本诗"气凉先动竹",不过由于写夜雨,多从感觉与触觉入手,侧笔相对多一些,但同样能妙传神韵。另又有一首同题《细雨》:"帷飘白玉堂,簟卷碧牙床。楚女当时意,萧萧发彩凉。"则重在抒写因细雨所引起的美好联想与记忆,"细雨"含有一定的象征意味,近乎所谓"梦雨"。但诗人体物,无论是首句亦赋亦比正面落笔,还是次句以"卷簟"侧面写雨洒天凉,仍然十分传神。

秋　　月

楼上与池边,难忘复可怜①。帘开最明夜,簟卷已凉天②。流处水花急,吐时云叶鲜③。

姮娥无粉黛④,只是逞婵娟⑤。

① 可怜:可爱。

② 最明夜:三五月明之夜,即农历十五。

③ 吐:指云开月出。云叶:月旁云彩。

④ 姮娥:嫦娥。此处指月。

⑤ 婵娟:美好的样子。

　　此诗结构完整、脉络明晰,有作文之法,这在商隐多以意识流驱动笔墨的诗中尚不多见。首联似全篇大纲,总写月之可爱,令人难忘。"楼上"、"池边"关合颔、腹两联。颔联即写楼上所望,开帘望月,正值三五最明之夜,"簟卷"点明时令;腹联即承"池边"写水边赏月,池水在月光映照下,水花晶莹闪烁,由地上转到空中,只见云开月出,照映得旁边的云彩更加鲜艳皎洁。最后总收,呼应开头。从这样严整的结构序次看,显然着意经营之作,但对咏物这一题材来说,是相对纯粹的咏物诗。

上一首写细渺若无的细雨,从正面写其可见可感;而本首写三五之夜的皎洁秋月,诗人又偏偏不从抬头可见的正面落笔,而纯从侧面虚点,以帘开夜明、池光闪烁、云彩鲜洁作衬,使人透过这一切描写想象月的空明皎洁。可见商隐咏物,无论实笔虚笔,均不惟穷尽物态,且能曲尽物情。

城　　外

露寒风定不无情,临水当山又隔城。未必明时胜蚌蛤,一生长共月亏盈①。

① "未必"二句:《吕氏春秋》:"月望则蚌蛤实群阴盈,月晦则蚌蛤虚群阴缺。"古人以为蚌珠的圆缺与月的盈亏相应。参《锦瑟》注。

诗题《城外》,其实是写城外赏月情景,但又并非纯粹咏月,而是借月抒发身世之慨。露寒风定的深夜,整

个世界都睡熟过去的时候,诗人犹自未眠,此时陪伴他
风露立中宵的,便是这同样不眠的月。所以说"露寒风
定不无情",月之与人,是能解意通灵的。但月既有情,
为何又临水映山,隔城而照,又与人离得那么遥远呢?
原来有情其实无情,隔着山水城郭,除了让诗人平添忧
愁之外,月儿并不能给他丝毫慰藉。

三、四句进一步抒发感慨,谓蚌蛤一生与月亏盈,而
自己虽月明之时也不得圆满,是连蚌蛤也比不上。蚌蛤
毕竟尚有依托对象,而有盈满之时,而自己则终无所托,
永无盈期。以"与月亏盈"的蚌蛤作衬,愈显出诗人身
世沉沦之悲。因此本篇咏物,意在咏沉沦漂泊的身世,
咏自己心中的悲慨。

霜　月

初闻征雁已无蝉①,百尺楼南水接天②。
青女素娥俱耐冷③,月中霜里斗婵娟④。

① 征雁：南飞之雁。《礼记·月令》："孟秋之月寒蝉鸣，仲秋之月鸿雁来，季秋之月霜始降。"初闻征雁，已无蝉声，时令已到深秋。

② 水接天：秋空明净，霜华、月光似水一色，故云。

③ 青女：主管霜雪的女神。《淮南子·天文》："秋三月，青女乃出，以降霜雪。"高诱注："青女，青腰玉女，主霜雪也。"素娥：即嫦娥。耐：宜，称。

④ 婵娟：美好的容态。

　　本诗写秋夜霜华月色，不停留在静止的外在的描绘刻画，而是将自己的独特感受与个性注入客观物象，着意表现霜月之夜内在的生命力和宜冷好洁的情操精神。诗的第二句虚写霜月如水一色，已传出诗人对空明澄洁境界的诗意感受，为下面的"耐冷"预作渲染。三、四句进而将霜月交辉之景想象为青女素娥的竞妍斗美，以突出其宜冷性格，不但将静景写得极富生趣，而且使无生命的霜月成为某种在幽冷环境中愈富生意和风韵的精神美的象征。作者在《高松》中曾发出"无雪试幽姿"的慨叹,宜乎此诗中诗人如此喜爱霜华月夜,喜爱月中与霜争妍的青女素娥。

商隐咏物诗一般有三种类型,其一借物寄慨个人的身世遭遇,如《李花》中"自明无月夜,强笑欲风天",寄寓自己的怀才而见弃;其二借物抒发某种人生感慨,如《柳》(曾逐东风拂舞筵)所寓含的"先荣者不堪后悴"这种广泛的人生体验与感慨;其三即借物寄寓某种深微的精神意绪,表现某种感情境界。如本诗将秋夜霜月交辉之景想象成霜、月之神在清冷而高远的环境中"斗婵娟",从而象征性地表现了一种"耐冷"精神。这是一种与清冷高远的环境相称的超凡脱俗的风神意态之美,一种环境越清冷就越富有神采的精神之美。诗人虽身或未能至,而心向往之,表现了一种高远的精神追求。

就像一石击水漾起三个同心波纹一样,以上所揭示的三种类型在内容方面尽管越来越虚化泛化,但都或隐或显的与诗人特殊的身世境遇、独特的人生体验及精神意绪分不开,都是诗人"身世之感,通于性灵"的结果。

女冠诗

碧 城 三 首 (选一)

碧城十二曲阑干①，犀辟尘埃玉辟寒②。
阆苑有书多附鹤③，女床无树不栖鸾④。星沉
海底当窗见，雨过河源隔座看⑤。若是晓珠明
又定⑥，一生长对水晶盘。

① 碧城：仙人所居之城。十二曲阑干：《西州曲》："阑干十二
曲，垂手明如玉。"意谓碧城仙居有曲曲阑干环绕着。

② 辟：辟除。传说犀角可以辟尘，玉性温润，可以辟寒。

③ 阆苑：传说中神仙住处。传说仙家以鹤传书，白云传信。

④ "女床"句：《山海经·西山经》："女床之山……有鸟焉，其
状如翟而五彩文，名曰鸾鸟。"女床即山名，此处含义双关，
"鸾"亦暗指男性。

⑤ "星沉"二句：星沉，即星没，指清晨。"雨"取云雨之意。
碧城天上宫阙（暗喻道观所处高峻），所以当窗隔座便可见

星河。

⑥ 晓珠：清晓露珠，虽明而不(固)定，因此希望它既明且定。

　　如果说，商隐一系列讽刺帝王求仙媚道的诗，其思想倾向是反对宗教迷信，斥神仙之事为虚妄，那么，他的这些以女道士的生活与感情为表现对象的诗，其思想倾向就是对人的正常感情、欲望的肯定，对宗教清规桎梏人的正常感情、欲望的否定。两类与道教有关的诗作都体现了商隐思想的民主性、进步性。

　　《碧城》总共三首，是一组歌咏女冠恋情的赞歌。综合三章内容来看，并非专写某一对鸳侣之事，也不像是写自己的恋情，而是写道观中一种普遍存在的现象。本篇为第一首，写男女道士的密约偷情。首联画出道观的洁净、温煦，仙居每以高寒为言，此处说"玉辟寒"，即暗示其为欢爱温暖之所。次联便点明幽期密约的欢爱，"女床"句巧合双关，所谓"无树不栖鸾"，即指出此乃普遍现象，也见出男女之情，圣人神仙之弗禁。前二联不妨看作对这组诗中所写的秘密爱情的整个环境的展示，腹联从环境描写转到男女双方。欢会既罢，又将别离，故当窗隔座，默然相对，见星沉海底，良时已过，不免怅然有触。两句写情人晓离，有丰富暗示性，境界也很高远开阔。和《明日》一诗写幽欢既别情景很相似："天上参旗过，人间烛焰销。谁言整双履，便是隔三桥。"末联又由晓离不能长聚生出"一生长对"的幻想，比喻新颖精巧，画出对方莹洁的风韵，并与首联"犀辟尘埃"相应。

全篇意脉似断而连，有神无迹，意境既清且温，不施浓艳，符合所咏的对象特点。诗人对这种幽情，不是把它看作一种淫佚之行加以揭露、讽刺和否定，而是怀着一种同情、欣赏乃至欣羡的感情，把这种恋情放在高洁温煦的环境中加以展现，将基于人的正常欲望的男女情爱表现得热烈而欢畅。特别是像"若是晓珠明又定，一生长对水晶盘"这样的诗句，表明诗人不但理解女冠的爱情生活，而且正面肯定她们对爱情理想的追求。

但是女冠的爱情毕竟不能如普通人那样被社会接受，"星沉海底"之际便是情人分手之时，这种爱情也便如清晓的露珠一样,美丽、晶莹,然而却见不得阳光。而更多的时候,是连这露珠一般的幽情也不可得,只能黄卷青灯,在孤孑无偶、寂寥苦闷中度过一生。商隐的女冠诗,更多的是对这类女道士生活与命运的同情。

银 河 吹 笙

怅望银河吹玉笙,楼寒院冷接平明①。重衾幽梦他年断②,别树羁雌昨夜惊③。月榭故香因雨发④,风帘残烛隔霜清。不须浪作缑山意⑤,湘瑟秦箫自有情⑥。

① 接平明:天色接近黎明。

② 他年:昔年。

③ 别树:别枝,斜出的旁枝。羁雌:孤栖的雌鸟。

④ 榭:建在高土台上的敞屋。故香:已开过的残花的余香。

⑤ 缑(gōu)山:又名缑氏山,在今河南偃师县。据《列仙传》:周灵王太子晋喜吹笙作凤鸣,为浮丘公引往嵩山修炼。三

十余年后,在缑氏山顶升仙。

⑥ 湘瑟:《楚辞·远游》:"使湘灵鼓瑟兮。"湘灵,即湘夫人,传为虞舜之妃,死后为湘水之神。秦箫:参《玉山》注。湘瑟、秦箫,这里指人间夫妇之乐。

　　本篇写一位女冠孤孑凄清的处境、心情,和对人间爱情不能自已的向往歆慕,反映出求仙学道、宗教清规和人的正常爱情生活的矛盾。"不须浪作缑山意"为一篇结穴,也是诗人作意所在。

　　诗抓住中宵惊梦后的情景,集中抒写女主人公的细微心理活动和对环境的微妙感受,达到人物心境与环境浑然一体的境界。冯浩说本诗"总因不肯直叙,易令人迷",将前四句理解为一种倒叙,谓重衾幽梦之欢,早望断于他年,而不复追寻;昨夜别树羁雌,悲鸣惊梦,梦醒之后,更感到楼寒院冷、孤孑凄清,因而怅望银河,吹笙寄情,直至天明。牛、女犹有一年一度的相聚,自己却永世孤栖,所以说"怅望银河"。"重衾"句即暗示入道以后,便注定了孤栖的命运,爱情的欢乐已不复寻,而"别树"句则又暗示昨夜仍然入梦,一"断"一"惊"之间,正显示出宗教清规难以禁锢人的心灵。"月榭"一联,写景抒感,寄兴在有无之间,"故香"因雨而发,"残烛"隔霜而清的景象,含有比兴象征意味,能引发读者对女主人公身世、处境、心境的广泛联想,却又不必过于指实。首联以吹笙起,暗寓道流,末联以湘瑟秦箫结,暗喻人间夫妇,前后对应,愈见宗教对人的正常情爱需求的一种压抑,也反映了诗人对女冠这种非常人生活的深刻的同情,显示出一种人性关怀的精神。

嫦　娥

云母屏风烛影深[①],长河渐落晓星沉[②]。
嫦娥应悔偷灵药[③],碧海青天夜夜心。

① 云母:一种矿物,柔韧富于弹性,有珍珠光泽,其薄片可用作屏风、窗户、车等装饰。

② 长河:即银河。

③ "嫦娥"句:《淮南子·览冥训》高诱注:"姮娥,羿妻。羿请
　　不死之药于西王母,未及服之。姮娥盗食之,得仙,奔入月
　　中,为月精。"姮娥,即嫦娥。

　　这首诗向来脍炙人口,是商隐诗中知名度颇高的一
首。前两句抒写主人公清冷孤寂的处境和通宵不寐、为
寂寞所煎熬的情景。后两句由自身处境揣想独处月宫
的嫦娥,大概会因永恒的寂寞而后悔当初偷食灵药而升
天,从对面进一步抒写自己的索寞苦闷。

　　虽然本诗字面上明白易晓,但自宋代以来的诠解却
极为纷纭。有以为是咏"嫦娥有长生之福,无夫妻之
乐,岂不自悔"的(谢枋得《谢叠山先生评注四种合刻·
叠山先生注解章泉涧泉二先生选唐诗》);有以为商隐
自悔之意的,如胡次焱说:"按商隐擢进士第,又中拔萃
科,亦既得灵药入宫矣。既而以忤旨罢,以牛李党斥,令
狐绹以忘恩谢不通,偃蹇蹭蹬,河落星沉,夜夜此心,宁
无悔乎! 此诗盖自道也。"(《唐诗选脉会通评林》引)沈
德潜说:"孤寂之慨,以'夜夜心'三字尽之。士有争先

得路而自悔者,亦作如是观。"(《唐诗别裁集》)不过沈不一定是指诗人的自悔;有以为是自伤不遇的,如何焯说:"自比有才调,翻致流落不遇也"(《李义山诗集辑评》引);有以为是指所思之人的,如唐汝询说:"此疑有桑中之思,借嫦娥以指其人"(《唐诗解》);有以为是悼亡(纪昀);有以为是刺女道士不耐孤孑(程梦星、冯浩)。诸种说法中,悼亡说最不可通,因为嫦娥窃药,本求飞升,不料反因此孤处月宫,寂寞难堪,故云"应悔偷灵药",而亡妻弃世,诚非所愿,如解作悼亡,则诗中关键语"应悔偷灵药"便全无着落。嫦娥指诗人所思之人说,如所思者为一般女子,则"应悔偷灵药"亦无着落;若所思者为女冠,则此说原可与咏女冠说相通。

余下各种说法,实际上分别是对诗的表层、内层、深层意蕴的理解,是可以相通的。从表层看,确如谢枋得所言,写嫦娥自悔"有长生之福,无夫妻之乐"。顺着这个表层意蕴推求下去,其内层意蕴便呼之欲出。商隐《和韩录事送宫人入道》以"月娥孀独"喻女冠之孤孑无侣,《月夜重寄宋华阳姊妹》又以"窃药"喻女冠修道,因此说本诗借嫦娥咏女冠慕仙学道生活之孤寂，当属可信，不过其感情倾向不是讽刺讥诮，而是同情。但它又和《月夕》诗中以"兔寒蟾冷桂花白，此夜姮娥应断肠"单纯怀想某一女冠、同情其孤寂处境不同，因为它还有更深的意蕴。诗后二句设身处地推想嫦娥心理，实已暗透诗人自身的处境和心境。嫦娥窃药奔月，远离尘嚣，高居琼楼玉宇，虽极高洁清净，但夜夜随月历青天而入碧海，清冷孤寂之情固难排遣，这与女冠的慕仙学道追求清真而难耐孤孑，与诗人之蔑弃庸俗、宅心高远而又陷于身心孤寂之境均有相似之处，在创作过程中由此及彼、连类而及，原很自然。故嫦娥、女冠、诗人，实三位而一体，境类而心通。从最虚括的意义上说，这首诗是咏高天寂寞心的。嫦娥的、女冠的、诗人的"寂寞心"都包含在这"应悔偷灵药"的"碧海青天夜夜心"之中。

在这三层意蕴中，从表层到内层，是有意识的托寓，即以嫦娥喻女冠；而从内层到深层，则是在咏女冠寂寞心的同时自然触发了自身的人生感受与体验，从而在诗中融入或渗透了自己的寂寞心。故前者近比，后者近兴。后者乃是一种未必有明确寄托意图的自然而然的融合。义山优秀抒情诗的特点之一,便是在歌咏某一类特定题材时,每每连类而及,自然融入身世之感和人生体验,故感情内容往往浑融虚括,似此似彼,亦此亦彼。解者往往就已之所感,各执一端,以致歧见杂出,实则许多歧解原可相通,不必执定一端而排斥其他诸解。

爱情诗

昨　　日①

　　昨日紫姑神去也②,今朝青鸟使来赊③。未容言语还分散,少得团圆足怨嗟。二八月轮蟾影破④,十三弦柱雁行斜⑤。平明钟后更何事? 笑倚墙边梅树花。

① 取首二字为题,并非专咏昨日情事。
② 紫姑神:传说她本为人妾,为大妇所嫉,于正月十五日死

去。上帝命为厕神。民间旧俗元夕于厕边或猪栏边迎之以问祸福。这里借指所爱的女子。"昨日"当是元夕。

③ 青鸟：参《无题》(相见时难)注。赊：迟。

④ 二八：指阴历十六日。蟾影破：月亮开始由圆到缺。

⑤ 十三弦柱：指筝的弦柱。筝有十三弦，每弦系一柱。十三为单数，喻双方的分离。雁行斜：形容筝柱斜列像雁飞时排成的斜行。

商隐不少爱情诗刻意模仿李贺，体裁多为古体，如《燕台诗四首》《河阳诗》《河内诗》《日高》等，哀感顽艳，辞美而意每艰涩，而且大多萦绕着悲凉怨抑的情调。比较起来，本篇是作者爱情诗中不多有的清新明快的一格。

诗咏昨日遽别和今夕相思。首联方别而嫌音书之迟，正见相思之殷。次联追叙昨日匆匆晤别，虽然流露出些微惆怅遗憾，但却没有沉重的悲伤。腹联即景兴感，比中有赋。上六句一气流注，末联却从今夕宕开，转想明日对方笑倚梅花情景，悠然神往，益见相思之殷，而所爱者清丽的风神和若有所思的情态也隐见言外，淡淡收住,最富含蕴。

钱锺书先生在《谈艺录》中论诗用虚字,谓"李义山《昨日》首句'昨日紫姑神去也',摇曳之笔,尤为绝唱"。除了句意上的流走贯通,使本诗显得格外流利清灵之外,首联为流水对,意义连贯而下,特别是"也"字的妙用,变板滞为灵活,使得对仗极工而令人浑然不觉,也增强了诗歌的摇曳之美。腹联的比喻通俗平畅,接近民间诗谣,也极易上口和记诵。这些共同促成了本诗清新明快的风格。

商隐还有一首《明日》,也是爱情诗:

> 天上参旗过,人间烛焰销。谁言整双履,便是隔三桥?知处黄金锁,曾来碧绮寮。凭栏明日意,池阔雨萧萧。

前幅追忆昨夜幽会后旋即离别,"隔三桥"犹言相隔河汉,五、六追叙昨夜对方从所居之碧窗锁阁前来相会。"黄金锁"、"碧绮寮",色彩艳丽。尾联想象明日凭栏对雨情景,不胜寂寥。两首诗在写法、构思上非常接近,尾联宕出远神的写法尤为神似,而风格上一为清新明快,一为秾艳雅致,自有浓淡之别。

日　高

镀镮故锦縻轻拖①,玉笢不动便门锁②。水精眠梦是何人③?栏药日高红髲鬔④。飞香上云春诉天⑤,云梯十二门九关⑥。轻身灭影何可望⑦?粉蛾帖死屏风上⑧。

① 镀镮:镀金的门镮。故锦縻轻拖:以锦缎系镮,以便引曳。縻,系。

② 笢:钥匙。

③ 水精:水晶帘。

④ 栏药:即药栏。髲鬔(pǒ é):同"駊騀"。《广韵》:"駊騀,马摇头貌。"此处形容栏内红艳芍药在春风中微微摇荡。

⑤ "飞香"句:承上句,谓芍药香气飞上云天,而已不可遏止的春情亦欲随之上天。

⑥ "云梯"句：《招魂》："君无上天些，虎豹九关，啄害下人些。"《离骚》："吾令帝阍开关兮，倚阊阖而望予。"九关，九重关。谓天梯高不可援，天门闭不可入。

⑦ 轻身灭影：承"云梯"句，天高欲上须轻身，门闭欲入须灭影。

⑧ "粉蛾"句：状门外窃窥之人。谓相思相望不过徒劳。

　　商隐的爱情诗学习李贺，有一个从模仿到独创的过程，前者墨痕未化，其中还有不少生硬模仿长吉体语言风格的生涩诗句，意蕴也较晦涩费解，而后者则融化而能独具一格。本篇就是一首颇有融创特色的短篇七古。

　　诗写一位贵家娇艳女子，日高犹娇卧未起，而水精帘外窃窥之人，则徒怀想望而不能亲近，所谓"偷看吴王苑内花"（《无题二首》其二）是也。这一类内容在艳情诗中本属常见，很容易流于轻佻庸俗。但本诗却写得情感炽热而执著，艺术表现又很富象征暗示色彩。第三句设问，点出水精帘内眠梦之人，接下第四句却不作正面回答,而是宕开写景,将镜头摇向帘外,推出花栏中的芍药花在丽日春风中摇荡呈艳的画面,令人自然联想到水精帘内眠梦之人的情态姿容。象征手法运用得不露痕迹,又给人以美感,比起直接描写水精帘眠梦之人的情态姿容要更富蕴涵和启发。结尾二句,用"粉蛾帖死屏风上"象征执著的追求和绝望的相思,象征意义、手法都很有独创性。如果借用李白《清平调》来概括,则前幅四句即所谓"一枝红艳露凝香",后幅四句即所谓"云雨巫山枉断肠"。整首诗的词语、意象华艳秾丽,但却不淫亵,关键在于有炽热执著的情感作支撑。

诗中"飞香上云春诉天,云梯十二门九关"一联,或许有一点身世之感的意味,但总体上看这是一首情诗。旧时注家竟往政治上去附会,说是讽唐敬宗早朝晏起,大臣们长时间候朝站立而致僵仆(见程梦星《重订李义山诗集笺注》、冯浩《玉溪生诗笺注》),穿凿迂晦,将一首极美的爱情诗扭曲得索然无味。

春　雨

　　怅卧新春白袷衣①，白门寥落意多违②。红楼隔雨相望冷③，珠箔飘灯独自归④。远路应悲春晼晚⑤，残宵犹得梦依稀。玉珰缄札何由达⑥？万里云罗一雁飞⑦。

① 白袷(jiā)衣：白色的夹衣。白衫是当时人闲居的便服。
② 白门：南朝民歌《杨叛儿》："暂出白门前，杨柳可藏乌。欢作沉水香，侬作博山炉。"这里可能借"白门"指过去与所爱女子相会之处，不一定实指金陵。
③ 红楼：当是对方原先住处。
④ 珠箔：珠帘，这里借指雨帘。
⑤ 晼(wǎn)晚：日暮黄昏的情景。宋玉《九辩》："白日晼晚其将入兮。"
⑥ 玉珰(dāng)缄札：古时常以耳珰作为男女间定情致意的信物，并将耳珰附书信一起寄给对方，称为侑笺。玉珰，玉做的耳坠。

⑦ 云罗：阴云密布如张罗网。

如果说，商隐《燕台诗》、《日高》一类仿长吉体的古体爱情诗是以感情的炽热、词采的华艳、象征色彩的浓郁为显著特色，那么他以近体律绝写的爱情诗则以情韵的深长、语言的圆融清丽为主要特色。《春雨》即是其中的杰出代表。

诗写一个春天的雨夜，诗人重访所爱女子居住的旧地，却没有见到心上人，独自归来，和衣怅卧时寂寥、怅惘、迷茫的情思。首联说过去双方欢会之地（白门）现在已经显得寂寥冷落，自己的意绪非常萧索，在春雨潇潇的夜晚独自和衣怅卧。颔联是怅卧时回想重寻旧地情景：隔着迷蒙的细雨，遥望对方住过的红楼，因为人去楼空，只感到一片凄冷的气氛；独自归来的路上，细雨飘洒，手提的灯笼照见丝丝雨帘随风摇曳，犹如珠帘在飘荡。腹联由自己转到身处远路的对方，在这春雨飘萧之夜，想必也会和自己一样，产生青春易逝的悲感。然而相念却无缘相见，也许只有在残宵的迷梦中才能依稀

见到对方的容颜。思念之殷故生出尾联寄玉珰缄札的
愿望，然而万里云天，一片迷蒙，即使有鸿雁传书，恐怕
也难以冲破层层云罗，将信送达对方手中。

　　全诗弥漫着梦一般的氛围，弥漫着一种寂寥、怅惘、
失落、凄迷之感。这种氛围和感觉，跟迷蒙的春雨有密切
的关系。虽然全诗仅在第三句正面写到雨，但通篇却都
笼罩着雨意。它在凄冷寂寞中带有一点温馨，在怅惘失
落中又有对过去的甜美追忆。"红楼"一联，不用典故藻
饰，纯以白描，却借助春雨创造出含蕴丰富、情景浑融的
艺术境界。"红楼"之"红"，本属热烈欢快的色彩，可现
在却因为人去楼空、春雨飘萧而感觉到它的"冷"。色彩
与感觉的反常对应中正透露出诗人心情的凄冷孤寂。下
句形容雨丝在风中灯前摇曳有如珠帘飘荡，这一联想本
身就透露了诗人潜在的意念活动，即由眼前的雨帘联想
到昔日红楼中珠帘灯影、温馨旖旎的生活。而这一切，现
在都已成为过去，眼前和自己相伴的，只有凄冷的雨丝。
意象和境界极美，含蕴的情思则非常凄婉。全诗显示出
一种典型的凄艳感伤之美，情韵深长，语言珠圆玉润，清

丽流转,与长吉体显然有别,表现出商隐自家的风格。

代 赠 二 首①

楼上黄昏欲望休,玉梯横绝月如钩②。芭
蕉不展丁香结③,同向春风各自愁。

东南日出照高楼④,楼上离人唱石州⑤。
总把春山扫眉黛⑥,不知供得几多愁?

① 二首主人公都是女性,作诗口吻则为男性(第二首较明
　　显)。当是代男子赠女子的惜别之作。
② 玉梯:楼梯、阶梯的美称。横绝:横度。
③ 芭蕉不展:指芭蕉的里层——蕉心卷缩未展。丁香结:本
　　指丁香的花蕾,因丁香花实丛生如结,故云。这里"结"字
　　用如动词,缄结、固结之意。
④ "东南"句:汉乐府《陌上桑》:"日出东南隅,照我秦氏楼。
　　秦氏有好女,自名为罗敷。"此句化用其词意,暗示女主人

公的美丽。

⑤ 石州：唐乐府曲名。《乐府诗集》卷七十九有《石州》词一
　　首，系成妇思夫之作。

⑥ 总把：纵将，即使将。春山眉黛：《西京杂记》："文君姣好，
　　眉色如望远山，脸际常若芙蓉。"春山眉乃当时流行的一种
　　眉妆。

　　二首均写离愁。前首写别离前夕，梯横楼阁，新月
如钩，不但无心凭栏望远，而且连眼前的未展芭蕉和含
苞丁香也都像含愁不解，更增彼此离绪。后首写晨起分
别情景：日照高楼，人唱离歌，春山眉黛，纵然细加描
画，也掩不住重重叠叠的离愁。

　　两首都写得风华流美，情致宛转含蓄，纪昀说它是
"艳体之不伤雅者"。尤其第一首的三、四两句，移情入
景，融比兴象征为一体。"芭蕉不展丁香结"，是即景所见
的赋实，但"同向春风各自愁"却是思念情人的女子独特
的主观感受，是怀着固结不展之愁绪的人以我观物、移情
于景的结果。由于诗人用特具情态的物象——不展的芭

蕉、固结的丁香来比况抽象的愁绪,不但使抽象的愁绪得到形象的表现,而且使这种比况具有象征意味。那不展的芭蕉与缄结的丁香,作为庭院中的客观物象,是女主人公愁绪的一种触发物;作为诗歌意象,则成了女主人公愁绪的载体与象征。这两句音情摇曳,意致流走,极富风调之美。上句句中自对而字数不等,显得整齐中有错落;下句"同向春风"与"各自愁"又形成鲜明对照,一"同"一"各",将男女双方异地同愁的意蕴也暗透出来了。

这两句对后来一系列诗词名作的构思、意境都产生了深远的影响,如钱珝的《未展芭蕉》"芳心犹卷怯春寒"之句,李璟的《摊破浣溪沙》"丁香空结雨中愁"之句,乃至现代诗人戴望舒的《雨巷》,都从中汲取过灵感。商隐诗的魅力及其艺术生命力、影响力,于此也可见一斑。

暮秋独游曲江①

荷叶生时春恨生,荷叶枯时秋恨成。深知

身在情长在,怅望江头江水声。

① 曲江:唐时长安著名游览胜地。参《曲江》注。

借用这首诗,给商隐的爱情诗作一个注脚,应该是非常恰当的。在商隐现存五百九十多首诗中,爱情诗共约百余首,占总数的六分之一强,相当于政治诗与咏史诗的总和,可见这一题材在商隐诗中的重要性。

商隐多情,特别是当他面对那些柔弱、美丽然而又有善良品性的女性的时候,往往不自禁地萌生抒发真挚的感情。这种感情不一定就是爱情,它同时还含有同情、理解、宽容,从商隐许多女冠诗中可以感受到其中渗透的这些精神。美与善相结合,是商隐情感指向之物以及其所指向的情感本身共同的特点。

由于商隐情感内具的同情、理解、宽容等质素,建立在其基础上的爱情也就具有了尊重、民主、平等的内涵。商隐的爱情诗大致有两类,一类是一般爱情诗,涉及到其生活中某段情事;一类是写给妻子的忆内诗与悼亡诗。无论哪一类，都建立在真挚而平等的感情基础之上，这在男权社会中是不多见的。这两类爱情诗也表现了商隐爱情的两面性，一面是用情之专与用情之深，那些忆内、悼亡诗体现出的对妻子情感的深挚令人感动，中年丧妻后一直未娶，面对柳仲郢送上门的乐伎张懿仙也毫不动心。而另一面则是用情的广和深，固然有一些爱情诗并非针对自身情事，但其自身毕竟留下了不少雪泥鸿爪的爱情记录。婚前固可不论，婚后也不见得就没有，当然在多妻社会这是不足以讨论的。问题是对商隐来说，这与他对妻子的那种挚爱是否矛盾？如此多情，他用情真的成分又有多少？其实正如商隐自己所说的"深知身在情长在"，情之发于中就如花开草长，特别对商隐这种多情善感之人，面对美好事物，就人而言即那些优柔美丽的女子，叫他不动情无异让草不萌芽，柳不发青。而这种情与爱情之间是很容易似此似彼、即此即彼地混融在一起的。但只要这种情是真诚的、美善的，就值得为之咏颂。尤为重要的是，商隐多情并不滥情，他对妻子始终忠贞不渝。因此，商隐爱情这看似矛盾的两面性,不仅不冲突,反而表现出一种至情至性之美。

　　要想更好的理解商隐这种看似矛盾的爱情两面性,也许更应该从具体的事实层面、物质层面上升到精神层面来看,爱情对于商隐,更多的时候是一种美的理想、善的理想,是一种人生最诗意的境界。因之它和现实总显出一点距离,于是阻隔之感,朦胧之意,也便成了商隐爱情诗中萦绕不去的主色调。诗人一生都在渴望、在追寻,但这种爱情却总是在若即若离的远方。这样来理解本诗,也许能透过字面,把握得更多一些,其所指也就可以不仅仅限于爱情。

其他

宫　　辞

　　君恩如水向东流,得宠忧移失宠愁。莫向尊前奏花落①,凉风只在殿西头②。

① 忧移：担心恩宠移失。花落：汉乐府《横吹曲》有《梅花落》，本笛曲名。唐代《大角曲》有《大梅花》、《小梅花》曲。

② 凉风：指秋风，暗喻君主的宠衰冷落。

　　这首宫词，用笔的重点不在怨君主的宠衰爱移，而是讽得宠者的志满意得、曲意逢迎，不知道失宠的厄运正近在咫尺。"君恩如水向东流"在诗中是背景、环境和事件的根源，而不是讽刺的主要对象。"莫向"、"只在"，以过来人的身份、口吻说话，冷嘲、警戒、怜悯之意兼而有之。"奏花落"既状得宠者在君前妙舞轻歌，曲意逢迎，又似暗喻其志满意得，幸灾乐祸，以失宠者的不幸遭遇为乐。"花落"既双关曲名与花落这一自然现象，又以自然界的花落暗喻人事的"花落"；而双关设喻的"花落"又和"凉风"关合得非常巧妙。诗写宫中歌女，言外之意又似不止于讽宫女。

　　晚唐朋党倾轧，迭相消长进退，今日的得宠者不久后便变为失宠者。作者这首诗，很可能是有感而发。作者另有《宫妓》、《槿花》等诗，寓意大致相同，可参看。

珠箔轻明拂玉墀,披香新殿斗腰支。不须看尽
鱼龙戏,终遣君王怒偃师。

何焯评《宫辞》说:"用意最深,人人可解,故妙。"商
隐的诗就是这样,理解它的典故寓托,能披文揽胜;不理
解同样也能领略了其诗的文辞意境之美。所谓"才高
者菀其鸿裁,中巧者猎其艳辞,吟讽者衔其山川,童蒙者
拾其香草"(刘勰《文心雕龙·辨骚》),刘勰讲的是对
《离骚》的学习承继,而且是针对写作而言,但用在对商
隐诗的欣赏接受上,也是恰切的。它正如一座美的宝
藏,读者的知识背景、人生阅历不同,理解的角度、深度
不同,自然得到的认识也不同,但你都能从它的辞藻、韵
律、意境中感受到一种诗的美,诗的韵味。

访隐者不遇成二绝

秋水悠悠浸野扉,梦中来数觉来稀[①]。玄
蝉去尽叶黄落,一树冬青人未归。

城郭休过识者稀,哀猿啼处有柴扉。沧江
白石樵渔路,日暮归来雨满衣。

① 数(shuò):频繁的意思。句谓梦中常造访隐者,而实际上
来得很少。

绵邈典丽固是商隐诗歌的主要风格,但绝不意味着
是商隐诗歌的惟一风格。大作家向来都是多面手。这
两首绝句写隐者生活,绝去故实,洗净铅华,风格极为散
淡出神,正与所写内容相应。

两首系连章体,首章写隐者未归,次章想象隐者归
途。前首描绘隐居门前景物,闲静清疏中饶有生意,
"一树冬青"正为"未归"主人传神写照。后首以归途沧
江白石、细雨湿衣的清迥萧散之境衬出隐者的精神风
貌。景中见人,是两章共同的特点,诗意不止于描写如
诗如画的林泉美景,关键在于写出了其中的林泉高致。

本诗没有直接写人,仅在想象中揣测隐者心理,勾
勒了一个"归来雨满衣"的形象,如果说此乃直面写人

之处,这惟一一笔还是悬拟的虚笔。而在另一同题材的作品中,则连这样的虚笔直面描绘都没有,这是一首同样情韵俱佳的上乘之作——《忆匡一师》:

> 无事经年别远公,帝城钟晓忆西峰。炉烟消尽寒灯晦,童子开门雪满松。

无一语正面写主人公,但在清晨山寺的晓钟声中,在依稀的炉烟和黯淡的寒灯中,在"童子开门雪满松"的画面中,无处不闪动着匡一清迥绝俗的身影。田兰芳说"不近不远,得意未可言尽",纪昀说"格韵俱高",分别从表现手法和意境风格上指出了这首诗的特点。其实,二人的评论,对商隐此类题材风格的作品是普遍适用的。

谒 山①

从来系日乏长绳②,水去云回恨不胜③。
欲就麻姑买沧海④,一杯春露冷如冰⑤。

① 此为登高兴感之作,题名"谒山",可能指朝谒名山。

② "从来"句:傅休奕《九曲歌》:"岁暮景迈群光绝,安得长绳系白日?"李白《惜余春赋》:"恨不得挂长绳于青天,系此西飞之白日。"诗袭用此意,谓时光流逝难留。

③ 水去:《论语·子罕》:"子在川上曰:'逝者如斯夫,不舍昼夜!'"云回:云归,形容烟霭笼罩的日暮景色。

④ 麻姑:神话中女仙。《神仙传》:"麻姑自说云:接待以来,已见东海三为桑田。"

⑤ 一杯春露:李贺《梦天》:"一泓海水杯中泻。"诗可能点化此句,谓海水忽变成杯露,暗示买海不成,时光流逝终不可挽。

前代注家有将此诗与令狐绹相联系者,其实这不过一首登高伤逝之作。谒山,即登山而望景光流驶之意。古人登高而望落日,每触发时不我待之慨,如李白《登高丘而望远海》云:"扶桑半摧折,白日流光彩。"杜牧《九日齐山登高》云:"不用登临恨落晖。"商隐自己登上乐游原也有"羲和自趁虞泉宿,不放斜阳更向东"(《乐游原》)的句子。陈贻焮先生谓本诗:"当是登山见日落、水流、云生，因伤流逝、悲迟暮而生出的非非之想。"
（见其《唐诗论丛》）所论极是。

诗的前二句感慨时光流逝如水去云归日落，不能留驻，意思比较明白。难解者在三、四两句。第三句"欲就"二字，上下承接痕迹明显，故从诗意上三、四是紧承一、二而来的。细推起来，"买沧海"之想实从"水去"生出。水东流入海，逝者亦如斯，不舍昼夜，不可阻遏，欲遂长绳系日之愿，惟有使流逝不舍之时间无所归宿，因而生出"买沧海"的奇想。诗人因麻姑三见沧桑之变而以为沧海属麻姑，欲向其求购，大约就是为了不让白日入海，从而阻止时间流逝。陈贻焮先生引李贺《苦昼短》"吾将斩龙足，嚼龙肉，使之朝不得回，夜不得伏，自然老者不死，少者不哭"之句，说明"买沧海"的目的在于"永绝时光流逝的悲哀"，探出此二句诗思的来龙去脉，洵为胜解。

此诗前二句提出时间不能留驻之矛盾，第三句乃幻想（买沧海）解决矛盾，末句则幻想终归破灭，因沧海之变杯露，而益发增添了对时间流逝的悲叹。诗的构思、想象与另一首《赠勾芒神》很相似：

佳期不定春期赊,春物天阏(摧折)兴咨嗟。

愿得勾芒(春神)索青女(霜神),不教容易损年华。

但这首诗只讲到主观愿望,而本篇则归结到愿望的幻灭,悲剧意味更浓。而且就想象的曲折新奇而言,本篇也似更胜一筹。

一　片

一片非烟隔九枝①,蓬峦仙仗俨云旗②。天泉水暖龙吟细③,露畹春多凤舞迟④。榆荚散来星斗转⑤,桂花寻去月轮移⑥。人间桑海朝朝变,莫遣佳期更后期⑦。

① 非烟:《史记·天官书》:"若烟非烟,若云非云。郁郁纷纷,萧索轮困,是谓卿云。卿云见,喜气也。"九枝:指九枝灯,一竿九枝之花灯。

② 俨:严整的样子。云旗:仙家仪仗之一。《离骚》:"载云旗之委蛇。"

③ 天泉:《晋书·礼志》:"三月三日,会天泉池赋诗。"天泉池在河南洛阳东。又《史记·天官书》:"以十一月与氐、房、心晨出,曰天泉。"指星宿。此处以仙家喻人间,天泉指朝堂华贵之所。龙吟:丝竹之音。

④ 畹:十二亩为一畹。"露畹"与"天泉"相应,均华贵处所。迟:舞姿轻缓,即所谓曼舞。

⑤ "榆荚"句:《春秋运斗枢》:"玉衡星散为榆。"天上群星罗列,如榆树林立,谓之星榆。句意盖谓斗转星移。

⑥ 桂花:谓月中桂树。宋之问《灵隐寺》云:"桂子月中落,天香云外飘。"

⑦ 后期:延期,失期。

　　诗是借天上宫阙的良辰美景来比况人间。前四句描写"佳期"之盛况:一片祥云瑞气,缭绕九枝华灯,蓬莱仙境,云旗仙仗,俨然整肃;天泉水暖,龙吟细细;露畹春浓,凤舞缓缓。四句中"非烟"、"蓬峦"、"仙仗"、"天泉"等语,均切天上仙境,以暗寓人间宫廷华贵繁盛景象。参较贾至等人《大明宫》诗,写帝王宫阙景象与此非常相似。"龙吟"、"凤舞",既写仙境之管弦歌吹、轻歌曼舞盛况,也似有朝廷人才济济之喻。前四句乃诗人对特定时期相对清明的政治环境的理想化描绘,后四句是在此环境下个人的遇合企望。"榆荚"二句写斗转星移,时光迅速,自然导出尾联时不我待,抓住良机,参与其盛,实现理想的心声。

这里的"佳期",也就是《流莺》中"良辰未必有佳期"的"佳期",在商隐诗中常用以专指政治遇合的良机。晚唐政局更迭频繁、佳期难遇亦复难以久驻,从诗人渴盼佳期而又复惧佳期之易逝的急切心理中,不惟能看到商隐人生的焦灼,也能看到晚唐偶现昙花般的繁荣的脆薄。尾联是传诵不衰的名句,其含义不限于仅指抓住政治机遇,而要虚涵笼括得多,可作为珍重时光的名言广泛使用。

滞　雨

滞雨长安夜,残灯独客愁。故乡云水地,归梦不宜秋。

前两首诗是对时间流逝的感慨,而本诗的感慨却落脚于空间——流寓之悲。沦落飘零对商隐来说是生命的常态,因此客恨羁愁也就是其诗歌中的不绝吟叹。这首小诗的字面意义一目了然,但其中荡漾的羁绪愁情却不绝如缕,让人吟味不尽。李贺有《崇义里滞雨》一诗,内容相近,可以拿来比较:

> 落漠谁家子,来感长安秋。壮年抱羁恨,梦泣生白头。瘦马秣败草,雨沫飘寒沟。南宫古帘暗,湿景传签筹。家山远千里,云脚天东头。忧眠枕剑匣,客帐梦封侯。

贺诗写得很透很实,将羁旅者乡思与梦想以及为这种梦想辛苦留滞之恨一并写出。商隐诗中羁旅者的留滞也许同样因为那份梦想的挫折,羁愁与乡思中正寄寓着身世的沦落,但写来则浑融含蓄,不施刻画,而客中孤寂之景如在目前,宦游失意之感自寓言外。诗由滞雨长安而生独对残灯的客愁,由思归不得而转生梦归故乡的想望,但又转想值此秋霖苦雨之际,故乡恐也为层云迷雾、凄风苦雨所笼罩,故有"归梦不宜秋"的感慨。纪昀说:"运思甚曲,而出以自然,故为高唱。"确实,本诗有一种"看似寻常却奇崛"之处,运意深曲而令人浑然不觉。

商隐往往着力于诗的最后结句,前面看来平平,却在结末陡然提起,令人叫绝。如本诗前两句,不过很一般的叙述,但后两句写得出人意料。姚培谦评论说:"大抵说愁雨,皆在不寐时,此偏愁到梦里去。"因愁而梦,可苦雨凄风入归梦,又怎免梦中亦愁。这真是一种眉间心上,梦里梦外都无可避免、无计消除的浓愁深恨了。这种结末陡提的写法在商隐诗中比比皆是。如《泪》,假如没有最后一联"朝来灞水桥边问,未抵青袍送玉珂",前面六句都是无谓的堆砌了。再如前面的"人间桑海朝朝变,莫遣佳期更后期"(《一片》)、"春心莫共花争发,一寸相思一寸灰"(《无题四首·其二》)、"此情可待成追忆,只是当时已惘然"(《锦瑟》)等,都不同程度地采取这种写法,对振起全篇起到了很大的作用。

乐　游　原

向晚意不适①，驱车登古原②。夕阳无限好，只是近黄昏。

① 向晚：傍晚。

② 古原：即乐游原，在长安东南，地势较高，四望宽敞，可眺望长安全城。原为秦宜春苑，汉宣帝神爵三年（公元前59年）修乐游庙，因以为名。又名乐游苑。参《柳》（曾逐东风拂舞筵）注。

纪昀评这首诗说："百感茫茫，一时交集，谓之怨身世可，谓之忧时事亦可。"（《玉溪生诗说》）这种浑融的感兴，不名一端的幽怨，从运思写作和情感色调两个层面突出显示了商隐诗歌的个性特征：感兴、感伤。感兴融入感伤，则只觉一种伤心之意，却不知由何而起，从何而觅；感伤融入感兴，则春花秋月，朝露夕阳，触目者无不凄然。

从字面上看,本诗不过一登临之作,抒发好景不长之慨。诗人既激赏激赞晚景之美好,又因其"近黄昏"而无限低徊留连、怅惘惋惜。唯其"无限好",怅惘惋惜之情也就愈浓,第三句的极赞正所以反跌末句的浩叹。商隐身处唐之季世,国运衰颓,身世沉沦,蹉跎岁月,志业无成,于好景不长的感受特深。这种感受,平时即郁积于胸,首句的"意不适"就透露了这种郁积。登原纵望,忽见夕阳沉西之景象,于是怅然有触,发为"夕阳无限好,只是近黄昏"的感喟。诗人骋望之际,握笔之时,未必对此种感触有明显的意识与理智的分析,更未必有意以夕阳比喻象征国运或身世,不过情与境合,浑沦抒感而已。然而,家国之忧、身世之感、时光流逝之恨能一并笼括其中,这便是感兴妙在有意无意、不即不离之间,拓广了诗歌的蕴涵。遂使短短二十字,含蕴的消息却大过篇幅本身成百上千倍。

以这首诗为本书殿尾,仿佛把商隐形象植入一个夕阳渐落的背景。试想:一个孤子的身影,望着荒原缓缓沉落的夕阳,发出长长的叹息,是否能算对商隐的一幅传神的写真呢？当然，很多人可能更愿以潇潇春雨、蔫蔫秋风来作商隐肖像的背景，但个人的身世命运、时世国势、时光流逝等结合得最完整的，还以本篇为宜。

本诗将"迟暮之感，沉沦之痛，触绪纷来，悲凉无限"（杨守智语，冯笺引）融为一体。无论是羁愁还是伤逝，商隐的诗都凸显了一个春恨秋悲相续的感伤型诗人形象，唐帝国的夕阳已沉落到历史的深处，而这个感伤诗人瘦长的背影却在夕阳余晖的映照下，显得愈加风姿卓立。

后　记

　　上海古籍出版社拟再版这本小书,得以检校文字,兼记本书述录之因由经过。

　　算来已是十六年前,我还在广西师大读研。经业师张明非教授推介,在刘学锴先生的指导下,着手写这本小书。选目上,以时段为序,突出义山诗婉约绮美的主调,兼顾其它风格与诗体的多样性,以求圆照。经刘师审核,最终圈定百余首。诗之编年、注释及诗意的阐释,多本刘、余二先生的《李商隐诗歌集解》,文字上也多有迻录。刘师又赠新著《李商隐传论》,给我更多启发和助益。这是我第一次得到写作并出版的机会,且是与当代李商隐研究名家刘学锴先生合作,故格外珍惜与郑重。犹记《导言》“对斜阳而惜光阴,临蜡炬而体深情”,

先后数十易,方安定"对"、"临"二字;赏析中不少文字,也都贯注了自己的情感体会。今日读来,龃龉未安者有之,肤薄矫揉者有之,虽说诗无达诂,不敢必谓昔非今是。不过,这也让我觉得有必要赘述写作因缘,以应文责。

刘学锴、余恕诚二位先生的唐诗学,是安徽师大乃至当代学界令人景仰的风标,赭山脚下的这座学府,也因二位先生,成为无数学子心心念念的学术圣殿。本科毕业,报考刘先生的研究生,因外语成绩不够,无缘侍坐,却也因此得识刘、余二师,辱其奖掖,屡通讯问。刘、余二先生的著述,展开斑斓灿烂的唐诗世界,让我感受到古典文学永恒的魅力。在刘先生的指导下,通过本书,我的思考、写作与学术研究,得到初步的系统训练。这本小书,由刘师导引,我亦步亦趋,在学术道路上发蒙起步。这是我觉得有必要赘述这段文字的又一因由,为那一份感恩与追念。

旧文字犹如旧照片,把时光拉远又拉近,让往事如烟般模糊,又如水般清晰。赭山脚下、青弋江头,刘、余曾如双子星座,映照一个城市的文化星空。犹记本书初版,余师嘱我多寄几本,以便赠人;而今再版,余师却于数年前不幸凋殒,寄文请益,世间遂少一人。刘师退休后随子居京,也音信间疏。日前得知先生联系方式,通话聆教,闻音情朗畅,思维敏捷,令人欣悦莫名。勉为自己的疏阔找到排解:生涯静好而人长久,相忘于江湖,似亦无妨。

校罢书稿,临窗远眺,天际掠过一行北上的雁影,愿它们捎去我的感恩和祝福。

李 翰 2018 年 3 月 6 日,沪上蜗庐

《中国古代文史经典读本》（文学类）书目